Bossman

Bossman

Vi Keeland

Traducción de Scheherezade Surià

TERCIOPELO

Título original: *Bossman*

© 2016, Vi Keeland

Primera edición: noviembre de 2017

© de la traducción: 2017, Scheherezade Surià
© de esta edición: 2017, Roca Editorial de Libros, S. L.
Av. Marquès de l'Argentera 17, pral.
08003 Barcelona
actualidad@rocaeditorial.com
www.terciopelo.net

Impreso por LIBERDÚPLEX, s.l.u.
Ctra. BV-2249, km 7,4, Pol. Ind. Torrentfondo
Sant Llorenç d'Hortons (Barcelona)

ISBN: 978-84-945570-4-0
Depósito legal: B. 22409-2017
Código IBIC: FRD

RT57040

Si quieres saber dónde está tu corazón,
mira hacia donde vuela tu imaginación.

Desconocido

1

Reese

*N*o sé para qué me había depilado, la verdad.

—¿Jules? Soy Reese. ¿Dónde narices estás? Te necesito. Es la peor cita de toda mi vida. Me estoy quedando frita, en serio. Hasta me he planteado darme de cabezazos contra la mesa varias veces para no dormirme. A menos que quieras verme ensangrentada y llena de moretones, llámame fingiendo una emergencia. Llámame, por favor. —Colgué y solté un suspiro lleno de frustración junto al baño de señoras, en un pasillo oscuro al final del restaurante.

De repente, me sorprendió una voz profunda detrás de mí.

—A no ser que, aparte de aburrido, también sea idiota, se dará cuenta.

—¿Perdona? —Me giré y vi a un hombre apoyado en la pared, tenía la cabeza agachada y estaba escribiendo un mensaje en el móvil. Volvió a hablar sin alzar la mirada.

—Lo de la llamada de emergencia es el truco más viejo, de manual, vaya. Al menos podrías esforzarte un poco más. Se tarda unos dos meses en conseguir una reserva en este sitio y es bastante caro, cielo.

—Quizá quien debería esforzarse un poco más sea él. Tiene un agujero enorme en la axila de la cazadora y se ha pasado la noche hablando de su madre.

—¿Has pensado que tu actitud esnob tal vez lo ponga nervioso?

Casi se me salen los ojos de las cuencas.

—¿Y precisamente tú me hablas de esnobs? Escuchas mi llamada a escondidas y luego, sin que yo te la pida, me das tu opinión y todo esto sin levantar la mirada del teléfono. Ni siquiera me has mirado mientras hablabas.

Ese capullo dejó de teclear a medio mensaje. Levantó la cabeza y empezó a recorrerme despacio con la mirada, regodeándose, primero en los tobillos, luego en las piernas desnudas y se detuvo un momento en el dobladillo de la falda antes de seguir su camino por las caderas para pararse brevemente en mi pecho y acabar fijando los ojos en mi cara.

—Eso es, muy bien. Aquí arriba. Los ojos los tengo aquí.

Se separó de la pared bruscamente y se plantó bajo el único rayo de luz que entraba en el pasillo. El resplandor le iluminó la cara y pude verlo con claridad por primera vez.

¿En serio? No era lo que me esperaba. Con esa voz ronca y profunda y esa actitud chulesca, había supuesto que era mayor y vestiría un traje aburrido. Pero el chico era atractivo. Joven y atractivo. Iba todo de negro, con un atuendo sencillo y elegante que le favorecía. Tenía el pelo castaño dorado algo alborotado, con un aire de «todo me importa un bledo» que le quedaba perfecto. Sus facciones eran marcadas y masculinas, tenía la piel bronceada, una mandíbula angulosa con barba de dos días, una nariz prominente y recta. También tenía los ojos grandes y sensuales de color chocolate; unos ojos que ahora me miraban fijamente.

Sin dejar de observarme, levantó los brazos y los puso detrás de la cabeza.

—¿Quieres darme un buen repaso antes de decidir si te merece la pena hablar conmigo?

Era muy guapo, sí, pero estaba claro que era un gilipollas.

—No hace falta. Tu actitud ya lo ha decidido por mí, y no, no la merece.

Bajó los brazos y soltó una risita.

—Como quieras. Intenta disfrutar del resto de la velada, cielo.

Resoplé, pero no pude evitar volver a echar un vistazo fugaz a ese gilipollas tan guapo antes de volver junto a mi cita.

Martin estaba sentado con las manos entrelazadas cuando me senté de nuevo a la mesa.

—Lo siento —dije—, había cola.

—Eso me recuerda una historia muy graciosa. Estaba en un restaurante con mi madre y cuando se fue al baño de señoras...

Su voz se fue apagando y miré el móvil, deseando que sonara. «Joder, Jules. ¿Dónde te metes cuando te necesito de verdad?». Más o menos a la mitad de la historia —o creo que era la mitad, vaya—, noté como el capullo del baño pasaba junto a nuestra mesa. Me sonrió con suficiencia después de echar un vistazo a mi insulsa cita y mi cara aburrida. Lo seguí con la mirada, por simple curiosidad, para ver con quién estaba.

«Estaba cantado».

Rubia teñida, guapa, pero con aspecto de fulana y con unos pechos enormes que desbordaban su vestido diminuto. Le puso ojitos a su cita cuando este se acercó y yo puse los míos en blanco. Sin embargo, no podía evitar mirar de vez en cuando hacia su mesa.

Cuando llegaron las ensaladas, Martin estaba hablando sobre la operación de apendicitis de su madre y yo me estaba aburriendo sobremanera. Debí de quedarme más tiempo de lo debido sin apartar la mirada, porque el tío del baño me pilló mirándolo. Me guiñó un ojo desde la distancia que nos separaba, alzó una ceja y levantó su copa en mi dirección.

«Qué capullo».

Ya que me había pillado, ¿por qué iba a molestarme en disimular? Desde luego, era mucho más interesante que mi cita. Además, él también miraba en mi dirección sin ningún disimulo. Poco después, un camarero se paró junto a su mesa y vi como el impresionante chico del baño señalaba en mi dirección mientras hablaba. Martin seguía contándome alguna historia sobre su querida mami y yo me giré para ver qué señalaba ese engreído. Al girarme de nuevo, él y su cita se estaban levantando. Intenté leerle los labios y entendí algo de lo que estaba diciendo... Creo que dijo algo de unirse a una vieja amiga. Entonces, de repente, lo vi acercarse a nuestra mesa.

«¿No irá a decirle a Martin algo de lo que ha escuchado antes?».

—Reese, ¿eres tú?

«Pero ¿qué narices...?».

—Eh... Sí.

—Vaya. ¡Cuánto tiempo! —Se llevó una mano al pecho—. Soy yo, Chase.

Antes de saber qué estaba pasando, el capullo, que al parecer se llamaba Chase, se inclinó y me dio un fuerte abrazo. Mientras estaba entre sus brazos me susurró:

—Sígueme el juego. Hagamos que tu noche sea más emocionante, cielo.

Perpleja, me limité a ver cómo se daba la vuelta y le extendía la mano a Martin.

—Soy Chase Parker. Reese y yo nos conocemos desde hace bastante tiempo.

—Martin Ward —dijo mi cita con un movimiento de cabeza.

—Martin, ¿te importa si nos unimos? Hace años que Cacahuete y yo no nos veíamos. Me encantaría que nos pusiéramos al día. No te molesta, ¿verdad?

Aunque había hecho una pregunta, no esperó la respuesta. En su lugar, retiró una silla para su cita y la presentó.

—Bridget... —La miró como si buscara ayuda y ella lo sacó de dudas.

—McDermott. Bridget McDermott. —Sonrió, sin inmutarse por la repentina doble cita ni porque Chase no recordara su apellido.

Martin, sin embargo, parecía decepcionado, ya que habíamos pasado de ser dos a formar parte de un cuarteto, aunque estaba segurísima de que no iba a decir nada.

Martin miró a Chase mientras este se sentaba.

—¿Cacahuete?

—Sí, es como solíamos llamarla. Ya sabes, por esos bombones de mantequilla de cacahuete, los Reese's Peanut Butter Cups. Es mi dulce favorito.

Cuando Chase y Bridget se sentaron, hubo un momento de incomodidad. Ante mi gran sorpresa, fue Martin quien rompió el hielo.

—Bueno, ¿y cómo os conocisteis?

A pesar de que Martin hizo la pregunta mirándonos a ambos, quise dejar claro a Chase que era él quien nos había metido en este lío y quien tenía que sacarnos. Todo esto había sido idea suya.

—Dejaré que sea Chase quien os cuente la primera vez que nos conocimos. De hecho, es una historia muy graciosa. —Apoyé los codos en la mesa y la cabeza en mis manos entrelazadas, mientras ponía toda mi atención en Chase y pestañeaba con una sonrisa traviesa.

Él, en cambio, no se amedrentó y no tardó en inventarse un cuento chino.

—Bueno, lo gracioso de la historia no es la primera vez que nos conocimos en sí, sino más bien lo que ocurrió después de conocernos. Mis padres se separaron cuando casi acababa de empezar el instituto y tuve que cambiarme a uno nuevo. Estaba bastante decaído hasta que conocí a Reese en el autobús la primera semana. Era una chica tan guapa que parecía fuera de mi alcance, pero pensé que no tenía amigos que se metieran conmigo si le pedía salir y ella me decía que no. Así que, a pesar de que era un año mayor que yo, le pedí que fuera conmigo al baile de fin de curso. Me dejó asombradísimo cuando aceptó.

»Y, bueno, como era joven y tenía la testosterona por las nubes, se me ocurrió que mi primer beso sería con ella. Todos mis amigos del otro instituto ya habían dado su primer beso, y yo pensé que había llegado mi momento. De modo que, al acabar el baile, saqué a Cacahuete de ese gimnasio decorado con papel cutre y globos, y la llevé al pasillo para tener algo de intimidad. Y claro, como era mi primera vez, no tenía ni idea de qué esperar. Pero me lancé, fui directo y empecé a chuparle la cara.

Chase hizo una pausa y me guiñó un ojo.

—Todo iba bien hasta ese momento, ¿verdad, Cacahuete?

Yo ni siquiera podía responder. Estaba completamente pasmada escuchando su historia. Pero de nuevo, mi falta de respuesta no pareció importarle porque continuó con su historia.

—Bien, aquí es cuando la cosa se pone interesante. Como he dicho, yo no tenía experiencia, pero me lancé sin pensarlo: labios, dientes, lengua y todo eso. Al cabo de un minuto, el beso se volvió desagradablemente húmedo, pero yo estaba muy metido en el asunto, así que seguí y seguí sin querer apartarme el primero. Poco después, cuando nos vimos escasos de aire y le había succionado casi toda la cara, me di cuenta de por qué había sido tan húmedo. Reese había sufrido una hemorragia nasal en mitad del beso y ambos teníamos la cara cubierta de sangre.

Martin y Bridget rieron; yo estaba demasiado aturdida para reaccionar.

Chase se inclinó y me tocó el brazo.

—Vamos, Cacahuete. No tengas vergüenza. Esos sí que eran buenos tiempos, ¿te acuerdas?

—¿Cuánto tiempo fuisteis pareja? —preguntó Martin.

Justo cuando Chase se disponía a responder, levanté el brazo y toqué el suyo, tal y como él había hecho antes.

—No demasiado. Rompimos poco después del «otro problemilla».

Bridget dio una palmada y empezó a dar saltitos en la silla como si fuera una niña emocionada.

—¡Quiero escuchar cuál fue ese otro problemilla!

—Ahora que lo pienso, no sé si debería contarlo —reflexioné—. ¿Es vuestra primera cita?

Bridget asintió.

—Bueno, no quiero que pienses que Chase sigue teniendo el mismo problema. Nuestro pequeño incidente fue hace mucho tiempo. —Me incliné hacia Bridget y murmuré—: Los tíos suelen controlarse más con el paso del tiempo. A veces.

En lugar de enfadarse, Chase parecía complacido por mi historia. Se diría que hasta parecía orgulloso. De hecho, el resto de la noche transcurrió de la misma forma.

Chase contó historias elaboradas sobre nuestra falsa infancia, sin miedo a ponerse en evidencia y nos mantuvo entretenidos a todos. Yo, a veces, también añadía algunas cosas a sus historias, sobre todo cuando no tenía la boca abierta al escuchar las tonterías que inventaba.

Odiaba admitirlo, pero ese capullo empezaba a caerme bien, aunque se inventara historias sobre mis hemorragias nasales y el «desafortunado incidente con el relleno del sujetador». Al final de la noche, me sorprendí pidiendo un café con la intención de evitar que acabara la cena, una situación muy alejada de nuestro encuentro en el pasillo del baño.

Fuera del restaurante, Martin, Chase y yo esperábamos nuestros coches con el resguardo en la mano. Como prefería tener el control de cuándo empezaba y terminaba mi cita, había quedado con Martin en el restaurante. Por supuesto, Bridget había venido en el coche de Chase, como una cita normal. Agarrada a su brazo, prácticamente se frotaba contra él mientras esperábamos nuestros coches. Cuando apareció mi Audi rojo y brillante, me adelanté sin saber cómo despedirme de... bueno, de nadie, en realidad. Recogí las llaves y abrí la puerta.

—Bonito coche, Cacahuete. —Chase sonrió—. Mejor que la chatarra que tenías en el instituto, ¿eh?

Me reí.

—Supongo que sí.

Martin dio un paso hacia delante.

—Ha sido genial coincidir, Reese. Espero que podamos volver a vernos de nuevo.

Antes de esperar a que él intentara darme un beso, le di un abrazo.

—Gracias por una cena tan agradable, Martin.

Cuando me separé, Chase se acercó y me estrechó entre sus brazos. Al contrario que el abrazo amistoso que yo le había dado a Martin, Chase me apretó contra él. Dios, fue increíble. Entonces hizo algo muy extraño… Me cogió un mechón y se lo enrolló en los dedos varias veces, para luego apretar los puños y echarme la cabeza hacia atrás. Sus ojos se detuvieron en mis labios mientras lo miraba y, durante un segundo, pensé que iba a besarme. Después se acercó y me dio un beso en la frente.

—¿Te veré en la cena de antiguos alumnos del año que viene?

Asentí, totalmente aturdida.

—Eh… claro.

Miré a Bridget cuando me soltó.

—Encantada de conocerte, Bridget.

A regañadientes, me metí en el coche. Sentí que me miraban y levanté la vista para ponerme el cinturón de seguridad. Chase me miraba con atención. Parecía que quería decir algo, pero al cabo de unos minutos escuchando mis propios latidos, me pareció raro seguir allí sentada esperando.

Inspiré hondo y me despedí con un ademán. Me pregunté por qué me sentía como si dejara atrás algo importante.

2

Reese. Cuatro semanas más tarde

Ciento treinta y ocho, ciento treinta y nueve, ciento cuarenta. El último azulejo del techo, el que estaba en la esquina de mi habitación, junto a la ventana, tenía una grieta. «Esa es nueva». Tenía que llamar al casero y pedir que lo cambiara antes de que me fastidiara la rutina de contar y empezara a estresarme en lugar de desestresarme.

Seguía tumbada en el suelo de mi habitación después de haber salido con Bryant, un chico que había conocido la semana anterior en el supermercado y no en un bar, que parecía que nunca daba el resultado deseado. Me llamó para decirme que estaba liado con el trabajo e iba a llegar una hora tarde a nuestra segunda cita, lo que me parecía bien porque de todas formas estaba cansada y no tenía ganas de levantarme. Cerré los ojos mientras cogía una bocanada de aire profunda y tranquilizadora y me centré en el sonido de mi propia respiración. Inhala y exhala, inhala y exhala. Poco después empecé a calmarme, me levanté de la alfombra, no sin esfuerzo, me retoqué el maquillaje y me serví una copa de vino blanco antes de coger el portátil.

Navegué por Monster.com en busca de ofertas de trabajo de marketing en Nueva York durante un total de cinco minutos antes de aburrirme y abrir Facebook. Como siempre. «Porque buscar trabajo es una mierda». Y esto me llevó a desplazarme por las páginas de mis amigos, que siempre eran las mismas: fotos de comida, sus hijos, las vidas que nos quieren hacer creer que tienen. Suspiré. De repente apareció una foto de un chico con el que iba al instituto y de inmediato mi mente viajó hasta el hombre con el que no había ido al instituto, Chase Parker.

Durante el último mes había pensado en mi falso compañero de clase más de lo que me gustaría admitir. Me lo recordaban las cosas más inverosímiles, como esos bomboncitos, los Reese's Peanut Butter Cups que siempre ponen en la caja de los supermercados para que piques (y piqué), o una foto de Josh Duhamel mientras hojeaba la revista *People* en la sala de espera del dentista (Chase podría hacerse pasar por su hermano sin ningún problema; puede que arrancara esa página), o mi vibrador en el cajón de la mesita de noche (no hice nada, pero lo pensé. A ver, al fin y al cabo, tenía esa página).

Esa vez, cuando el hombre se coló en mis pensamientos, sin darme ni cuenta, empecé a teclear Chase Parker en la barra de búsqueda de Facebook. Jadeé en alto cuando su cara apareció en la pantalla. La agitación que sentí en el pecho fue patética. «Madre mía, es incluso más guapo de lo que recordaba». Hice clic sobre la foto para ampliarla. Iba vestido con ropa informal; llevaba una camiseta blanca de manga corta, unos vaqueros con un roto en la rodilla y unas Converse negras. Todo le quedaba genial. Después de pasar un minuto apreciando su maravilloso rostro, maximicé la foto y vi el símbolo de su camiseta: Iron Horse Gym. Era el gimnasio que estaba en el mismo bloque del restaurante en el que nos conocimos. Me pregunté si viviría por aquella zona.

Desgraciadamente, no pude averiguarlo. No había publicado ningún dato personal en su biografía. De hecho, la única foto que podía ver era la de su perfil. Si quería ver más, tendría que enviarle una petición de amistad y él tendría que aceptarla. Y aunque estuve tentada, decidí no hacerlo. Seguramente pensaría que estaba loca por mandar una petición de amistad a un tío que, en realidad, pensaba que era una esnob (él mismo me lo había dicho), que además había conocido mientras ambos estábamos en una cita con otra persona y después de un mes.

Pero nada evitó que hiciera una captura de pantalla de su foto para poder mirarla más tarde. Después de un ratito más fantaseando con ese hombre, me vi obligada a darme una charla motivadora: «Tienes que encontrar un trabajo. Tienes que encontrar un trabajo. Solo te queda una semana más de trabajo. Sal de Facebook de una vez».

Funcionó y durante los siguientes cincuenta minutos estuve buscando anuncios sobre algo, o más bien nada, que estuviera remotamente relacionado con marketing de cosméticos o que pareciera un poco interesante. Sabía que no podía centrarme solo en las dos entrevistas que ya tenía programadas, pero no había mucho más. Cuando sonó el timbre, había perdido casi todas las esperanzas de poder encontrar un puesto que reemplazase al otro en el que había estado durante los últimos siete años y que, hasta hacía poco, me encantaba.

El beso que me dio Bryant justo al abrir la puerta bastó para cambiarme el humor. Era solo nuestra segunda cita, pero lo verdad es que tenía potencial.

—Vaya, ese ha sido un buen saludo —dije recuperando la respiración.

—Llevo todo el día pensando en hacerlo.

Le sonreí.

—Entra. Casi estoy lista. Solo tengo que coger el bolso y quitar el móvil del cargador.

Señaló la puerta de entrada después de cerrarla.

—¿Te han entrado a robar o algo? ¿Qué son todos esos cerrojos?

La puerta principal tenía un cerrojo y tres cerraduras más. En una situación normal le habría contestado con sinceridad y le habría dicho que me sentía más segura con una cerradura o dos de más y lo hubiera dejado allí. Pero Bryant no era como las otras citas. Quería conocerme de verdad y, si iba a seguir preguntando, cosa que me temía que iba a hacer, me vería obligada a sincerarme y contarle algunas cosas para las que todavía no estaba preparada.

Así que mentí.

—Al gerente del edificio le importa mucho la seguridad.

Asintió.

—Eso es bueno.

Mientras me peleaba con el broche del cierre del collar en mi habitación grité a Bryant.

—Hay vino en la nevera, sírvete si quieres.

—Estoy bien, gracias.

Al salir de mi habitación lo encontré sentado en el sofá. Mi ordenador seguía abierto junto a él después de haberlo usado en mi búsqueda de empleo.

—Entonces, ¿qué vamos a ver? —pregunté mientras me abrochaba los pendientes.

—Podemos decidirlo cuando estemos allí. Ponen una película de Vin Diesel que quiero ver, pero ya que he llegado una hora tarde no discutiré si no eres una gran fan.

Sonreí.

—Me alegro, porque no lo soy. Estaba pensando que más bien podíamos ver la nueva película de Nicholas Sparks.

—Un castigo bastante excesivo por llegar tarde. Solo ha sido una hora, no tres días —dijo en un intento de hacerme cambiar de opinión.

—Te estará bien empleado.

Bryant se levantó mientras yo iba a cerrar el ordenador.

—Por cierto, ¿quién es el chico de tu fondo de pantalla?

Fruncí el ceño como respuesta.

—¿Qué chico?

Encogió los hombros.

—Alto. Pelo despeinado que a mí me quedaría ridículo. Espero que no sea algún exnovio del que aún estás colada. Tiene pinta de salir en las bolsas de Abercrombie.

No tenía ni idea de lo que me estaba hablando, así que volví a abrir el ordenador para ver a qué se refería.

«Mierda». Chase Parker me saludó. Es muy probable que al guardar la imagen de Facebook la hubiera configurado como fondo de pantalla sin darme cuenta. Me puse nerviosa al volver a ver esa impresionante cara. Sin embargo, Bryant seguía esperando mi respuesta.

—Mmm… Es mi primo.

Fue lo primero que se me había ocurrido. Pero después de soltarlo me di cuenta de lo extraño que parecía tener una fotografía de tu primo como fondo de pantalla. Por eso, intenté arreglarlo mintiendo un poco más, lo que no iba nada con mi personalidad.

—Es modelo. Mi tía me mandó algunas fotos de su cara para que le diera mi opinión sobre cuál de ellas era mejor, así que me las descargué en el ordenador. A mi amiga Jules se le cayó la baba al verlas y la configuró como mi fondo de pantalla. No se me da bien la tecnología y ni siquiera sé cómo cambiarla.

Bryant pareció creerse la historia y se rio.

«¿A qué viene todo esto de inventar historias cada vez que aparece Chase Parker?»

El martes tenía una entrevista por la mañana y otra programada por la tarde. El metro estaba hasta arriba de gente y el aire acondicionado no funcionaba. Y, por supuesto, el único tren que había era el regional y no el exprés.

Sentía las gotas de sudor caer por mi espalda mientras estaba atrapada como en una lata de sardinas con otros viajeros sudorosos. A mi derecha tenía a un chico alto con una camiseta con las mangas cortadas agarrado a la barra del techo. Mi cara estaba perfectamente alineada con su sobaco peludo y, al parecer, su desodorante no estaba haciendo efecto. Mi izquierda tampoco era el paraíso. Aunque estaba casi segura de que la mujer no olía tan mal, estaba estornudando y tosiendo sin molestarse en taparse la boca. «Tengo que bajarme del tren pero ya».

Por suerte, llegué a la entrevista unos minutos antes y pude hacer una breve parada en el baño de señoras para recomponerme. La humedad y el sudor me habían estropeado el maquillaje y tenía el pelo totalmente encrespado. Julio en Nueva York. Era como si el calor se hubiera quedado encerrado entre esos enormes edificios.

Rebusqué en la cartera y encontré algunas horquillas y un cepillo que me ayudaron a recolocar los mechones caoba en el recogido. El maquillaje tendría que arreglármelo con una toallita húmeda porque no se me había ocurrido traer un lápiz de ojos. Me quité la chaqueta del traje y vi que tenía la blusa de seda totalmente sudada. «Mierda». Tendría que dejarme la chaqueta puesta durante toda la entrevista.

Mientras tanto, una mujer entró en el baño y me sorprendió con el brazo dentro de la camisa, limpiándome el sudor con una toallita húmeda. Se dio cuenta de lo que estaba haciendo cuando miró al espejo.

—Lo siento. Hacía un calor increíble en el metro y tengo una entrevista —le dije a modo de explicación—, no quiero oler mal e ir hecha un desastre.

Sonrió.

—Lo entiendo. A veces es mejor coger un taxi en julio con esta humedad y más si tienes una entrevista para un trabajo que quieres.

—Sí, claro. Eso pienso hacer para la entrevista que tengo esta tarde. Es al otro lado de la ciudad y es el trabajo que quiero de verdad, así que pienso ir preparada, aunque tenga que parar en el supermercado a comprar desodorante.

Después de arreglarme a toda prisa, mi cita de la mañana me hizo esperar sentada en el vestíbulo al menos una hora antes de llamarme para la entrevista. Con eso tuve tiempo de sobra para refrescarme y echarle un vistazo a sus últimos catálogos de productos. No cabía duda de que necesitaban una nueva campaña de marketing. Apunté algunas notas sobre las cosas que se podían cambiar en caso de que me escogieran.

—¿Señorita Annesley? —me llamó una mujer sonriente desde la puerta de entrada a los despachos. Me puse la chaqueta del traje y la seguí—. Siento haberla hecho esperar. Hemos tenido una pequeña emergencia esta mañana con uno de nuestros mejores vendedores y era necesario solucionarlo lo antes posible.

Se hizo a un lado cuando llegamos a un despacho grande que había en una esquina.

—Tome asiento. La señora Donnelly estará con usted en un momento.

—De acuerdo. Gracias. —Creía que era ella la que me iba a entrevistar.

Unos minutos después entró la vicepresidenta de Flora Cosmetics. Era la mujer del baño de señoras, la misma que me había visto aireándome las axilas. «Fantástico».

Al menos estaba contenta por haberlo hecho sin desabotonarme la camisa. Intenté recordar lo que habíamos hablado, algo sobre el tiempo. No creía haber hablado de mucho más.

—Veo que ya se ha refrescado —dijo con un tono bastante formal y no con el tono amistoso que había utilizado en el baño.

—Sí. Siento lo de antes. Hoy hace mucho calor.

Ordenó algunos papeles del escritorio en un solo montón y disparó la primera pregunta sin ni siquiera mantener una pequeña conversación antes.

—Y bien, señorita Annesley, ¿por qué busca un nuevo empleo? Aquí pone que tiene trabajo ahora.

—Así es. He estado trabajando en Fresh Look Cosmetics durante siete años. De hecho, empecé a trabajar allí justo al salir de la universidad. He conseguido ascender de interna a directora de marketing durante estos años. Y le seré sincera, he sido feliz allí durante toda mi carrera. Pero siento que he tocado techo en Fresh Look y creo que es el momento de empezar a buscar nuevas oportunidades.

—¿Tocado techo? ¿Qué quiere decir?

—Bueno, Fresh Look es una compañía familiar y, aun-

que admiro y respeto al fundador y presidente, Scott Eikman, la mayoría de los puestos de la empresa están ocupados por miembros de la familia Eikman, uno de los cuales
es Derek Eikman, al que propusieron como vicepresidente
por encima de mí —decirlo en voz alta todavía me dejaba
un sabor amargo en la boca.

—Entonces, ¿quiere decir que ascienden a la gente para
puestos importantes no porque se lo merezcan, sino porque son familiares? ¿Por eso lo deja?

—Supongo que, en gran parte, sí. Pero también creo
que ha llegado el momento de cambiar y seguir adelante.

—¿Y no será que los miembros de la familia Eikman conocen mejor el negocio, ya que han crecido en ese mundo?
¿No estarán más cualificados que otros empleados?

«¿Pero qué mosca le ha picado? Como si el enchufe
fuera algo nuevo. Por Dios, si la mitad de los ejecutivos de
Walmart están emparentados con Sam Walton y hace dos
décadas que ya no está».

No era el momento de comentar que había bebido mucho en la última comida anual de la empresa y me había
acostado con el director de ventas por aquel entonces, Derek Eikman. Solo fue cosa de una noche, un error con un
compañero, debido al alcohol, después de un largo año de
sequía. Supe que había sido un error diez minutos después
de que pasara. Aunque no supe cómo de grande había sido
el error hasta dos días después, cuando el gilipollas anunció su compromiso con la que era su novia desde hacía
siete años. Me había dicho que estaba soltero y sin atadu-
ras. Cuando fui a su despacho para pedirle explicaciones,
me dijo que podíamos seguir acostándonos, aunque estuviera comprometido.

Ese hombre era un pervertido y no había ninguna duda
de que no podía seguir trabajando para él ahora que lo habían ascendido a vicepresidente. Era un cerdo mentiroso
que además no tenía ni idea de marketing.

—En mi caso, estoy convencida de que yo era la mejor
candidata.

Me sonrió de una forma muy falsa y juntó las manos sobre el escritorio. ¿Acaso había dicho algo antes en el baño que la había molestado? No lo creía, sin embargo, la siguiente pregunta me refrescó la memoria.

—Y bueno, dígame, ¿en qué consiste la entrevista que tiene esta tarde, que parece que esa empresa sea superior? Quiero decir, como experta en marketing, habrán hecho algo bien para que se esté planteando pagar un taxi para ir hasta allí.

Vaya. Mierda. Había olvidado por completo que había dicho que iría en taxi a mi siguiente entrevista, ya que ese era el trabajo que quería de verdad.

No había forma de salir del hoyo en el que me había metido después de aquello. Sin embargo, y a pesar de todo, creía que había llevado la situación de forma muy profesional, aunque supuse que ella ya había tomado una decisión.

Cuando la entrevista estaba a punto de acabar, un señor mayor asomó la cabeza en la oficina.

—Cariño, ¿vendrás a cenar mañana por la noche? Tu madre me ha estado dando la lata para convencerte de que vengas.

—Papá, esto... Daniel, estoy en mitad de una entrevista. ¿Podemos hablar sobre eso en otro momento?

—Claro, por supuesto. Lo siento. Pásate por mi despacho más tarde —dijo mientras me sonreía educadamente y daba unos golpes en el marco de la puerta como despedida antes de marcharse.

Tenía la boca de par en par cuando me giré hacia mi entrevistadora. Y aunque ya sabía la respuesta, no pude evitar preguntar.

—Daniel... Donnelly, el presidente de Flora Cosmetics, ¿es su padre?

—Sí. Y me gusta pensar que conseguí ser vicepresidenta de marketing por mis cualificaciones y no porque soy su hija.

«Bien, fantástico». Era la segunda vez que metía la pata

desde que había entrado por la puerta y ya no tenía sentido seguir prolongando la agonía.

Me levanté.

—Gracias por su tiempo, señora Donnelly.

Mi tarde solo podía mejorar después de eso. Acababa de salir del taxi con aire acondicionado justo delante del edificio donde tenía programada la entrevista de las dos, cuando me sonó el móvil. La empresa por la que estaba tan emocionada, y la misma por la que había estropeado la primera entrevista, llamaba para cancelar la cita y hacerme saber que el puesto ya se había cubierto.

«Genial. Genial de verdad».

Poco después, recibí un correo electrónico de Flora Cosmetics en el que me rechazaban como candidata; me agradecían haber ido a la entrevista y me informaban de que buscaban un perfil diferente para la empresa. «Y ni siquiera son las dos».

Después de una ducha rápida, mi plan consistía en esperar a que llegaran las cinco para ponerme como una cuba. Había perdido un día de mis últimas semanas de trabajo por ese fiasco. Mejor aprovechar y disfrutar.

Estaba tumbada en el suelo de mi habitación en medio de mi rutina diaria de contar los azulejos, cuando sonó el teléfono. Alargué la mano hacia la cama y palmeé el colchón hasta que encontré el móvil. El nombre de Bryant iluminaba la pantalla; estuve a punto de no contestar porque no estaba de humor, pero decidí hacerlo en el último tono.

—Hola, ¿qué tal las entrevistas? —preguntó.

—He parado de camino a casa para comprar dos botellas de vino más. Imagínate.

—No muy bien, ¿no?

—Se podría decir así.

—Bueno, ¿sabes qué deberíamos hacer al respecto?

—Por supuesto. Emborracharnos.

Se rio como si estuviera de broma.

—Más bien pensaba en ir a entrenar.

—¿Hacer ejercicio?

—Sí. Ayuda a reducir el estrés.

—El vino también.

—Sí, pero con el ejercicio te sentirás bien el día después.

—Y con el vino olvidaré el día anterior.

Rio. Yo seguía sin estar de broma.

—Si cambias de opinión, voy de camino al Iron Horse Gym.

—¿Iron Horse?

—Sí, está en la calle Setenta y dos. Soy socio. Tengo pases de invitados por si quieres aprovechar.

Había pasado más de un mes desde mi extraño encuentro con Chase Parker y, sin embargo, de repente me encontré reconsiderando la opción del ejercicio frente al vino porque ese hombre llevaba una camiseta del Iron Horse Gym en su foto de Facebook.

—¿Sabes? Creo que tienes razón. Debería hacer algo de deporte para relajarme. Y después, si no funciona, podré emborracharme.

—Así se habla.

—Quedamos allí. ¿Dentro de una hora está bien?

—Allí estaré.

En serio, tenía que ir al psicólogo a que me mirara la cabeza. Me sequé el pelo y me puse la ropa de gimnasio más sexi que encontré para ir a hacer ejercicio con un chico con el que hacía poco que había empezado a salir, aunque mis esfuerzos no eran por él. Tenía la esperanza de ver al propietario de la camiseta con el nombre del gimnasio, un chico que pensaba que era tonta y que solía salir con rubias esculturales con demasiado escote y no con chicas del montón con una copa B y caderas, aunque yo tuviera una cintura enana.

Cuarenta minutos de elíptica después ya estaba lamentando haber elegido el ejercicio y no el vino. Bryant levantaba pesas al otro lado del gimnasio, y yo debería estar contenta de estar con un chico genial que me había invitado a entrenar con él. Sin embargo, estaba sin aliento, decepcionada y me moría de sed. «Menos mal que he puesto dos botellas de vino a enfriar».

Cuando Bryant acabó, se acercó y me preguntó si quería ir a nadar. No había cogido el bañador, por eso le dije que lo acompañaría a la zona de la piscina. Mientras él se cambiaba y se daba una pequeña ducha, fui a la cinta de correr para desestresarme un poco. Como lo programé a velocidad lenta, pude ponerme al día con algunos correos electrónicos que tenía atrasados. Uno de ellos consistía en una oferta de trabajo en la que me decían que había encontrado el trabajo perfecto para mí en el extranjero, en Oriente Medio, y me preguntaban si estaba interesada en concertar una videoconferencia con la empresa. Pensé que era un correo la mar de raro porque estaba plagado de faltas de ortografía y errores gramaticales.

Cuando Bryant se cambió fuimos a la zona de la piscina. Le leí el correo mientras abría la puerta.

—De hecho, mira los requisitos: «Debe ser seria, estar sana y no ser demasiado dramática». ¿Crees que sufrirán síndrome premenstrual en Yemen?

Estaba concentrada en la pantalla del móvil cuando me choqué con alguien.

—Lo siento, no miraba por donde…

Me quedé paralizada.

Ver a Chase delante bastó para dejarme sin palabras. Albergaba la esperanza de verlo, pero no se me había ocurrido que pasara de verdad. ¿Qué posibilidades había? Parpadeé de nuevo para asegurarme de que no era fruto de mi imaginación. Sin embargo, allí estaba, en carne y hueso. «Y vaya carne». Estaba allí parado, sin camiseta y mojado, sin ropa salvo un bañador de cintura baja… y yo me volví tartamuda. En serio.

—Ch… Ch… Ch… —No podía hablar.

Por supuesto, Chase no perdió la oportunidad. Sonrió con suficiencia y dijo:

—Hacer el tren se te da fenomenal, Cacahuete.

«Se acuerda de mí».

Sacudí la cabeza en un intento de espabilarme un poco, pero no hubo manera. Era tan alto y yo tan bajita que no me quedaba otra: tenía que mirarle el cuerpo. El agua le goteaba por los abdominales. Estaba totalmente fascinada mirando como el agua caía a toda velocidad y se detenía poco a poco al cruzar los surcos que formaba su tableta de chocolate. «Joder».

Carraspeé y hablé por fin.

—Chase.

Estaba bastante orgullosa de mí misma por haber podido articular su nombre. Llevaba una toalla alrededor del cuello y se la había subido para secarse el pelo empapado, lo que dejó más carne al descubierto. Tenía los pectorales perfectamente esculpidos. Y... «Dios, eso es... Madre mía, sí que lo es». Tenía los pezones fríos y erectos y en uno de ellos tenía... tenía... un *piercing*.

—Me alegro de verte, Reese. No nos vemos desde hace diez años y, de repente, coincidimos dos veces en un solo mes.

Tardé un minuto en caer en la cuenta de que se refería a nuestros años fingidos de instituto. Su ingenio me sacó del aturdimiento.

—Sí. Qué suerte la mía, ¿verdad?

—Yo te conozco —dijo Bryant.

Había olvidado por completo que seguía junto a mí. Madre mía, había olvidado a todas las personas de la tierra durante un minuto. Fruncí el ceño. ¿Acaso estos dos se conocían?

—Eres el primo de Reese, el modelo.

«¡Mierda! ¡Mierda! ¡Mierda!». Quería cavar un hoyo y esconderme allí para siempre.

Sin embargo, Chase —como siempre— siguió el juego. Me miró con curiosidad mientras contestaba a Bryant.

—Así es. Soy el primo Chase. El sobrino más pequeño de la tía Maya. ¿Y tú eres?

Bryant extendió la mano y Chase se la estrechó.

—Bryant Chesney —dijo y se giró para mirarme—. ¿Tu madre no se llamaba Rosemarie, igual que la mía?

Chase lo cortó con educación.

—Exacto. Pero algunos la llamamos Maya. Es un apodo. Es alérgica a las abejas, una le picó una vez en una comida familiar. Se le hinchó la cara y los niños la llamamos Maya desde entonces.

«Madre mía, ese hombre tenía que ser un mentiroso profesional». Era buenísimo mintiendo e incluso parecía que también me lo estaba pegando.

Bryant asintió como si tuviera sentido.

—Bueno, es un placer conocerte. Os dejo que os pongáis al día mientras yo hago unos largos.

Cuando Bryant se disponía a marcharse, Chase lo paró.

—¿Cómo sabías que era Chase? ¿La tía Maya ha vuelto a enseñar mis fotos por ahí?

—No, aún no conozco a ningún familiar de Reese. Vi una de tus fotos en su ordenador.

—¿Una de mis fotos?

—Sí, es el fondo de pantalla del ordenador de Reese.

Olvidad que quería esconderme en un hoyo hace un minuto. En ese momento cerré los ojos y deseé que la tierra me tragase y no me escupiera nunca. O tener el superpoder de retroceder en el tiempo para borrar todo lo ocurrido. Me quedé quieta y conté hasta treinta con los ojos cerrados con fuerza. Cuando acabé de contar, abrí un ojo para echar un vistazo y comprobar si Chase había desaparecido.

—Sigo aquí. —Sonrió.

Me tapé la cara con las manos.

—Me muero de vergüenza.

—No, mujer. No somos primos de sangre, no es tan raro que sueñes conmigo por la noche.

—¡No sueño contigo por las noches!

—Entonces es solo durante el día, ¿no? Mientras miras mi fotografía en el ordenador.

—Eso fue sin querer. No quería configurarla como fondo de pantalla.

Se cruzó de brazos.

—Muy bien. Me lo creo.

—Bien. Porque es verdad.

—Pero ¿cómo, exactamente, llegó a parar esa imagen a tu ordenador? No recuerdo que nos hiciéramos ninguna foto durante nuestra cita doble.

Resoplé.

—¿Cita doble?

—Hablando de eso, ¿qué pasó con Edipo? ¿Volvió al nido tan pronto? Reconozco que, a pesar de que estabas intentando escaparte de tu cita de una forma muy fea, tenías razón. Ese tío era un muermo.

—Pues sí.

—¿Y quién es el nuevo imbécil con el que estás?

—¿Imbécil? Ni siquiera lo conoces.

—Me ha dejado aquí con su chica. Por tanto, es un imbécil.

—¡Cree que somos primos!

—Ya te lo he dicho, no somos primos de sangre.

—Ya, pero… —Me reí—. Eres muy raro, ¿lo sabes?

—No más raro que una mujer que, de alguna forma que desconozco, le hizo una foto a un desconocido y la tiene en su MacBook para que la vea su novio.

—No es mi novio. —No tenía ni idea de por qué había dicho eso. Por un lado era cierto, pero por otro no—. Bueno, solo hemos salido dos veces.

—Ah, entonces no te has acostado con él todavía.

No lo había hecho, pero ¿cómo lo sabía?

—¿Qué te hace pensar eso?

—Porque no eres el tipo de chica que se acuesta con un chico en la primera o segunda cita.

—¿Y eso cómo lo sabes?

—Lo sé.

—¿Y cómo se supone que es una chica que se acuesta con un chico en la primera cita?

—Manda ciertas señales, se viste de determinada forma, hay contacto corporal. Ya sabes a qué me refiero. Sé que lo sabes.

—¿Como Bridget? —Esa mujer acabó sobándolo al final de la noche.

No contestó.

Pensé que era caballeroso, de alguna manera, que no me diera la razón en cuanto a Bridget o que confirmara lo que sospechaba que había pasado tras su primera cita.

—Entonces, ¿de dónde sacaste la foto? —preguntó cambiando de tema.

Le dije la verdad. Bueno, casi.

—Te busqué en Facebook después de aquella noche en el restaurante. Quería agradecerte que me salvaras e hicieras la noche más divertida.

—¿Me enviaste un mensaje?

—No. No lo hice. Me sentí un poco violenta; no quería que pensaras que te estaba acosando, así que cambié de opinión.

—¿Y te gustó tanto mi fotografía que la guardaste?

—Tenía la intención de poner la página en mis favoritos por si volvía a cambiar de opinión y me decidía a mandarte un mensaje, pero en lugar de hacer eso, guardé la imagen. —Sentí que me ruborizaba. Siempre he mentido fatal. Mi madre solía decir que era como un libro abierto.

Para mi sorpresa, Chase asintió. No esperaba que dejara el tema tan fácilmente.

—¿Sueles venir a este gimnasio? No te había visto antes por aquí.

—No. Es el gimnasio de Bryant. Me ha invitado. Tenía un mal día y había planeado ahogar el estrés con vino, pero él sugirió venir a entrenar.

—Te lo he dicho. Un imbécil. De ser Brandon, no es lo que yo te habría propuesto para aliviar el estrés.

—Bryant.

—Lo que sea.

—¿Y qué hubieras propuesto tú?

—Nada —soltó para cambiar de tema—. ¿Y por qué has tenido tan mal día?

—Dos entrevistas de trabajo. En la primera la he cagado antes incluso de entrar en la oficina y en la segunda me han rechazado justo cuando iba a entrar en el edificio.

—¿Estás sin trabajo?

—Ahora mismo no, pero lo estaré el viernes que viene. Puede que dejarlo antes de encontrar otro trabajo no fuera la mejor decisión posible.

—¿A qué te dedicas?

—Marketing. Era directora de marketing en Fresh Look Cosmetics.

—El mundo es muy pequeño. Soy amigo de Scott Eikman, el presidente de Fresh Look. Jugamos juntos al golf de vez en cuando.

—Ocho millones y medio de personas en nuestra pequeña ciudad, ¿y mi falso novio del instituto y primo juega al golf con el jefe de mi empresa? Eso sí que es raro.

Chase se rio.

—Scott lo deja el año que viene, ¿verdad?

—Sí. Se muda a Florida y todo eso. Tiene dos hijos que seguramente se quedarán al cargo. —¡Puaj! Derek. Ojalá fuera él quien se mudara a Florida. O a Siberia.

Chase y yo llevábamos parados frente a la puerta de la piscina desde que nos habíamos tropezado. Un chico dio unos golpecitos en el cristal y le enseñó una lata de Dr. Pepper, mientras la movía en el aire.

Chase levantó dos dedos como respuesta y luego me lo explicó.

—Hemos hecho una apuesta. Lo he machacado en la piscina. Ese es mi premio.

Levanté una ceja.

—¿Una lata de Dr. Pepper?

—Está buena. No me digas que no o no te llevaré a la siguiente barbacoa familiar.

Un minuto después su amigo volvió a dar unos golpes. Esta vez movió la mano en un gesto hacia Chase como si le estuviera preguntando por qué narices tardaba tanto.

Chase asintió.

—Tengo que darme prisa. Tengo una cena de negocios dentro de media hora y todavía tengo que ducharme.

Intenté esconder mi decepción.

—Bueno, me alegro de haber chocado contigo, primito.

Nos miramos fijamente un instante. Al igual que pasó al final de la cena en el restaurante, era como si quisiera decirme algo. Pero al final miró hacia atrás, donde Bryant estaba nadando, me dio un abrazo y me agarró con cuidado del pelo recogido para echarme la cabeza hacia atrás y que pudiera mirarlo.

Me clavó la mirada en los labios antes de darme un beso en la frente.

—Ya nos veremos, prima.

Solo había dado unos pasos hacia los vestuarios cuando se paró y se dio la vuelta.

—Tengo una amiga que es una cazatalentos fantástica. Puedo ponerte en contacto con ella. Quizá pueda ayudarte a encontrar algo.

—Claro. Me encantaría. No tengo mucha suerte por mi cuenta. Gracias.

Le di mi móvil y él grabó su número de teléfono y a continuación se mandó a sí mismo un mensaje para que ambos tuviéramos el contacto del otro. Después se fue. Y de repente me sentí vacía. Las probabilidades de encontrarme dos veces con él en esta ciudad inmensa eran tantas como de que me cayera un rayo.

Solo tuvo que pasar una semana para darme cuenta de que, a veces, un rayo puede caer dos veces en el mismo sitio.

3

Chase. Hace siete años

*M*e quedé mirando fijamente el rostro enorme de Peyton mientras le daba un buen trago a la botella de agua. El anuncio ocupaba ocho pisos de ladrillo del edificio que había delante de mi nueva oficina.

—Deja ya de vaguear y ponte a trabajar. —La Peyton de tamaño real entró en mi despacho, tiró la funda de la guitarra en el sofá y se acercó hacia la ventana donde estaba yo—. No puedo creer que esa cosa sea tan grande. Dijiste que era un cartel publicitario, pero no que ocuparía un edificio entero. El trocito de diente que me falta en el incisivo ahora mide un metro de ancho.

—Pues a mí me gusta.

—Pues a mí no. El director de la audición de ayer me sugirió que me lo arreglara y que adelgazara unos cuatro kilos. —Se llevó la mano a la boca—. Necesito que me pongan una corona o una funda o algo así.

—No necesitas arreglarte nada, y ese tío es un capullo sin gusto.

Suspiró.

—No me dieron el papel.

—¿Lo ves? Lo que te decía: no tiene gusto ninguno.

—Lo dices porque me acuesto contigo.

—No. —La atraje hacia mí—. Me tragué una puta ópera la semana pasada porque te acuestas conmigo. Y te digo que eres buen músico porque he estado en todos y cada uno de los recitales en los que has tocado desde la universidad, incluso cuando estabas escondida en el foso de la orquesta. Y, desde que empezaste a actuar, he ido a todas tus actuaciones off-Broadway.

—Off-off-Broadway.

—¿Eso de off-Broadway no incluye ya todas esas obras que no se hacen en Broadway?

—No. Off-Broadway se refiere a las obras interpretadas en Manhattan con menos de quinientas personas. Off-off-Broadway es esa actuación que hice en una cafetería del Village.

—En esa estuviste muy bien.

Peyton me dedicó una mirada escéptica.

—¿Y de qué hacía en esa?

—Hacías de tía buena.

—Hice de madre que se moría de tuberculosis. Y te pasaste todo el tiempo con la nariz pegada a un crucigrama.

«Oh. Esa obra».

—Quizá me perdí un poquito de la actuación, pero en mi defensa añadiré que no era un crucigrama cualquiera. Venga ya… ¿algo con cuatro letras que es duro y seco, pero que también puede estar húmedo y blando? Estaba ocupado contando las letras que tienen «polla», «tranca» y «verga» como unas doce veces hasta descubrir que la respuesta era «goma».

—Vaya un pervertido estás hecho.

Le di un beso inocente.

—¿Dónde vamos a ir a cenar, ratoncita mía?

Se llevó la mano a la boca, pero sonrió.

—No me llames así. Voto por un tailandés. Podríamos ir a ese sitio pequeño al que fuimos el mes pasado en Chelsea.

—Suena bien.

Eché un último vistazo al nuevo anuncio publicitario antes de apagar las luces y cerrar la puerta del despacho.

Cuando ya estábamos fuera, me dirigí a la izquierda para ir a la boca de metro más cercana, pero Peyton cambió el rumbo a la derecha.

—¿Por qué no cogemos la línea 3 hacia Broadway en lugar del metro de siempre? —me preguntó—. Me gustaría pasar por Little East.

—Por supuesto.

Peyton empezó a trabajar como voluntaria en bancos de alimentos y albergues cuando íbamos a la universidad. Me encantaba que se implicara tanto en ayudar a la gente. Pero ese lugar era algo hostil y estaba lleno de vagabundos. No era infrecuente que hubiera un par de peleas a la semana. Alguna vez había intentado abordar el tema de su seguridad, pero, por desgracia, no daba su brazo a torcer en cuanto a los voluntariados.

Su padre murió cuando ella solo tenía cinco o seis años, y dejó a su madre sola con Peyton y otros dos hijos. Si ya era difícil llegar a fin de mes con dos sueldos, con uno la madre se vio obligada a elegir entre comprar comida o pagar el alquiler. Optó por el alquiler, lo que implicaba que tuvieron que frecuentar los bancos de alimentos municipales unos cuantos años hasta que las cosas empezaron a mejorar.

Un parroquiano del albergue estaba sentado en la puerta cuando llegamos.

—¿Qué hay, Eddie? —saludó Peyton.

No era la primera vez que veía a ese hombre. Debía de tener unos cuarenta años, pero se le veía envejecido por vivir en la calle. Decía cuatro palabras contadas, pero aun así parecía inofensivo. Peyton le tenía un cariño especial; con ella tenía más confianza y hablaba algo más que con el resto.

—¿Qué te ha pasado en la cabeza? —Me agaché, pero procurando a la vez guardar las distancias que sabía que él necesitaba. Tenía una herida abierta en la sien.

—¿Qué ha pasado, Eddie? —preguntó Peyton.

Se encogió de hombros.

—Críos.

Últimamente había habido varias agresiones por parte de unos adolescentes que se dedicaban a pegar a los vagabundos que dormían en la calle. A Eddie tampoco le gustaba dormir en albergues: solían estar llenos y, además, no le gustaba que se le acercara la gente.

—Han abierto un nuevo albergue en el distrito 41 —comenté—. Pasé por allí el otro día. Como es nuevo no creo que esté muy lleno, además de que ya no hace tanto frío en la calle.

—Sí. —Nunca me responde con más de un monosílabo.

—Creo que deberías ir a la policía, Eddie —dijo Peyton.

Por muchas veces que frecuentara estos sitios, Peyton no se enteraba. Los sin techo no acuden a la policía. Se cambiaban de acera si los veían aparecer.

Enfadado, Eddie sacudió la cabeza y se acercó las piernas al pecho con fuerza.

—Parece grave. Tendrían que coserte esa herida. ¿Los chicos que te hicieron esto suelen venir a este albergue? —le preguntó.

Él volvió a negar con la cabeza.

Tras unos minutos, logré convencerla por fin para que dejara en paz a ese pobre hombre y entrara a hacer lo que fuera que quisiera hacer. El director del albergue, Nelson, estaba recogiendo los cacharros de la cena cuando entramos.

Peyton empezó a hacerle un tercer grado.

—¿Sabes qué le ha pasado a Eddie en la cabeza?

Dejó de limpiar la mesa.

—No. Le he preguntado, pero he recibido la misma respuesta de siempre: ninguna. Eres la única a la que le dice algo aparte de «por favor» y «gracias».

—¿Sabes dónde duerme por las noches?

Negó con la cabeza.

—Lo siento. Hay más de cuarenta comunidades de sin techo en toda la ciudad, sin contar los que duermen bajo los puentes. Podría ir a cualquier sitio.

Peyton frunció el ceño.

—Vale.

—Sé que no es fácil, pero no podemos ocuparnos de los que rechazan nuestra ayuda. Él sabe que puede quedarse aquí siempre que quiera.

—Lo sé. —Señaló el almacén del fondo—. Me olvidé de coger la lista de inventario. Mañana tengo una audición, así que lo haré por internet desde casa.

Cuando Peyton se fue, eché un vistazo por el albergue. Lo habían pintado hacía poco y todos los voluntarios habían donado un póster con su frase motivadora favorita. Habría por lo menos una decena repartida a lo largo de la pared del comedor. En la primera ponía: «Incluso tras la noche más oscura vuelve a salir el sol».

—¿Esa es la tuya? —pregunté a Peyton cuando volvió con un archivador.

—No. —Me dio un pico en los labios—. Te aconsejo que te los leas todos de nuevo y si consigues adivinar cuál es la que he traído, te daré una recompensa. Pero ahora me gustaría pillar de nuevo a Eddie antes de que se vaya. —Me tiró del brazo—. Venga, vamos.

Eddie ya no estaba sentado fuera, pero fue fácil localizarlo. Estaba a mitad de la manzana, caminando con paso cansino. Cojeaba de la pierna derecha y cargaba una bolsa de basura.

Peyton lo vio justo cuando iba a doblar la esquina.

—Sigámoslo y así sabremos a dónde va.

—Ni pensarlo.

—¿Por qué no?

—Porque es peligroso... y además es invadir su intimidad. No pienso seguir a un sin techo.

—Pero quizá, si descubrimos dónde duerme por las noches, la policía podría ayudarlo.

—No.

—Por favor...

—No.

—Vale.

Debería haber imaginado que no se rendiría tan fácilmente.

4

Reese

$\mathcal{M}$e sonó el teléfono muy temprano esta mañana y, de repente, descubrí que tenía una cita para comer que me hizo mucha ilusión. Chase me había comentado que tenía una amiga en un departamento de selección de personal, pero se le había olvidado comentar que la mujer, Samantha, trabajaba en Industrias Parker, una empresa de su propiedad. Me sentí intrigada desde el primer momento y debo admitir que me decepcioné un poco cuando me dijo de quedar en un restaurante. Aunque me pillaba cerca —estaba a unas pocas paradas de metro desde lo que pronto dejaría de ser mi despacho en Fresh Look—, no tendría ninguna posibilidad de encontrarme con Chase, ya que no quedábamos en su oficina.

Pero la comida acabó siendo bastante productiva. Pasamos dos horas en el restaurante y después dimos un largo paseo por el parque. Tras contarle mi experiencia y lo que buscaba en una empresa, acabamos hablando de Industrias Parker.

—¿Entonces es Chase quien inventa los productos? —pregunté. Habría sido más productivo si en lugar de espiarlo por Facebook me hubiera documentado sobre él en Google, por ejemplo.

—Antes sí, aunque ahora dispone de un equipo de I+D. Sin embargo, la mayoría de las ideas con las que trabajan son suyas. Lo creas o no, ese guapito de cara es la persona más inteligente que conozco.

—¿Cuál fue el primer producto que creó?

—El Chochito Mimado.

Me detuve en seco.

—¿El qué?

Samantha soltó una carcajada.

—Ahora se vende en cincuenta países y se comercializa con el nombre de Divine Wax, pero el nombre que le puso en la universidad fue Chochito Mimado.

—¿Divine Wax es invento suyo? He oído que es magnífico y que va muy bien.

—Así es. Cuando estaba en la universidad, vivía en una hermandad con un puñado de musculitos. Algunos estaban obsesionados con el culturismo. En su segundo año, unos empezaron a presentarse a concursos de culturismo. Tenían que ir totalmente depilados, y esos tíos tan fuertes y musculosos se quejaban todo el rato de lo mucho que dolía la cera. Chase trabajaba a media jornada en el laboratorio de química de la universidad y encontró la forma de incorporar un ingrediente anestésico a la cera para que no doliera al usarla. Así pues, después de embadurnarse de cera el pecho y la espalda, el tirón no dolía nada.

—¿Y de ahí se convirtió en una marca de culto para mujeres?

—Tuvo que pasar algo más de tiempo para eso. Se difundió por toda Brown que un buenorro había inventado la depilación sin dolor y eso desembocó en Chochito Mimado. Se paseaba por las hermandades y en una tarde ganaba un montón... además de un revolcón con la tía más buena de la residencia que visitara. Era increíble. —Samantha se rio—. Entre que estaba de buen ver y era un listillo, ya te lo puedes imaginar. A las mujeres les encanta esa combinación.

«Vaya que si nos gusta».

—Es impresionante. ¿Y cómo subió de nivel?

—En su tercer año, era proveedor de la cera y de cualquier otra cosa más para Dakota Canning, la heredera de Canning & Canning.

—¿La empresa farmacéutica de las Fortune 100?

—Esa misma. Supongo que Dakota le hablaría a su padre de la cera y la cosa despegó desde allí. A los seis meses empezaron a empaquetarla y comercializarla bajo un contrato de licencia. Cuando Chase se graduó en Brown, ya había ganado su primer millón.

—Eso sí que es increíble.

—Sí. Ahora es como el Zuckerberg de las vaginas… Tiene muchos otros productos con fórmula mejorada. Muchos pertenecen al sector de la salud y la belleza, pero también ha inventado una pomada para las quemaduras que regenera la piel y alivia el dolor solo con aplicarla una vez al día. La mayoría de las pomadas para quemaduras tienen que aplicarse muchas veces, y tocar la piel tras una quemadura grave no solo es terriblemente doloroso, sino que además aumenta las posibilidades de infección.

—Alucinante.

—Lo es. Pero no le digas que te lo he dicho. —Esbozó una sonrisa—. Oye, ¿y cómo os conocisteis? Me ha hablado de una doble cita o algo así, pero no ha entrado en detalles. Intentar sacarle algo personal a ese hombre es como intentar entrar en Fort Knox. Y eso que nos conocemos desde que íbamos al instituto.

—En realidad, es una historia muy rara. Yo estaba en una cita horrible y me había escondido en los servicios del restaurante para decirle a una amiga que me llamara y fingiera que había una emergencia. Chase me oyó y me regaño por ser tan maleducada. Y cuando volví con mi cita, no se le ocurrió otra cosa que venir con la suya y acompañarnos.

—¿Conocía a la persona con la que estabas?

—Qué va. Fingió que éramos viejos amigos y se nos unió… empezó a inventarse historias bastante buenas sobre nuestra supuesta adolescencia. Algunas eran tan reales y gráficas, que por un momento hasta yo me las empecé a creer.

—Sí, eso de las historias es muy suyo. Una vez tuvimos que escribir una historia para mi amiga Peyton en el instituto. Chase se la dio antes de entrar a clase, así que no tuvo tiempo de leérsela. El orientador académico la llamó a la mañana siguiente porque su profesora estaba muy preocupada por su bienestar. Chase había escrito una historia surrealista sobre que la había atacado un jabalí salvaje en una acampada con sus padres, que estaban demasiado borrachos para ayudarla a quitarse el animal de encima. La forma en que relató el viaje a urgencias y los puntos de sutura de después era demasiado explícita para no ser real.

—¡Sí! Eso hizo conmigo también. Se inventó una historia muy loca sobre nuestro primer beso en el instituto, que me empezó a sangrar la nariz mientras nos besábamos. De lo disparatada que era resultó verosímil.

Sacudió la cabeza mientras reía.

—La línea que separa al genio del loco es muy delgada.

Cuando llegamos a la calle por donde habíamos entrado al parque, Samantha me tendió la mano.

—Ha sido un placer conocerte, Reese. He de decir que sentí curiosidad cuando Chase me llamó anoche para pedirme que te ayudara a encontrar trabajo. Normalmente no mezcla su vida personal con la laboral, pero ya veo por qué es. Eres una mujer con los pies en la tierra, inteligente e ingeniosa; te pareces mucho a Chase.

—Esto… entre nosotros no… no hay ninguna relación personal. Solo coincidimos en esa doble cita extraña y luego en el gimnasio ayer.

Me lanzó una mirada escéptica.

—Pues será que le has causado buena impresión. Lo de subcontratarme no entra dentro de sus costumbres.

Alcé las cejas.

—¿Subcontratarte?

—Dejé de trabajar como cazatalentos hace tres años. Ahora suelo trabajar solo para Industrias Parker.

—Vaya, creía que… Chase me dijo que conocía a una buena cazatalentos… por eso pensaba que trabajabas en una agencia de contratación para diferentes empresas, no para la suya exclusivamente.

—Antes trabajaba en eso. Pero me alegro de que nos hayamos conocido. Tengo muchos contactos en el sector de productos femeninos de Industrias Parker. Tantearé el terreno para ver en qué departamento necesitan personal. Espera... Conozco a alguien que busca a un director de marca. Sería un puesto inferior al que dejas, pero se trataría de hacer campañas integrales de publicidad y marketing para varios productos, por lo que te encargarías de crear campañas completas. Aunque, ahora que lo pienso, necesitan que la incorporación sea inmediata. ¿Estarías interesada?

—El viernes es mi último día en Fresh Look y aún no tengo nada. No soy de las que les gusta quedarse sentadas sin hacer nada, conque sí, podría plantearme empezar con algo así.

—Perfecto. Dame un día o dos y veré qué puedo hacer.

Hoy tenía mi tercera cita con Bryant, cuarta si contamos la tarde en el gimnasio. Me había invitado a su casa para cenar algo cocinado por él y ver una película; y sabía que, dada la intimidad, las cosas avanzarían físicamente entre nosotros. Por ahora, solo nos hemos dado unos besos subiditos de tono, pero nada más.

En la ducha, estuve pensando si estaba preparada para acostarme con él. No soy precisamente una mojigata y tampoco creo que un tío deba pasar varias pruebas antes de irme con él a la cama. He tenido primeras citas que han terminado en la cama y otras veces he tenido relaciones de cuatro meses que no han llegado a ese nivel. Desde mi punto de vista, es lo que surja en función del momento. Pensé en lo que sentía por Bryant mientras me depilaba las piernas. Era un buen tipo —treinta y un años, sin niños ni ex—, guapo, tenía un trabajo estable como director de un fondo de inversiones y no temía mostrar sus sentimientos.

Aun así, mientras me pasaba la cuchilla por el muslo, me sorprendí pensando en otra persona: Chase Parker.

Intenté convencerme de que era por todo lo que me había contado Samantha en la comida, lo de la cera... Y, claro, justo me estaba depilando las piernas. Por eso pensaba en él en la ducha en lugar de centrarme en el hombre con el que iba a quedar. Pensé en el *piercing* pequeñito que tiene en el pezón mientras me enjabonaba el pecho. Puede que dejara más tiempo de lo habitual la mano en los pechos mientras me los enjuagaba. «Bueno, tengo que enjuagarlos bien». Y solo pensaba en Chase al cerrar los ojos porque tenía curiosidad por saber qué cara pondría si le enganchara el *piercing* con los dientes y tirara de él. Conseguí que mi mano no se quedara un ratito más en otro lugar, pero no fue tarea fácil. Tenía a Chase en la cabeza cuando debería tener a otra persona.

Paré para comprar el vino que a Bryant le gustaba de camino a su casa. Me recibió con dulzura.

—Estás guapísima —dijo y me dio un beso tierno de bienvenida.

Justo entonces se oyó un pitido en la cocina y me invitó a pasar. Aproveché para echarle un vistazo al apartamento: era moderno y muy limpio, y había cuadros en las paredes. Mis parejas anteriores creían que decorar era colocar un televisor de sesenta pulgadas. «Hemos avanzado».

Bryant destapó la olla y la puso a un lado. Sonrió al abrir una caja de pasta rigatoni.

—He preparado dos platos: rigatoni al vodka y pollo a la parmesana. La primera vez que quedamos pediste pasta primavera, por eso he pensado que los rigatoni serían un acierto.

Que se acordara de lo que comí era muy considerado por su parte.

—¿Te echo una mano?

—Mira, saca dos copas de ahí. —Señaló con la barbilla una vitrina a su izquierda mientras echaba la pasta al agua hirviendo—. Hay una botella de vino abierta en el frigorí-fico. Yo le echo un ojo a la pasta. Sírvelo tú.

No paraba de mirarme cuando estaba llenando las copas.

—¿Qué pasa?

—Me gustaría decirte algo, pero quizá suene un poco raro.

—Bueno, ahora que has empezado, debes decirlo. —Le di un sorbo al vino y le tendí su copa.

—Allá va. No he podido dejar de pensar en ti mientras estaba en la ducha hoy… en lo preciosa que eres.

Se supone que eso debería haberme hecho sentir bien, pero me hizo sentir como una mierda. Mientras el gran tipo con el que salía había estado pensando en mí… yo ha-bía pensado en otro hombre.

Forcé una ligera sonrisa.

—Eso es muy bonito. Muchas gracias.

Se me acercó un poco más y me puso un mechón detrás de la oreja.

—Esa es la intención. Me gustas. Eres inteligente, guapa y sabes lo que quieres. Sé que aún es pronto, pero siento que lo que tenemos va bastante bien. Tiene futuro.

Tragué saliva. A mí también me gustaba mucho, pero había algo que me frenaba. Lo que me acababa de decir era lo que cualquier soltera de veintiocho querría oír de la boca de un buen tío. Pero aun así… no terminaba de verlo.

Me leyó el pensamiento.

Se retiró y me dijo:

—Te estoy asustando, ¿verdad?

Me odié por hacerle sentir mal, porque sí me gustaba.

—No… para nada. A mí también me gustas. Solo… solo que creo que deberíamos ir más despacio. No he te-nido mucha suerte en mis relaciones anteriores y supongo que voy con pies de plomo.

Asintió. Y creo que, aunque sonrió, mi respuesta le de-cepcionó un poco. Joder, si hasta yo estaba decepcionada con lo que acababa de soltarle. Llevaba un tiempo tratando de convencerme y conseguir que me gustara.

Pero faltaba chispa, algo de locura. Tendría que sentir mariposas en el estómago cuando me decía esas cosas o me miraba de esa forma al abrir la puerta. Aun así, estaba dispuesta a seguir intentándolo. Valía la pena.

Aunque Bryant estuvo de acuerdo en que nos tomáramos las cosas con calma, el ambiente quedó algo enrarecido el resto de la noche. Sin embargo, me sentí liberada al saber que ya no tendría que decidir si me acostaba con él o no tras haber tomado este rumbo. Porque me di cuenta de que aún no estaba preparada. Cuando la velada terminó antes de lo previsto, me pregunté si alguna vez lo estaría.

5

Reese

—*D*ebería empezar a ir en taxi —refunfuñé mientras subía corriendo las escaleras del metro y caminaba por la manzana que llevaba al edificio donde ya habría llegado de no haber sido por el tren, que se había quedado parado veinte minutos. Tenía una entrevista a las once y ya eran las once pasadas. Quizá lo de cambiarme ocho veces de ropa esta mañana no había contribuido a llegar a tiempo.

El edificio Maxim era un rascacielos moderno de cristal y de más de cincuenta plantas. Una vez dentro de aquel vestíbulo enorme y elegante, tardé un minuto en descubrir dónde estaba el directorio de empresas; todo era plateado y brillante.

Cuando lo encontré, busqué Industrias Parker y pasé el dedo por la placa de cristal para localizar la ubicación correspondiente. «Planta treinta y tres».

Mientras corría hacia el ascensor vi que las puertas estaban a punto de cerrarse, así que metí el pie dentro para pararlo. Funcionó, pero casi pierdo los dedos en el intento.

—¡Mierda! ¡Ay! —Las puertas se volvieron a abrir y entré renqueando: sin darme cuenta, el fino tacón del zapato se metió en las guías de la puerta del ascensor. Mi cuerpo siguió hacia delante con el tacón encajado, pero el pie no lo pudo seguir y me tambaleé hacia adelante. Alguien me sujetó y me salvó de darme de bruces contra el suelo.

—Joder —dije entre dientes, al ver que el zapato se había quedado clavado en el suelo.

—Me alegro de verte, Reese.

Levanté la cabeza al darme cuenta de quién me había ahorrado la caída.

—¿Estás de coña? ¿Cuántas veces puede quedar mal una persona delante de otra?

Cuando vio que había recuperado el equilibrio, Chase se arrodilló y logró desencajar el tacón de la puerta. Me dio un toquecito en la pantorrilla para que levantase la pierna y me volvió a poner el zapato.

—No ha sido una mala impresión ni mucho menos —dijo, tardando más de la cuenta en volver a ponerse de pie—. Bonitas piernas.

—Gracias… por liberar el zapato, quiero decir.

Me miró fijamente y arqueó las cejas.

—¿Así que no me darás las gracias por decirte que tienes unas piernas bonitas?

Noté que me ruborizaba y me sentí aliviada cuando se centró en los botones.

—¿A qué piso vas?

—Mmm… ¿treinta y tres?

«¿Su empresa tiene más de una planta?».

—¿Vas a Industrias Parker? ¿Tienes una cita con Sam?

—Sí, y con Josh Lange.

—¿Josh?

—Sí. Es quien me va a entrevistar, ¿no? ¿El vicepresidente de marketing?

—Cierto. Sí. Josh es el vicepresidente de marketing —dijo, pero tuve la sensación de que Chase no sabía que tenía una entrevista aquí hoy.

Subimos en el ascensor en un silencio incómodo. Cuando las puertas se abrieron, me hizo un gesto con la mano para que saliera primero y caminamos juntos hacia las puertas dobles de cristal de Industrias Parker.

El mostrador de recepción estaba vacío.

—Siéntate mientras los aviso de que has llegado —dijo.

—Gracias.

Se fue y, al cabo de un par de minutos, la recepcionista regresó al mostrador.

—Hola. Lo siento, estaba haciendo fotocopias. Espero que no hayas tenido que esperar mucho tiempo.

—Para nada. He subido con Chase, que ahora iba a decirles a Samantha Richmond y Josh Lange que acabo de llegar.

—Tienes que ser Reese Annesley. Sam me pidió que te llevara a la sala de reuniones cuando llegaras. Acompáñame, que te digo dónde es.

En la sala de reuniones había una gran mesa de caoba con una docena de sillas alrededor. La pared que daba al recibidor era de un cristal diáfano, pero las persianas estaban medio echadas. Una vez dentro, saqué el protector labial, me repasé los labios y luego me los pinté con el tono Rebel de MAC. Cuando terminé, oí la voz de Chase desde el otro lado del cristal.

—No creo que sea buena idea contratar a Reese.

Se me cayó el alma a los pies. Estaba claro que no me había visto.

Reconocí la voz de Samantha cuando respondió:

—¿Por qué? Tenemos un puesto vacante en el que encajaría a la perfección.

—No creo que sea la persona adecuada.

—Y una mierda.

—No me lo pongas más difícil, Sam. No la contrates y punto.

No podía verla, pero me la imaginaba cruzándose de brazos.

—Dame una razón.

—Porque lo digo yo.

—No.

—¿No?

—Eso es, no. La juzgas porque es guapa y te atrae. Es tan malo como juzgar a alguien por ser mayor o por tener un determinado color de piel.

—Estás muy equivocada.

—Está bien, pues entonces dame una razón por la que no deberíamos contratarla. Es la persona ideal para el puesto y puede incorporarse inmediatamente. Dimitria cogerá la baja por maternidad pronto, es el momento oportuno. Al departamento de marketing le falta personal y Josh tenía en mente contratar a alguien para la sección de marca de todas formas. Puede coger proyectos de Dimitria y luego ponerse con los nuevos cuando coja el alta.

—Lo que quieras. Haz lo que te dé la gana, Sam.

La voz de Sam se volvió más distante.

—Eso haré. —Supuse que se estaba alejando.

Cerré los ojos. Tenía claro que no quería trabajar en un sitio donde no se me quería, pero quería dar las gracias a Samantha por su consideración antes de irme. Supuse que el mero hecho de acudir a la entrevista sería una pérdida de tiempo para todo el mundo, por lo que me levanté y me dispuse a volver a la recepción. La recepcionista ya avisaría a Samantha por mí. En cuanto salí por la puerta de la sala de reuniones, vi a Chase en el pasillo. Me di la vuelta de inmediato y comencé a caminar en dirección contraria, sin ni siquiera saber adónde conducía.

—¿Reese? ¿Adónde vas?

—¿Te importa? —Seguí caminando.

Me alcanzó y comenzó a caminar junto a mí.

—¿Qué ocurre?

Me cabreaba que se hiciera el inocente, así que paré en seco y le planté cara para poder seguir con mi camino.

—Desde la sala de reuniones he oído lo que has dicho. Me voy.

Cerró los ojos.

—Mierda.

—Sí. Mierda. Así es como me has hecho sentir.

Comencé a andar de nuevo. Acto seguido, Chase me agarró del brazo, me llevó a un despacho vacío y cerró la puerta.

Se pasó los dedos por el pelo. «Ese pelo tan sexi...».

—Lo siento. Me he comportado como un gilipollas.

—Sí, desde luego. Como un verdadero gilipollas.

Chase agachó la cabeza y soltó una risita.

—Tú y Sam os vais a llevar bien.

—Supongo que no sabías que Samantha me había llamado para entrevistarme hoy.

Negó con la cabeza.

—No, no lo sabía.

—Bueno, no quiero estar donde no se me quiere. Por favor, dale las gracias a Samantha de mi parte.

—No es lo que crees.

—Ya no sé qué creer. Me tienes confundida.

Chase me miró fijamente durante unos segundos, sin apartar la mirada.

—Confía en mí, solo trato de hacer lo correcto.

—¿Que confíe en ti? ¿Después de la sarta de «verdades» que sueltas cuando te tengo cerca?

Me fulminó con la mirada.

Le devolví el gesto.

—Está bien. Vale. ¿Quieres saber la verdad?

Me crucé de brazos.

—Pues sí, sería toda una novedad.

Se acercó a mí, invadiendo poco a poco mi espacio personal.

—Me atraes. Me atraes muchísimo. Desde que te vi la primera vez. He intentado ser respetuoso dado que estabas con alguien. Eso ya pasó. Si trabajas aquí, intentaré llevarte a la cama.

Abrí la boca para responderle. Luego la cerré. La volví a abrir.

—No puedo creer que me hayas dicho eso.

Se encogió de hombros.

—Querías la verdad. Ahí la tienes.

—Sabes de sobra que para acostarte conmigo, lo primero es que yo quiera, y me temo que, si fueses mi jefe, no ocurriría nada. Así que no habrá ningún problema.

—Ah. Bueno, entonces… parece que después de todo no habrá ningún problema. Me he preocupado por nada. Yo te tiraré los trastos y tú harás oídos sordos.

—Y… también porque tengo novio.

—Baron. Ya nos conocemos. Ese imbécil…

—Bryant. Y no es imbécil.

—Entonces queda todo claro. Sam tenía razón. Deberías trabajar aquí si Josh quiere contratarte; eso no será un problema.

Se acercó un poco más.

Mantuve la compostura. «Dios, pero qué bien huele».

—¿Entonces todo bien entre nosotros? ¿Aceptas mis disculpas? Tu entrevista será la leche y te contratarán. Luego yo intentaré acostarme contigo y tú no me lo permitirás.

No pude evitar reírme. El tipo era realmente ridículo.

Me tendió la mano.

—¿Trato hecho?

—Probablemente me haya vuelto loca, pero ¿por qué no? Me quedan pocos días para quedarme sin trabajo. —Le puse la mano sobre la suya, pero en lugar de estrecharla, se la llevó a la boca y la besó. Me estremecí. «Me he metido en un buen lío».

Sonrió ferozmente, dejando al descubierto un hoyuelo en el que no me había fijado. Menos mal que no lo había enseñado antes. «Menudo peligro».

—Ahora solo tenemos que conseguir que te contraten. ¿Quieres información confidencial?

—Claro.

—Dile a Josh que se parece a Adrien Brody, le encanta oírlo.

Sonreí con cautela.

—Es bueno saberlo.

—Y en lo que respecta a Sam… no le digas que eres fan

de los Mets, aunque lo seas; es seguidora de los Yankees hasta el final.

Lo miré de reojo con desconfianza.

—¿De veras crees que me preguntarán por el béisbol en una entrevista para un puesto de marketing?

—Nunca se sabe.

—¿Por qué tengo la sensación de que estás intentando fastidiarme?

—Ah, y otra cosa: Josh no está intentando ligar contigo, tiene un tic en el ojo. La primera semana que estuvo trabajando aquí pensé que le gustaba.

Me reí.

—De acuerdo.

Chase me acompañó a la sala de reuniones, donde Sam y un hombre que supuse era Josh —sí, era clavado a Adrien Brody— estaban hablando.

—Estaba enseñando a vuestra entrevistada cómo llegar al servicio de mujeres —dijo Chase, y me presentó a Josh. Después de que todos nos hubiéramos estrechado las manos y tomado asiento en la sala de reuniones, Chase se detuvo en la puerta.

Levantó la mano.

—Me alegro de verte de nuevo, Reese. Buena suerte con la entrevista.

—¿Te gustaría quedarte con nosotros para la entrevista, Chase? —preguntó Sam.

—No. No, no hace falta. Estoy seguro de que lo tenéis controlado.

—¿Quieres algo o tienes alguna pregunta antes de irte? —añadió.

—Creo que no. —Se dio la vuelta para irse y se detuvo—. En realidad, tengo unas cuantas preguntas rápidas. ¿Te importa, Reese?

—Por supuesto que no.

«¿Qué se trae entre manos?».

—Estupendo. ¿Equipo de béisbol preferido?

Lo miré de reojo, preguntándome si debía o no confiar

en él. Parecía que se divertía viendo que tardaba en responder. Respiré hondo y acto seguido tuve un poco de fe.

—Diría que los Yankees.

—Buena elección. —Chase dirigió la vista a Samantha, a quien se le había iluminado la cara.

—Otra pregunta.

Sabía perfectamente de qué se trataba antes de que lo preguntara, pero le seguí la corriente de todas formas.

—¿Josh te recuerda a alguna persona famosa en particular?

Me giré hacia Josh y fingí que estaba pensando durante un momento, luego me volví a girar hacia Chase.

—A Adrien Brody, solo que con gafas.

Sam miró a Chase como si hubiera perdido la cabeza y Josh se engrandeció un poco más.

—Buena suerte con el resto de la entrevista, Reese.

6

Reese

El lunes siguiente por la mañana todavía era de noche cuando llegué a Industrias Parker. Las luces estaban apagadas y las puertas cerradas; supuse que había pecado de demasiado entusiasmo en mi primer día. Hice tiempo durante un rato frente al edificio esperando a que alguien apareciera y fui al Starbucks a buscar un café. Estaba justo al lado del restaurante donde conocí a Chase.

Aunque parecía que nadie iba a trabajar todavía, había una cola interminable para comprar café. Me uní a la brigada del final de la cola como un buen soldado y me dispuse a ponerme al día con los correos que tenía en el móvil. Me sobresalté al notar una mano en el hombro y la voz que me susurraba por encima del hombro me hizo sentir escalofríos.

—¿También me tienes de fondo de pantalla?

Pegué un respingo.

—Casi me matas del susto.

—Lo siento. No podía dejar pasar la oportunidad de echarle un vistazo. Suponía que la obsesión venía de lejos, como me tienes de fondo de pantalla en el ordenador y eso...

Me giré y le enseñé el móvil.

—Os parecéis, pero desde luego no eres tú.

Chase me arrebató el móvil de las manos.

—Joder, ¿qué es eso?

—Es Tallulah.

—¿Esa cosa es de verdad?

—Pues claro. ¿A que es feísima?

—¿Es una gata?

—Sí. Es una Sphynx, una gata esfinge. Una raza de gatos sin pelo.

Era la mascota más fea que había visto en mi vida. Tenía la cabeza desproporcionada y cara de demonio. Su piel pálida, arrugada y de color carne la hacía parecer un pavo antes de meterlo al horno.

—Mi madre siempre quiso tener una mascota, pero tiene alergia, así que mi padrastro decidió regalársela por su cumpleaños. Resulta que lo que le da alergia no es el pelo, sino la proteína que tienen los animales en la saliva y la piel. Así que me la ha endosado este fin de semana mientras encuentra otro dueño. Ha pagado dos mil dólares por esa gata tan fea.

—Resulta un poco paradójico, ¿no? —preguntó Chase.

—¿Paradójico?

—Tienes una gata sin pelo y hoy empiezas a trabajar en una empresa cuyo producto estrella es...

Me llevé la mano a la boca.

—¡Dios! Eso sí que es paradójico.

—Qué quieres que te diga, lo rasuradito me ha hecho ganar mucho dinero. Esa gata debería ser la mascota de la empresa

Solté una carcajada.

—Lo tendré en cuenta para mi primer proyecto de marketing.

—En fin, ¿qué haces aquí tan temprano?

Miró su reloj. Fue entonces cuando me di cuenta de que iba vestido con ropa de correr, en lugar de camisa y corbata como la semana pasada en la oficina.

—Quería empezar temprano.

—El edificio no abre hasta las seis y media. Iba a salir a correr, pero te enseñaré a entrar cuando esté cerrado. Eso sí, después del café.

—No pasa nada, puedo esperar hasta que abran, no quiero importunarte.

—Odio correr. Cualquier excusa es buena para dejarlo para otro momento. Enseñar a una mujer como tú cómo llegar a mi despacho está la primera en esa lista de excusas. —Guiñó un ojo—. Sobre todo si se trata de alguien con quien voy a acabar acostándome.

«Dios, qué creído es. Y parece que funciona bastante bien conmigo».

La cola se había movido, aunque no me había percatado porque me había girado para hablar con Chase. Me hizo un gesto con la barbilla y me puso la mano en la espalda para que avanzara. Me parecía muy natural que me tocase.

Cuando llegamos al mostrador, me dijo que pidiera primero.

—Un café grande de tostado intenso, solo.

Chase sonrió y añadió:

—Que sean dos.

Insistió en pagarlo todo.

Cafeína en mano, subimos por una manzana hacia la parte trasera del edificio. Al llegar, llamó a unas puertas de acero ocultas. Un chico abrió una y nos saludó al entrar.

—Señor P., ¿cómo va todo?

—Nada mal, Carlo, ¿y tú qué tal?

—La verdad es que no me puedo quejar. Mi mujer es una pejiguera, pero no es su culpa. Se casó con un tipo gordo y vago.

El hombre uniformado de mantenimiento se pasó la mano por la barriga cervecera y sonrió.

—Carlo, esta es Reese Annesley. Hoy es su primer día en Industrias Parker.

—Encantado de conocerla, señora A. —Se limpió las manos en la camiseta y me tendió una mientras hablaba con Chase—. ¿Toca sesión de fotos para el nuevo catálogo? Sabes que es mi momento favorito del año.

—Esta semana no. Reese no es modelo, aunque podría serlo.

Chase me guiñó un ojo de nuevo y sentí como algo revoloteaba en mi interior.

«Es tu jefe, tonta». Quizás fuera hora de acostarme con Bryant para mitigar la tensión.

Chase introdujo un código en el teclado situado encima del botón del ascensor. Acto seguido, las puertas del ascensor del servicio se abrieron.

—El código es 6969.

—No sé si voy a ser capaz de acordarme —contesté en tono jocoso.

Cuando me disponía a entrar, Chase me rodeó la cintura con el brazo.

—No quiero que tropieces otra vez.

—Listillo.

—Ahora soy tu jefe. No puedes llamarme así.

Eché un vistazo al reloj y esbocé una sonrisa.

—Según mi reloj todavía no, listillo.

—¿Es así como va a funcionar esto?

—Así es.

—Entonces funciona en ambos sentidos. Antes y después del horario de oficina, yo también puedo decir lo que se me pase por la cabeza. Quizás deberías replantearte lo de jugar a esto conmigo. —Marcó el treinta y tres y se me acercó—. ¿Quieres saber en lo que estoy pensando justo ahora? Puedo cerrar los ojos y describírtelo con todo lujo de detalles, si lo deseas.

De repente, el ascensor se me antojaba demasiado pequeño. Y hacía calor. Joder, mucho calor.

Justo antes de que las puertas se cerrasen, un hombre con traje entró y se unió a nosotros. Murmuró algo ininteligible y marcó el veintidós.

Chase retrocedió unos pasos y carraspeó.

—Tendrás que entrar por esa puerta antes de las seis y media y después de las ocho.

—Vale.

Chase permaneció lo bastante lejos como para que pareciera normal y a la vez lo suficientemente cerca como para poder olerlo en los minúsculos confines del ascensor del personal. Olía increíble, a silvestre y a limpio. Eso me llevó a pensar que lo más probable era que no se levantara y duchara solo para ir a correr… ¿Olía así al despertar? Joder. No sé por qué, pero me imaginé a Chase en medio del bosque talando un enorme roble. Llevaba vaqueros —el primer botón desabrochado, claro—, botas de trabajo y el torso desnudo.

Tenerlo tan cerca me hacía perder el sentido. Giré la cabeza.

—¿Por casualidad tienes una cabaña en el bosque?

Parecía entretenido.

—No. ¿Debería?

—Da igual.

Cuando llegamos a la planta, Chase me hizo una visita guiada rápida. Según caminábamos, notaba la pasión que sentía por su empresa mientras hacía una descripción breve de los departamentos por los que pasábamos. Había perdido al Chase ligón y conocido al director ejecutivo Chase Parker. Y los dos me gustaban por igual.

Era tan inteligente y apasionado que me había hecho olvidar que habíamos pasado más de una hora en el laboratorio de desarrollo de productos antes de que la gente empezara a entrar para comenzar su jornada. Chase me mostró cada producto y su respectiva historia. Al llegar al último, Divine Wax, omitió algunos detalles de los que Sam me había puesto al corriente. Concretamente, cómo el Chochito Mimado le había asegurado polvos a lo largo de casi toda la carrera.

—Deberías llevarte uno de cada para probarlos —dijo.

—Ya los compré durante el fin de semana para mimarme un poco. Quiero probarlos todos antes de lanzarme a hacer campañas de marketing sobre ellos.

—¿Y bien?

—Me parece curioso que un hombre haya desarrollado productos tan bonitos.

—¿Qué quieres que te diga? No me avergüenzo de mi lado femenino.

—Mmm... Tengo entendido que utilizaste tus productos para entrar en contacto con el lado femenino en la universidad.

Arqueó una ceja.

—Ya veo que te tengo que mantener alejada de Sam.

—Pero si es una fuente de sabiduría.

Volvió a colocarme la mano en la cintura y salimos del laboratorio de desarrollo de productos.

—Ese es el problema.

Caminamos juntos hacia el departamento de marketing.

—¿Hace cuánto que os conocéis?

—Desde secundaria.

—Vaya, eso es hace mucho.

—Sí, pero no es con la que me estaba enrollando en la entrada del gimnasio.

Un chico salió del primer despacho del departamento de marketing según pasamos. Era atractivo y adorable en plan «acabo de salir de la hermandad y de encontrar mi primer trabajo de verdad».

Chase se detuvo y me lo presentó.

—Reese, te presento a Travis. Trabaja en las TIC de marketing. Se encarga del posicionamiento web y de la optimización de la página.

Me estrechó la mano con una sonrisa bobalicona.

—Por favor, dime que trabaja aquí.

—Trabaja aquí.

—Joder, me encanta mi trabajo.

—¿Sí? Pues límpiate la baba y vete a leer la página catorce del manual del empleado.

—¿Página catorce?

—La política preventiva de acoso laboral hacia otros empleados.

Travis alzó las manos y soltó una carcajada.

—Está bien. Nada de acoso. Si acaso algún que otro piropo sobre lo guapa que es.

Sin duda, era una oficina donde todo el mundo bromeaba, incluso con el jefe.

Según recorríamos el pasillo, Chase se inclinó hacia mí y me susurró:

—No te preocupes. La política de acoso solo es aplicable a los empleados, no al dueño. Lo he revisado esta mañana.

El gran despacho al final del pasillo era el de Josh. Cuando llegamos, estaba sentado con una mujer en estado avanzado de gestación. Se dejó caer en la silla y acarició su redonda barriga.

—Me he topado con tu nueva empleada intentando entrar antes de que amaneciera —declaró Chase—. Ya puedes utilizar esa energía para algo de provecho. —Dirigió su mirada a la mujer que supuse que era la que cogería la baja por maternidad pronto—. Parece que a Dimitria ya no le queda nada.

Parecía estar muy incómoda, estrujando y soltando una de esas pelotas antiestrés a la vez que hablaba.

—¿Por qué no has inventado algo que evite que las embarazadas tengan pérdidas de orina cada vez que estornuden o se rían? O algo que haga bajar la hinchazón de los tobillos —dijo señalándose los pies—. Llevo los zapatos de mi madre. Ya no me vale nada mío. Ni siquiera los puñeteros zapatos.

Chase hizo un gesto de desaprobación con la cabeza.

—¿Tienes alguna fobia, Reese?

—¿Miedos? ¿Te refieres a arañas y cosas por el estilo?

«A ver, ¿cuánto tiempo libre tienes?».

—Sí. Algo que te haga salir por piernas de forma irracional al verlo porque te hace cagarte de miedo.

—Bueno, las palomas no son santo de mi devoción. Soy capaz de cambiar de acera solo para evitarlas.

Chase asintió.

—Yo tengo fobia a las mujeres embarazadas. Así que voy a salir a correr antes de que haga demasiado calor.

Dimitria le tiró a Chase la pelota antiestrés y le golpeó en el hombro.

—Ahora entiendo para qué narices sirven estas cosas.

Divine Wax. Al final del día, me senté en mi nuevo despacho y di varias vueltas al bote que tenía en mi mesa. Al día siguiente tenía mi primera reunión oficial del comité de expertos de estrategia, ya que el departamento de marketing había comenzado un proyecto clave para el cambio de imagen del producto estrella de Industrias Parker. Tenía que meterme en la cabeza de un comprador de productos para depilarse en casa. El problema era que yo no solía depilarme en casa, por lo que pedí hora a mi esteticista a las ocho esa misma tarde. Me haría las ingles con la cera de siempre y también con la cera Divine para poder comparar.

La mayoría de los trabajadores del departamento de marketing ya se había marchado. Pegué un mordisco a una barrita energética y un sorbo a un refresco que había comprado en la máquina expendedora de la sala de descanso, cuando Chase apareció en mi puerta. A diferencia de esta mañana, llevaba traje. Se aflojó la corbata conforme hablaba.

—Así que... ¿Dr. Pepper?

Llevaba años sin beberlo, pero las latas de la máquina me recordaron a cuando me encontré con Chase en el gimnasio y me comentó que le gustaba. El recuerdo me incitó a pulsar el botón sin pensármelo dos veces.

—A mi primo le encanta —le dije—. Quería probarlo.

Esbozó una sonrisa a lo «soy increíblemente guapo y me sale solo».

«Por Dios, no hagas eso».

—¿Te gusta trabajar hasta tarde?

—Trabajo mejor por la noche —dije.

Chase arqueó las cejas.

—No estamos en horario laboral, ya no soy tu jefe. ¿No es así como me dijiste esta mañana que iba a ser?

Me recliné en la silla.

—Ya son más de las seis, así que puedes decir lo que se te pase por la cabeza.

Se movió para sentarse frente a mí y me lanzó su mejor mirada lasciva.

—Solo iba a decir que yo también lo hago mejor todo de noche.

—Estoy segura. Aunque me refería a las ideas publicitarias. Creo que soy más creativa por la tarde. A veces, me meto en la cama, apago las luces y justo entonces se me ocurre una idea para algo en lo que llevaba todo el día tratando de concentrarme.

—Yo también me vuelvo muy creativo al apagar las luces y meterme en la cama. Podríamos comprobarlo algún día. Seguramente daría resultados asombrosos y seríamos el doble de creativos.

Negué con la cabeza, entretenida.

—Eres la pesadilla de recursos humanos. Estoy segura de que Samantha se gana el sueldo a pulso.

—Pues no suelo serlo, no. Sigues tirándome los tejos y no puedo hacer otra cosa que reaccionar. Es algo inapropiado, teniendo en cuenta que soy tu jefe y todo eso.

Casi se me salen los ojos de las órbitas.

—No estoy tirándote los tejos, eres tú.

—Tranquila, solo bromeaba. No creo que sea inapropiado para nada. Puedes seguir haciéndolo.

—¿Has estado esnifando productos químicos todo el día o qué?

Su sonrisa era contagiosa.

—¿Hasta cuándo te vas a quedar? —preguntó.

—Tengo una cita a las ocho. Pensé en quedarme haciendo tiempo hasta entonces porque me pilla de camino a casa.

—¿Vas a cenar con Braxton?

—Bryant. Y no. Voy a hacerme la cera —dije sosteniendo el frasco de Divine—. Pensé que podría investigar
un poco sobre los productos.

—Debería ir contigo.

—¿A depilarte?

—A ver cómo te depilan. —Le brillaban los ojos—. Investigación.

Cuando Samantha se asomó por la puerta de repente,
nos sonrió de una forma peculiar.

—Llevo esperándote diez minutos en tu despacho, ¿vamos a comer algo?

Chase me miró.

—Vamos a ir a Azuri's a por un falafel, ¿te apuntas?

—Gracias, me encantaría, pero tengo esa cita.

Más tarde aquella misma noche, tras haber quedado
con Bryant, me tumbé a oscuras a pensar en el día. Entonces me vibró el móvil. Era un número desconocido y el
mensaje parecía estar encriptado. Decía: «¿Ya sois gemelas
Tallulah y tú?».

Tardé un minuto en descubrir de qué iba la cosa. Por
un momento olvidé que había dado mi número a Chase
para que se lo pasara a Samantha el día del gimnasio. Cerré los ojos y sonreí para mis adentros. De repente, ya no
tenía sueño.

7

Reese

Solo era mi segundo día y ya me encantaba mi trabajo. Había reavivado algo que hacía tiempo que no sentía. Ni siquiera me había percatado de que lo había perdido: la pasión. En cuanto me levanté, estaba deseando ir a trabajar. Ya había experimentado esa sensación en algún momento en mi anterior trabajo, pero ¿dónde había ido a parar? Industrias Parker me hacía sentirme viva de nuevo.

Pasé toda la mañana escuchando las ideas del grupo en una sesión de reflexión de marketing. Se enriquecían mutuamente y seguían el pensamiento del otro en lugar de competir entre ellos, para dar con la mejor idea. Como era nueva, me dediqué a escuchar más que a hablar.

Cuando volvimos del almuerzo, Josh estaba junto a la pizarra garabateando palabras aleatorias que la gente gritaba. Entonces Chase se colocó al fondo de la sala y permaneció quieto, observando. Miré hacia atrás al sentir sus ojos clavados en mí. Su mirada siempre esperaba tropezar con la mía.

Había dos asientos vacíos en la sala, uno de ellos a mi lado. Tras varios minutos, recorrió la sala hasta sentarse en el asiento a mi derecha. Nos miramos de reojo. Josh se apartó de lo que había estado escribiendo y carraspeó.

Había escrito en la pizarra «¿Qué quieren las mujeres?» con letras negras grandes.

—Antes de que empecemos me gustaría hablar de lo

que sabemos. —Se puso a contar con los dedos, empezando con el índice—. Uno: el 96 por ciento de nuestros clientes es mujer. Dos: los hábitos de consumo de las mujeres son diferentes a los de los hombres. Tres: el 91 por ciento de las mujeres entrevistadas el año pasado afirmó que los anunciantes no las entendían. —Levantó el meñique para el cuarto argumento—. Cuatro: los hombres compran por necesidad, las mujeres por capricho. —Luego dio un golpecito en la pizarra—. «¿Qué quieren las mujeres?». Si vamos a venderles un producto, empecemos por el principio.

Señaló los dos caballetes dispuestos a ambos lados de la sala.

—Nos vamos a dividir en dos grupos. Tenemos dos pizarras. Hagámoslo interesante, ¿de acuerdo? Las mujeres a la derecha y los hombres a la izquierda. Quiero, como mínimo, cinco deseos en cada lista. Cuantos más, mejor. Yo escribiré lo que digan los hombres. —Miró a Chase, que asintió una vez—. Y Chase lo de las mujeres.

Chase se me acercó y me susurró al oído.

—Hueles increíblemente bien, como la playa en verano. —Respiró profundamente—. Coco, quizás un poco de madreselva, acompañada de un ligero toque de cítrico.

Negué con la cabeza, pero susurré:

—Gracias. —Señalé el reloj—. Está fuera de lugar durante la jornada laboral.

—¿Ah, sí? Adrien Brody necesita un aumento. Voy a conseguir una hoja de ruta para ver lo que te pone y lo llamaré trabajo. A veces, me encanta este trabajo.

Una vez organizada la sala y todo el mundo acomodado en sus nuevos sitios, Chase sugirió que cada mujer hiciese su propia lista para ver a qué podíamos llegar entre todos. Miró de reojo mi lista unas cuantas veces, pero tapé el cuaderno con una sonrisa burlona. Cuando todos terminaron de escribir, Chase se levantó, cogió el rotulador de la bandeja, lo destapó ´y escribió «¿Qué quieren las mujeres?» subrayado con una línea gruesa.

—Por supuesto, yo ya sé la respuesta, pero como soy el moderador, dejaré que las mujeres lo deis todo. —Sonrió de manera jocosa y volvió a aparecerle el hoyuelo.

«¡Desaparece! Eres como criptonita para mi cerebro».

Al principio, las necesidades que se barajaban eran las típicas: dinero, amor, seguridad, aventura, salud, belleza, diversión, simplicidad. Las mujeres del grupo refutaron algunas, pero la mayoría de los cuadernos estaban llenos de tachones con deseos descartados o ya escritos en la pizarra. Yo no hablaba mucho y en mi lista aún quedaban algunas cosas que no se habían mencionado. Chase le echó un vistazo y trató de leer al revés.

—¿Qué quieres tú, Reese? ¿Tienes algo más en tu lista? Me mordí el labio mientras bajaba la vista.

—Reconocimiento, seguridad, poder, familia. —Según las iba diciendo, las tachaba. Entonces vi que me faltaba una. Dudé, pero levanté la mirada y dije—: Orgasmos.

Chase señaló la palabra «amor» en la pizarra y preguntó:

—¿No están incluidos los orgasmos aquí?

Moví la cabeza hacia un lado.

—Para la mayoría de las mujeres, amor y orgasmos no suelen ir de la mano, lo creas o no.

—Ahí le has dado. —Chase añadió los orgasmos a la lista. Por supuesto, lo escribió dos veces más grande que las otras necesidades. Agregó también familia, seguridad y reconocimiento a la lista—. ¿Poder? ¿A qué te refieres? ¿A fuerza?

—No. Me refiero a la habilidad de influir en la conducta de otras personas.

—Para tener poder, es necesario arrebatárselo a las personas en las que vas a influir. Así que ¿quieres ser una dictadora? ¿Las mujeres quieren ser dictadoras?

—No. Estás extrapolando el concepto de poder. Un dictador gobierna por la fuerza y la opresión. Las mujeres quieren gobernar por la influencia. Somos más sutiles.

—No creo que las mujeres quieran llevar las riendas en todos los aspectos.

Abbey, una de las gerentes, se desternilló al oír esa afirmación.

—Eso es porque eres hombre.

—Nuestro propósito es llegar al quid de lo que las mujeres quieren para así poder asociar el producto con esa necesidad. Venga, seamos sinceros; hay momentos en que una mujer prefiere que mande el hombre. —Chase señaló la gran O de «orgasmo»—. En la cama muchas mujeres prefieren un amante dominante.

Las mujeres murmuraban y negaban con la cabeza, pero yo alcé la voz.

—Es cierto, pero nosotras seguimos queriendo llevar la voz cantante. Es la mujer quien decide cuándo o no follar en una relación. Nuestra influencia elige si pasa o no. Incluso en el caso de una relación dominante y sumisa verdadera; cuando la mujer desempeña el papel sumiso, sigue teniendo el poder aun cuando se la azota. Tiene una palabra de seguridad, lo que le otorga todo el control. Posee el poder y la influencia aun desde una posición físicamente sumisa.

Estaba toqueteando una de mis pulseras sin darme cuenta, una manía que tengo, y cuando alcé la vista, vi que Chase me miraba las muñecas. Carraspeó y puso de golpe el capuchón al rotulador.

—Buen trabajo a todos y todas. Creo que la lista está completa. Me tengo que ir corriendo a una reunión. Estoy deseando ver cuál de todas será la elegida para la campaña de cambio de imagen.

Eran las ocho pasadas y el personal de limpieza nocturna estaba pasando la aspiradora, por lo que no oí a Chase llegar por el pasillo hasta que lo vi en el marco de la puerta.

—Catorce horas al día. Me estás haciendo quedar mal.

Había sustituido el traje por unas mallas y una camiseta de deporte.

«Ay, Dios, menudos muslos».

Tenía el pelo recogido en un moño con un puñado de lápices clavados. Percibí la mirada de curiosidad en su cara cuando lo vio.

—He olvidado mi coletero. Al final del día, no soporto llevar el pelo suelto.

Los ojos de Chase seguían el rastro de mi escote. Noté un aleteo en el estómago por la forma en que parecía no poder dejar de mirar.

—¿Habéis llegado a un consenso hoy? —preguntó—. La estrategia para la campaña de cambio de imagen. ¿Qué quiere una mujer?

—Aún no la tenemos. Hemos reducido la lista a tres. Vamos a formular ideas para cada una, para ver cuál nos lleva en la dirección correcta.

—¿Cuáles?

—Poder, aventura y orgasmos.

—Bueno, se sabe que esa combinación funcionó con los libros de «Cincuenta sombras».

—Ahí tienes razón.

Ladeó la cabeza.

—¿Los has leído?

—Sí.

—¿Y bien?

—Me encantaron. A las mujeres nos encanta la fantasía.

No dejaba de mirarme a los ojos.

—Ya no estamos en horario laboral, ¿no?

Bajé la vista hacia mi reloj.

—Parece que no.

—¿Te gustan esas cosas?

El rubor de mi cara respondió a la pregunta. Bajé la mirada y me puse a toquetear mi pulsera en un intento de esquivar su mirada.

—No creo. Aunque la verdad es que nunca lo he probado.

Me obligué a mirarlo y pregunté:

—¿Y tú?

—Nunca he pensado en eso. Pero entiendo que atar a una mujer y hacerla sentir vulnerable puede tener cierta gracia. De alguna manera representa cierto elemento de poder para ambos.

Sus ojos descendieron hasta mi garganta al tragar saliva.

—A lo mejor viendo la marca rosa de mi mano en su pálida piel... en su culo, entre sus muslos. —Se detuvo y observó fijamente mis muñecas—. Atada, con los ojos tapados, tal vez algún que otro juguete.

—¿No acabas de decir que nunca habías pensado en hacerlo?

—Y no lo he hecho. —Esperó hasta que nuestros ojos se encontraron—. Hasta hoy, pensando en tus diminutas muñecas y cuánto deseo verlas atadas a mi cabecero algún día.

Justo entonces, me sonó el móvil. Bajé la mirada y, al ver el nombre, mis ojos oscilaron entre Chase y mi móvil. No parecía estar dispuesto a dejarme hablar en privado.

—Discúlpame un segundo. —Pasé el dedo por la pantalla y contesté—: Dime... Sí, ya casi he acabado. ¿Por qué no quedamos directamente allí? Está bien. Te veo en media hora.

—¿Tienes una cita?

—He quedado con Bryant para tomar algo.

Apretó la mandíbula y asintió

—Que pases una buena velada, Cacahuete.

Reese

Acababa de imaginarme un polvo.

Solo que no era con Bryant con quien quería echarlo.

Nos habíamos tomado dos copas. Cuando le hablé sobre mi nuevo trabajo comprobé que realmente me estaba escuchando. Sentados en la barra, me puso una mano en la rodilla y me dijo:

—Oye, estaba pensando... ¿Qué tal si bajamos a Jersey Shore este fin de semana? ¿Un fin de semana en la playa, cenita en algún chiringuito con cerveza fría y un montón de almejas? Mi amigo tiene una casa en Long Beach Island y no la va a usar este fin de semana.

Me encantaba la playa, los chiringuitos y la cerveza fría eran totalmente mi rollo. Pero no sé por qué dudé de si comprometerme a algo allí mismo o no. Necesitaba un poco más de tiempo para pensármelo.

—¿Puedo confirmártelo en un par de días? Acabamos de empezar con un nuevo proyecto muy importante en la empresa y puede que trabaje durante el fin de semana. Aún no lo sé seguro.

Bryant, tan pragmático como siempre, respondió:

—Claro, por supuesto.

Después, dimos la noche por terminada, puesto que los dos madrugábamos al día siguiente. De vuelta en mi apartamento, Tallulah me dio un susto de muerte al entrar. Esa puñetera gata era feísima. El sonido que hacía la cerradura

al meter la llave se había convertido en su estímulo pavlo-
viano personal. El salón habría estado totalmente a oscuras de no ser por los dos ojos verdes que me miraban fijamente. Cuando encendí las luces, la vi sentada encima del
respaldo del sofá, esperándome.

—Dios, eres más fea que un demonio.

—Miau.

—Ya lo sé, ya sé que no puedes evitarlo. —Le rasqué
la espalda con las uñas. Me pareció una sensación muy
extraña, casi no tenía pelo—. ¿Y si te compro uno de esos
jerséis para gatos? ¿Quizá algo negro y elegante? ¿O a lo
mejor algo de piel sintética? ¿Eso te gustaría, feíta mía?
Necesitas un poco de pelo que cubra ese cuerpo, eh, gor-
dinflona.

—Miau.

La cogí en brazos mientras hacía el ritual de siempre:
abrí todos los armarios y puertas, miré detrás de las cortinas y también debajo de la cama. Cuando me hube cercio-
rado de que todo estaba en orden, me di una ducha rápida,
me puse crema hidratante y me acosté. Tallulah se subió a
la cama y se puso sobre la almohada junto a mí.

Tras una jornada de catorce horas en un trabajo nuevo
y dos martinis después debería estar cansada. Pero no lo
estaba. Estaba... cachonda. Mi problema tenía fácil solución. Era obvio que no tenía más que invitar a Bryant
a mi apartamento y él, muy gustosamente, se ocuparía
de mis necesidades. Sin embargo, había escogido estar
sola.

Tallulah no paraba de ronronear junto a mí y me dio
en la cara con la pata. No le hice caso y lo volvió a hacer.
La segunda vez, le puse la pata en mi nariz. Sucumbí y me
giré para seguir rascándole la barriga color rosa carne. Se
dio la vuelta para darme acceso completo. Al poner las pa-
tas dobladas hacia los lados hacía que parecieran alitas de
pollo. Ahora sí parecía un pavo sin cocinar. Cogí el teléfono que estaba en la mesita de noche y le hice un par de
fotos para mandárselas a mi madre a la mañana siguiente.

Entonces me acordé del mensaje que Chase me había enviado la otra noche sobre Tallulah.

Le escribí un mensaje y le adjunté la foto de Tallulah tumbada sobre su espalda.

REESE: Estoy casi segura de que su gemelo anda
por ahí metido en un congelador.

No había pasado ni un minuto cuando vibró el teléfono con un mensaje.

CHASE: Estuve dándole vueltas al teléfono un rato hasta que
por fin logré entender lo que estaba mirando. En serio,
a eso lo llamo tener un coño bien feo.
REESE: Ja, ja. Y ha ocupado la mitad de mi cama.
Es muy exigente y no para de darme zarpazos
en la cara si dejo de rascarle la barriga.
CHASE: ¿Esta noche compartís esa cama tan grande las dos solas?

Sabía perfectamente que había quedado con Bryant después del trabajo

REESE: ¡Sí! Solo yo y mi gatita fea.
CHASE: Bueno es saberlo.
REESE: En fin, dulces sueños.
CHASE: Ahora sí lo serán. Buenas noches, Cacahuete.

A la mañana siguiente, mi mejor amiga Jules y yo quedamos para tomar café antes del trabajo. Había sido el máximo de tiempo que habíamos pasado sin vernos desde que empezamos a trabajar en Fresh Look el mismo día hacía siete años.

—El curro es una mierda sin ti —refunfuñó mientras nos sentábamos junto a la ventana con nuestros cafés.

—Pues claro que es una mierda. No tienes a nadie con quien cotillear.

—El otro día fui a comer con Ena, la de relaciones públicas, y le conté que me había comprado un vibrador nuevo. Seguro que la espanté de por vida.

—Hay gente que es un poco estirada con ese tipo de cosas.

Se encogió de hombros.

Jules era la persona menos estirada que jamás había conocido. Era muy abierta. Sus padres eran *hippies* de verdad y ella había crecido en una casa llena de amor. Una vez incluso me contó que sus padres tenían camas separadas para cuando el otro tenía compañía. Compartir las novedades de tu nuevo vibrador parece hasta aburrido cuando creciste en un ambiente en el que tus padres compartían parejas.

—Bueno… tú en realidad no es que lo necesites ahora que tienes a Bryant, pero Lovehoney acaba de salir al mercado con Jessica Rabbit, un vibrador triple placer con rotación. Es bastante mejor que mis últimas dos parejas; al menos te encuentra el clítoris.

—Me lo tendré que mirar.

—No me digas que Bryant no te funciona en la cama…

Le di un sorbo al café.

Pues en realidad no lo sé. Aún no nos hemos acostado. Pero en general es bastante atento. Eso es buena señal, supongo.

—¿No terminas de sentir la chispa o es que hay algo más?

Que Chase apareciera en mi mente al instante me dejó claro que se trataba de ese «algo más» antes que del propio Bryant. Alguien más, mejor dicho.

—Bryant es genial, de verdad que lo es.

—Pero…

—No sé, hay algo que me está frenando a la hora de avanzar en nuestra relación.

—¿Algo o alguien?

Jules me conocía demasiado bien.

—¿Te acuerdas de aquel tipo del que te hablé, el que

conocí en el restaurante al que fui en la cita con Martin?

—¿El tío bueno que se inventó todas aquellas historias?

—Sí, exacto.

—Me lo volví a encontrar, digamos.

—¿Digamos?

—Bueno… de hecho me lo he vuelto a encontrar un par de veces.

—¿Dónde?

Vacilé un segundo y luego respondí a modo de pregunta, como si estuviera poniendo a prueba la respuesta.

—¿En la oficina?

Jules dejó el café en la mesa que había entre nosotras.

—¿Trabaja en tu nueva oficina? Lo dirás en broma. Ya sabes lo que pasó la última vez que te tiraste a un compañero de trabajo.

—Chase no es exactamente un compañero de trabajo. —Justo acababa de decirlo cuando mi jefe entró por la puerta. Bueno, técnicamente no era mi jefe, era el jefe de mi jefe. No estaba segura de si eso mejoraba la situación o la empeoraba. «La empeora, seguro».

Jules y yo estábamos en una esquina, así que aún tenía la esperanza de que Chase no nos viera. No es que no disfrutara mirándolo a cada momento, pero sabía que Jules no sería discreta. Entró por la puerta, se puso en la cola y en unos segundos recorrió la sala con la mirada. Por un momento me pregunté si me estaría buscando. Sin embargo, no tuve tiempo de pensarlo mucho porque enseguida lo vi acercarse.

A diferencia del primer día que me lo encontré, esta mañana llevaba traje. Y, joder, estaba más bueno que de costumbre. Aún tenía el pelo mojado y algo despeinado; era como si su aspecto no le importara un bledo. La verdad es que le quedaba muy bien, lo distinguía del resto de ejecutivos engominados. Llevaba puesta una camisa francesa de vestir azul y una corbata del mismo color, solo que un poco más oscura. Le colgaba del cuello, bastante suelta, como si se hubiera hecho el nudo de la corbata y hubiera salido corriendo de casa. No tenía dudas de que la camisa estaba hecha a medida por la manera en que se estiraba en la zona del pecho, ajustada pero no muy apretada. Además, dejaba entrever las líneas del cuerpo esculpido que yo sabía que había bajo la camisa, pero sin llegar a marcárselas completamente.

Mientras lo repasaba con la mirada, discreta, a medida que se acercaba, los ojos de Jules se iluminaron. Se lo estaba comiendo con los ojos descaradamente.

—Buenos días. —Me sonrió y asintió a Jules con la cabeza—. ¿Qué? ¿Al final anoche tuvisteis marcha *Gatita fea* y tú? ¿Te dejó dormir?

—Pues sí. Puede que me la quede de amante.

—Qué pena.

Jules frunció el ceño.

—¿*Gatita fea*? Bueno, ¿y quién es este apuesto caballero que está hablando con nosotras?

Como decía, Jules venía de una casa donde todos eran muy abiertos y no tenía filtros. Si algo se le pasaba por la cabeza, enseguida se deslizaba por un tobogán y salía disparado por sus labios pintados de rosa.

Chase nos deleitó con su sonrisa resplandeciente y al hacerlo se le marcaron los hoyuelos. Le dio la mano a Jules.

—Chase Parker. Reese y yo trabajamos juntos.

Jules se giró hacia mí, ojiplática.

—Quiere decir Chase… ¿Chase del que estábamos hablando?

Arqueó una ceja.

—Espero que no estuvierais diciendo nada malo.

—¡Pero tú te has visto! ¿Qué íbamos a decir malo de ti? —dijo ella.

Chase se rio entre dientes y asintió.

—¿Querrían las señoritas otro café? Tengo una reunión ahora y me tengo que ir corriendo tras mi dosis de cafeína.

—De momento no, pero gracias.

—Entonces nos vemos luego en la oficina.

—El mejor momento del día, bromeé.

En cuanto Chase estuvo fuera de alcance, Jules levantó el brazo con la palma de la mano hacia mí.

—No hace falta que me expliques por qué has perdido el interés en Bryant. Chase es delicioso. Aunque ya conoces mi teoría: los hombres guapos no son tan buenos en la cama como los feos porque nunca se lo han tenido que currar tanto.

—Sí, ¿y qué?

—Me basta con verlo una vez para saber que es la excepción.

—¿Sabes que es bueno en la cama simplemente mirándolo y tras esta conversación tan corta?

Se puso seria.

—Sin lugar a dudas.

Jules estaba loca, pero normalmente solía coincidir con ella. Sabía que Chase tenía una personalidad muy perseverante y perfeccionista a la hora de conseguir cualquier objetivo que se propusiera. También era vehemente por naturaleza, lo que seguramente se traduciría en un rol más dominante en la cama.

—También es muy inteligente. —Suspiré.

—Pobre chico. Listo, atractivo y bueno en la cama. ¿Qué hace en este trabajo nuevo tuyo? Déjame adivinar: ventas. Yo le compraría cualquier cosa que me quisiera vender.

—Bueno, hace un poco de todo.

Jules pensó que lo había entendido. Asintió con la cabeza y dijo:

—Secretario administrativo. Está bien. Podrías ser la mamita sabrosa que lo mantiene.

—En realidad es el director ejecutivo. Chase Parker es el dueño de Industrias Parker. Y no de la misma manera por la que el consentido de Derek Eikman será dueño de Fresh Look algún día. Chase se ha hecho a sí mismo. Ha inventado la mayoría de los productos que vende la compañía y dirige la empresa él mismo.

—¡Dios, vaya, vaya! Déjame pensar. —Se llevó el dedo índice a la barbilla y se dio un par de golpecitos—. Por un lado, es obvio que no deberías acostarte con él porque ya sabemos cómo terminaron las cosas con Derek y tú tras ese pequeño momento de locura transitoria. Pero, por otro lado, no vería nada malo en subirme a su velero a jugar con su gran mástil. —Jules arqueó las cejas.

—¿Su gran mástil?

—Sí, estoy buscando una nueva expresión para referirme al tamaño del pene. ¿Cómo lo ves?

—Directamente no lo veo.

—Bueno, esto podría funcionar para las dos. En realidad, piénsalo, podría funcionar incluso para cuatro de nosotras. Si yo me acuesto con él, tú pensarás que es muy raro acostarte con él también. No eres de las que está abierta a explorar cuando tus amigas ya han plantado la bandera. Conque en tu mente, estaría fuera de alcance. Con el tiempo lo mirarías como si fuera una obra de arte a la que admiras en vez de un filete que te gustaría comer. Así tendrías apetito para otras comidas, como Bryant, y eso os hará felices a los dos. Y, por supuesto, Chase y yo también seríamos felicísimos porque compartiríamos la mejor experiencia sexual de nuestras vidas. —Se encogió de hombros—. Problema resuelto. De nada.

Me reí.

—En serio, te he echado de menos.

—Yo también. Sin ti es una mierda. Algún día tendríamos que montar nuestra propia empresa de publicidad. Solo contrataríamos a mujeres poderosas para los altos cargos y a tíos buenos para los de secretario.

—Me parece un buen plan.

—Así pues, ¿qué vas a hacer con Bryant y el jefazo?

—Necesito dar una oportunidad a lo mío con Bryant. Mi vida amorosa no ha estado lo que se dice llena de solteros de oro. Solo he tenido una relación que me haya durado más de dos meses en los últimos cinco años. Y ya sabes cómo terminó eso. Alec era buen tío, pero estaba tan colgado de su ex que me llamaba Alison cada vez que nos acostábamos… normalmente en la culminación del acto.

»Sin embargo, Bryant parece no tener lastre. Debería acostarme con él pronto, es buen tío, y así acabamos con esto de una vez. —Suspiré.

—¡Sí, señora! Así es como a mí me gustaría que la persona con la que salgo pensara en tener relaciones conmigo. Acabando con esto de una vez.

9

Chase. Hace siete años

$\mathcal{H}$abían pasado tres días y Eddie aún no aparecía por su zona habitual. Después de comer, Peyton me hizo acompañarla a dar una vuelta por el vecindario para ver si lo encontrábamos. Tenía un mal presentimiento tras haberle visto ese corte en la cabeza la semana anterior. Seguro que Peyton también. Cuando doblamos la esquina, me sentí aliviado al verlo. Pero no estaba solo. Dos policías lo estaban molestando. El más alto acababa de darle un pisotón. Según decía la placa que llevaba en ese pecho henchido, era el agente Canatalli.

—Buenas tardes, agentes —dije yo—. ¿Probando nuevas técnicas?

El policía, que no sería mucho mayor que yo, dirigió a Peyton una mirada lasciva y después irguió los hombros para corregir su postura.

—¿Algún problema?

—No, ninguno. Solo que por el barrio suelo ver al agente Connolly. Yo trabajo ahí a la vuelta de la esquina. —Me volví hacia Eddie—. Este es Eddie.

—Eddie es amigo mío —añadió Peyton—. Trabajo de voluntaria en Little East Open Kitchen. Es un banco de alimentos local en…

—Sé dónde está. Una preciosidad como tú no debería juntarse con este tipo de gente. Son peligrosos. Podrían hacerte daño.

Cerré los ojos pues sabía cómo iba a reaccionar Peyton.

—¿Cómo que son peligrosos? ¿No crees que estás generalizando un poco? Tampoco hay tanta diferencia entre decir eso y decir que todos los italianos son una panda de mafiosos, agente Canatalli.

Intenté redirigir la conversación para que no se fuera de madre.

—Últimamente unos adolescentes han estado molestando a Eddie. Así es como se ha hecho ese corte que lleva en la cabeza. Peyton fue a comisaría a denunciarlo, pero nadie hizo nada.

—Pues por eso mismo no debería estar por ahí en la calle. Solo le estábamos diciendo que ya vale por hoy. El sargento quiere que las calles estén limpias.

El policía le dio otra patada al pie a Eddie, que recogió las piernas y retrocedió haciéndose un ovillo para protegerse la cabeza con los brazos.

—A Eddie no le gusta que lo toquen. Prefiere que la gente se mantenga a un par de metros de él.

—A mí tampoco me gusta. Por eso no me siento en la acera, donde cualquier persona podría sacarme del medio por la fuerza si me negara a levantarme.

«Novato de mierda».

—Ven, Eddie. Ven conmigo. —Peyton le tendió la mano.

Eddie me miró, luego a los policías y después otra vez a mí, esta vez para cogerle la mano y levantarse. Cogió la bolsa de basura y se la puso a los hombros. La bolsa estaba a reventar y, al dar un par de pasos, el pequeño agujero que había en el fondo de la bolsa se hizo más grande y todo lo que llevaba allí se desparramó por el suelo. Los policías se pusieron impacientes y empezaron a quejarse. No tenían compasión.

Peyton tenía la funda de la guitarra colgada sobre los hombros y se agachó para ponerla en la acera y sacar el instrumento de dentro.

—Aquí tienes, Eddie, usa esto. La funda hacía que la guitarra pesara más, de todos modos.

Se puso la tira de la guitarra al hombro, y Eddie se agachó y metió todas sus cosas en la funda.

Mientras caminábamos hacia mi oficina susurré a Peyton:

—Oye, ¿qué vamos a hacer con él?

Se encogió de hombros y me dedicó esa sonrisa tan dulce a la que no me podía resistir.

—No lo sé, pero hay mucho espacio en ese gran despacho nuevo que tienes.

10

Reese

*E*stuve liada con el trabajo durante todo el día, aunque no por eso dejé de pensar en el jefe de cuando en cuando. Podría decirse que me ayudaba a organizarme el día por partes. Trabajaba en un eslogan para Divine. «Fantasía con el jefe». Buscaba palabras clave para el posicionamiento web. «Fantasía con el jefe». Comía. «Fantasía con el jefe». No es de extrañar que todavía estuviera en el trabajo a las ocho con todo el tiempo que había perdido.

Cuando oí unos pasos de alguien que se acercaba a la puerta, pensé que podría ser Chase y se me aceleró el pulso. Oculté mi decepción fingiendo estar más alegre de lo habitual.

—¡Hola, Josh!

—¿Trabajando hasta tarde?

—Estoy poniéndome al día con un montón de cosas. Quiero estar a la altura. Tu equipo es increíble. Conocen los productos a la perfección.

—Sí, son bastante buenos. Pero a veces una mente fresca y una perspectiva diferente sobre las cosas vienen mejor que cualquier experiencia que puedas tener en el sector. Chase me dijo que dos de los tres conceptos con los que estamos trabajando fueron idea tuya.

—Fue un trabajo en equipo.

Sonrió cálidamente.

—Bueno, me voy. No te quedes hasta muy tarde.

—Descuida.

Justo cuando se giró para irse, me acordé de algo que siempre me olvidaba de preguntar.

—Eh, Josh, ¿crees que trabajaremos este fin de semana? Un... amigo me dijo de irnos por ahí, pero no estaba segura de si habría que trabajar o no. Lindsey me dijo que a veces el equipo trabaja los fines de semana cuando hay algún proyecto importante.

—No creo, pero se lo preguntaré a Chase mañana de todas formas. A ver si él tiene planes. Le gusta sacarnos de la oficina en fin de semana para las lluvias de ideas.

—Vale, gracias, que vaya muy bien la noche.

Estaba apagando el portátil y recogiendo mi mesa cuando Chase entró. Llevaba la ropa del gimnasio puesta; unos pantalones sueltos y una camiseta desgastada de los Mets. «Dios, qué sexi está». Empezaba a darme cuenta de que a ese hombre le quedaba bien todo.

—¿También llevas esa camiseta cuando estás con Samantha?

—Llevo esta camiseta por Sam. La vuelve loca.

—Tenéis una dinámica interesante, esto está claro.

—¿Qué tal fue la mañana con tu amiga? ¿Hablasteis más de mi cuando me fui?

—Solo le estaba contando la historia de cómo nos conocimos, eso es todo. Que no se te suba a la cabeza.

Por supuesto que si hubiera escuchado lo que estábamos diciendo se le habría hinchado el ego, pero realmente no necesitaba saberlo.

—Qué decepción. Esperaba que a lo mejor le estuvieras diciendo lo bueno que está tu jefe.

—Josh es atractivo, pero no me van los tíos tipo Adrien Brody.

—Listilla.

—¿Te vas al gimnasio?

—Sí, como esta mañana tenía esa reunión a primera hora no me ha dado tiempo a correr. ¿Tú también te vas?

—¡Sí! Me voy a casa con *Gatita fea*. Creo que se enfada cuando la dejo sola muchas horas seguidas. Siempre me da un susto de muerte cuando entro y la veo esperándome junto a la puerta con esos ojos verdes saltones.

Chase dio unos golpecitos en la jamba de la puerta como si estuviera pensando en algo.

—¿Hoy no quedas con Brian?

—Bryant. Y no, esta noche no. Solo seremos Gatita fea y yo.

La mención de Bryant me recordó lo de este fin de semana.

—Por cierto, ¿sabes ya si tenemos que trabajar este fin de semana?

—¿Trabajar este fin de semana?

—El departamento de marketing, quiero decir. Lindsey me dijo que a veces con los proyectos importantes todo el mundo se va fuera durante el fin de semana y se lleva a cabo una lluvia de ideas.

—Aún no hemos hablado de ello.

—Vale.

—¿Tienes planes para este fin de semana o algo?

—No, en realidad no. Bueno… más o menos. Un… amigo me dijo que si estaba libre este fin de semana.

Me miró fijamente durante un par de segundos y entornó los ojos.

—¿Algo interesante?

—Long Beach Island.

Estaba segura de que se moría por saber si había hecho planes con Bryant, pero seguí intencionadamente sin desvelar nada y él me siguió picando, también aposta. Era casi como un juego.

—¿Tienes casa allí?

—No, es más bien la casa de un amigo de un amigo.

Me miró de reojo otra vez y yo seguí sin revelar nada.

—¿Fin de semana con las amigas?

—Negué con la cabeza.

Él asintió.

—Te veo por la mañana. No te quedes hasta tarde.

—Vale, buenas noches.

Chase se giró como si se fuera a ir, pero al final se dio la vuelta.

—Un momento, ¿sabes qué? Creo que sí que hace falta que trabajemos este fin de semana.

Sonreí, aunque no sabía por qué narices lo hacía cuando me acababa de fastidiar el fin de semana en la playa.

Puede que realmente no quisiera ir con Bryant. O puede que me resultara más emocionante la idea de trabajar codo con codo con Chase durante todo el fin de semana que un plan romántico en la playa con el chico con el que estaba saliendo. Fuera como fuese, tenía muchas ganas de trabajar durante el fin de semana, demasiadas ganas.

Ese día, al salir de la oficina, me detuve en el restaurante que estaba un par de portales más abajo y pedí unas albóndigas de parmesano, ya que sabía que estaría demasiado cansada para cocinar cuando llegara a casa. Entre trabajar hasta tarde en la oficina, comidas a deshora y saltarme el gimnasio, acabaría engordando si no le ponía remedio.

¿A lo mejor debería apuntarme a otro gimnasio? Iron Horse estaba bien. Probablemente a Bryant le gustaría que me apuntara. Pero ¿a quién quería engañar? A mí misma. Ya me había pasado la mitad del día esperando ver a cierta persona por la oficina. No necesitaba más distracciones de ese hombre.

Mientras cruzaba la calle para llegar a la estación de metro sonó el teléfono. El nombre de Bryant apareció en la pantalla. Como sabía que solo me faltaba un minuto para perder la cobertura, le di a ignorar. Ya lo llamaría al llegar a casa.

Fuera de la estación de metro, había un hombre con pelo largo y gris sentado en la acera. Tenía la barba larga también gris que hacía juego con su pelo. Su piel era oscura y curtida como si hubiera pasado mucho tiempo bajo el sol. Sin embargo, fue la luz de sus ojos azules la que me llamó la atención cuando alzó la mirada. No tengo ni idea por qué, pero, aunque sabía que obviamente era un indigente, no parecía el típico sintecho. Parecía dulce y triste en vez de borracho y siniestro como un montón de gente de la que había aprendido a huir al haberme criado en Nueva York. A su lado tenía una funda de guitarra abierta, pero estaba llena de montones organizados de ropa doblada. Le dediqué una sonrisa y seguí andando. Aunque me devolvió la sonrisa, enseguida miró para otro lado, como si no debiera estar mirándome.

A mitad de las escaleras del metro, me acordé de mi albóndiga gigante. Subí otra vez y la partí por la mitad para compartirla con el hombre de los ojos azules y tristes. Sonrió y asintió en señal de agradecimiento.

Me sentí bien y, además, a mi culo le vendría bien que no me zampara una albóndiga extragrande.

11

Reese

$\mathcal{M}$e había olvidado de lo mucho que me gustaba la hora feliz. Jules y yo solíamos hacerlo todos los jueves por la noche cuando empezamos a trabajar en Fresh Look, pero con el tiempo, una de las dos siempre tenía que trabajar hasta tarde. Cuando eso pasaba, nos pedíamos perdón y prometíamos quedar para la semana siguiente, pero, entonces, la otra tenía una fecha de entrega y no podía asistir. Al final dejamos de intentar hacer planes siquiera.

Sin embargo, hoy, las empleadas de Industrias Parker habían salido a tiempo para llegar a la hora feliz y yo me las había apañado para salir de la oficina a una hora razonable. Lindsey era una de las encargadas del departamento de marketing. Desde el primer día nos habíamos llevado de maravilla. Estábamos sentadas en la barra, bebiendo Martini Godiva de chocolate mientras disfrutábamos de los aperitivos gratis y me ponía al día de todos los cotilleos.

—Pues Karen, la de nóminas, está prometida con un tío que hacía porno.

—¿Porno?

—Solo es porno blando, pero si le quieres ver la polla, pon en Google John Summers.

—Sería muy raro buscar al novio de alguien de la oficina en Internet para verlo desnudo.

Lindsey arrugó la nariz.

—No está circuncidado. Tiene un pene feo pero enorme. —Separó las dos manos unos treinta centímetros—. Es como un bate de béisbol. Ahora cada vez que la miro no puedo evitar pensar en cómo narices puede entrarle eso. Porque, a ver, ella es tan menuda...

—Tendrías que conocer a mi amiga Jules. Es increíble lo mucho que me recuerdas a ella.

Lindsay se bebió de un trago el resto del martini y levantó la copa para que la viera el camarero.

—Háblame un poco de ti. ¿Novio, marido, esposa hermana? ¿Cómo te va la vida?

Debería haber sido más fácil contestar.

—He salido unas cuatro veces con un tío muy agradable. Hablamos casi todos los días.

—Muy agradable, ¿eh? ¿Vais en serio?

«¿Eh? ¿Que si vamos en serio?».

—Pues la verdad es que no hemos hablado de eso todavía, pero, vamos, que no he estado saliendo con nadie más.

El camarero vino con una coctelera y nos rellenó las copas. Lindsay me miró por encima de su copa y bebió.

—A ti no te gusta tanto.

—¿Por qué piensas eso?

—No te has emocionado al hablar de él. Lo has descrito como «amable», no estás segura de si vais en serio y, además, parece que ha sido hace un par de segundos cuando te lo planteabas por primera vez. Eso significa que no te importa que no vayáis en serio. —Se encogió de hombros—. No, a ti no te gusta tanto —recalcó.

Suspiré profundamente.

—Creo que tienes razón. Es muy majo, de verdad que sí, pero falta algo.

—Tampoco se pueden forzar las cosas.

Tenía razón. Aunque era bastante deprimente pensar en dejar las cosas con un tío como Bryant; no se veían muchos como él en Nueva York. Necesitaba pensar en otra cosa.

—Cuéntame más cotilleos. ¿Qué me dices de Samantha?

—Samantha es lo que ves. Creo que trabaja en la empresa desde hace cuatro años. Casada y sin hijos, que yo sepa. Chase y ella se conocen desde hace mucho tiempo. Se dice que ella era la mejor amiga de su novia, la que murió.

—¿Su novia murió?

—Sí, pero hace ya años. Creo que solo tenía veintiún años. —Lindsey sacudió la cabeza—. Una tragedia.

—¿Cómo murió? ¿Estaba enferma o algo?

—Creo que fue un accidente. Pasó antes de que entrara yo a trabajar. Me dijeron que Chase estuvo muy afectado durante algún tiempo. Por eso vendió las licencias de sus productos en lugar de comercializarlos él mismo.

—Vaya.

—Sí, bueno, ahora parece que está bastante bien. Suele estar de buen humor —añadió, sonriendo—, aunque yo también lo estaría si me levantara cada mañana con esa cara y me mirara al espejo. Ese hombre está tremendamente bueno, si te van ese tipo de tíos, claro.

Me reí.

—¿No es tu tipo?

—Parece ser que me gustan los hombres calvos, con barba y propensos a quedarse sin trabajo. Llevo con Al desde los dieciséis.

—Ha engordado un poco, ¿eh?

Soltó un bufido.

—En realidad, no. Siempre ha tenido el mismo aspecto, pero, por motivos que desconozco, bebe los vientos por mí. Me trata como a una princesa.

—Me alegro por ti.

Un par de compañeras del departamento de ventas aparecieron por el bar y se unieron a nosotras. Mi sesión de cotilleos con Lindsey se había terminado. Después de eso estuvimos todas charlando un rato y conocí a un par de compañeras nuevas. Sin embargo, no podía dejar de pensar en lo que me había dicho Lindsey sobre Chase. Había perdido a alguien. Algo así tiene un gran impacto en tu vida, por muy inteligente que seas o por mucho dinero que tengas.

Aunque no te destroce del todo, algo así te deja grietas y pequeñas fisuras que nunca llegan a repararse del todo.

Como ya eran las nueve, el bar se había empezado a llenar de gente, pero las compañeras de la oficina ya se estaban marchando. Lindsey se fue a casa y solo quedaba una chica de marketing. Ya iba siendo hora de dar la noche por terminada. Intenté llamar la atención de la camarera, pero la llamaron desde la otra punta del bar.

Un hombre que claramente había bebido demasiado se arrimó a mí e intentó entablar conversación.

—¿Es natural tu color de pelo? —preguntó.

—¿No sabes que nunca se le debe preguntar a una mujer por su edad, su peso o si se tiñe el pelo?

—No lo sabía —dijo tambaleándose—, pero preguntar por el número de teléfono está bien, ¿no?

Intenté ser educada.

—Supongo que sí, siempre que no esté casada y parezca interesada.

Sentí la necesidad de escapar e intenté llamar la atención de la camarera otra vez para poder pagar e irme. Levantó la mano para hacerme saber que me había visto, pero aún estaba ocupada sirviendo bebidas al otro lado del bar. Había muchísima gente; necesitaban más camareros.

Como no me podría ir hasta que me cobrara, el borracho supuso que estaba interesada en él.

—¿Cómo te llamas, pelirroja?

Me tocó el pelo.

—Por favor, no me toques.

Levantó las manos con gesto burlón.

—Qué pasa, ¿te gustan las mujeres?

Este tío era la monda. Por primera vez desde que se había acercado a hablarme, le dediqué mi total atención. Me giré hacia él y le contesté de mala gana:

—¿Qué pasa, que solo porque no quiero que me toques ya me tienen que gustar las mujeres?

No me hizo caso.

—Deja que te invite a algo, preciosa.

—No, gracias.

Se acercó más a mí, bamboleándose.

—Eres peleona. Me gusta. Tu pelirrojo debe de ser natural.

Oí una voz detrás de mí que me pilló por sorpresa.

—Será mejor que te vayas a otra parte. —La voz de Chase tenía un tono leve pero firme. Se colocó entre el borracho y yo mirándolo a la cara.

—Yo la he visto antes —se quejó él.

—No lo creo, colega. Yo le lamí la cara cuando íbamos al colegio. Vete a paseo.

El borracho refunfuñó algo y se fue. Chase se dio la vuelta para mirarme a la cara.

«Guau, desde aquí las vistas son mucho mejores».

—Gracias, ser educada no estaba funcionando.

Por supuesto, tan pronto como el borracho dejó de ser un problema, la camarera se acercó para cobrarme.

—¿Qué te traigo, Chase?

«O a lo mejor no».

—Tomaré una Sam Adams.

Se giró hacia mí.

—Querías pagar, ¿no?

—¿Ya te ibas? Venga, que acabo de llegar. Te tienes que tomar al menos una conmigo.

Quería hacerlo. Realmente quería hacerlo, pero sabía que probablemente no era buena idea. Chase vio que dudaba.

—Que pague, luego tráele otra copa de lo que estaba bebiendo y cárgalo a mi cuenta. Iremos a una mesa más tranquila.

La camarera hizo lo que le dijo y yo asentí con la cabeza de mala gana, aunque sonreí.

—Nadie te dice nunca que no, ¿verdad? —pregunté.

—No si depende de mí.

Un minuto más tarde, él sujetaba nuestras bebidas con una mano mientras utilizaba la otra para guiarnos hacia una mesa más tranquila hacia el fondo del bar. Una vez instalados, dio un trago a la cerveza mientras me miraba por encima de la jarra.

—Por cierto, gracias por invitarme esta noche.

Iba a dar un sorbo a mi copa, pero me paré justo a mitad.

—Ni siquiera sabía que la gente salía los jueves por la noche. Soy nueva, podrías haberme avisado.

—Lo intenté. Pasé por tu despacho, pero ya te habías ido.

En realidad, quise pasar por el despacho de Chase para decirle que la gente iba a salir a tomar algo, pero me sonó a excusa y no quería que pensara que llevaba segundas intenciones.

—Bueno, ahora ya estamos aquí —dije yo—. Hoy has trabajado hasta bastante tarde.

—En realidad tenía planes para ir a cenar.

Su respuesta me hizo sentir nerviosa y puede que un poquillo celosa.

—Ah.

Sentí como me clavaba la mirada y la evité mientras removía la bebida. Cuando por fin levanté la vista, sus ojos buscaban algo en los míos.

—Con mi hermana, no era una cita romántica. Quedamos todas las semanas.

—No te lo estaba preguntando.

—No, no me estabas preguntando nada, pero se te veía decepcionada cuando te he dicho que tenía planes para cenar.

—No lo estaba.

—A mí me ha parecido que sí.

—A veces creo que tu vanidad te nubla el juicio.

—¿Tú crees?

—Sí.

—¿Entonces no se te removería nada por dentro si te dijera que he llegado tarde porque me estaba follando a alguien?

Apreté la mandíbula, pero me puse la máscara y me encogí de hombros.

—Para nada. ¿Por qué iba a molestarme? Eres mi jefe, no mi novio.

Sorprendentemente, Chase lo dejó estar y cambió de tema.

—Bueno y ¿qué tal te encuentras en Industrias Parker? ¿Te gusta?

—Pues sí, me encanta. Me recuerda a cuando empecé en Fresh Look. Todo el mundo es muy abierto y está en contacto con la gente que usa los productos. Sin embargo, aunque Fresh Look era una empresa más pequeña que Industrias Parker, sus inversores terminaron controlando la manera en que se comercializaban los productos. Al final, el consejo de administración empezó a perder la visión de a quién vendíamos los productos, si a los ejecutivos de la junta o a las mujeres de la calle.

Chase asintió con la cabeza, como si lo hubiera entendido.

—Cuando buscas el dinero fuera, al final pierdes el equilibrio. No quiero volver a ceder el control. Me volvería loco tener que rendir cuentas a un montón de ejecutivos que no tienen ni idea de lo que es importante para las mujeres que compran mis productos. ¿Por eso te fuiste? ¿Porque ya no podías comercializar los productos de la forma que creías más conveniente?

—Ojalá pudiera decir que sí, pero sinceramente no me había dado cuenta de lo reprimida que estaba hasta que empecé a trabajar con Josh y su equipo.

Chase me miró durante un par de segundos.

—A veces no sabes lo que te pierdes hasta que lo encuentras.

Sabía, por la manera en que reaccionaba mi cuerpo ante su nuez inquieta, que si no redirigía la conversación me iba a meter en problemas. Carraspeé y parpadeé para dejar de mirarle el cuello.

—¿Y qué tal la cena con tu hermana?

—Está muy embarazada. Toda su conversación se basaba en hemorroides y pechos hinchados. Se me ha ido un poco el apetito.

Me reí.

—¿Es el primero?

—Me da que piensa que es el primer bebé que nace en el mundo. Vi el dolor en los ojos de su marido mientras hablaba esta noche.

—Seguro que no ha sido para tanto.

—Durante la cena le ha gritado por respirar demasiado fuerte. ¡Por respirar! Y como ella no puede comer sushi, tampoco se lo ha permitido a él.

—Sabiendo la manía que tienes de contar historias inventadas, no sé si creerte.

—Desgraciadamente para mi cuñado, te estoy diciendo la verdad.

—¿Tu hermana vive aquí en la ciudad?

—En Upper East Side. Se mudó al centro el año pasado para estar más cerca de su trabajo en el Guggenheim. Ahora tarda solo tres minutos en llegar al museo, pero su marido tarda tres veces más en llegar al suyo. Y, como no podía ser de otra manera, mi hermana dejó el trabajo en cuanto se enteró de que estaba embarazada.

—Estás siendo muy duro con ella.

—No me lo pone difícil.

Se terminó el resto de la cerveza.

—Voy a por otra, ¿te apetece una más?

—No debería.

Sonrió.

—Marchando otra para la señorita.

Mientras iba a por nuestras bebidas, me quedé reflexionando sobre quién era Chase Parker. Nunca había conocido a nadie como él. No lo podía catalogar… no encajaba en ningún estereotipo. Por un lado, era un empresario de éxito que dirigía una gran compañía, pero, por el otro, parecía una estrella de rock con ese pelo despeinado y la barba de dos días. Además, llevaba trajes hechos a medida bajo los que se escondía un cuerpo esculpido con un *piercing* en el pezón. Salía con rubias despampanantes y se juntaba con desconocidos para cenar, pero tenía una cita semanal con su hermana. Aun sin tener en cuenta lo que me había contado Lindsey esa misma noche, el hombre era algo complejo.

Volvió con las bebidas al cabo de un par de minutos.

—¿Me has echado de menos?

«Sí».

—Ah, pero ¿te habías ido?

—¿Dónde está Becker esta noche?

—Bryant. Y no estoy segura. No teníamos planes. Supongo que está en casa.

—Háblame de él.

—¿Por qué?

—No sé, supongo que tengo curiosidad. Me gustaría saber qué tipo de hombres te interesan.

«Tú».

—¿Qué quieres saber?

—¿De qué trabaja?

—Trabaja en servicios financieros con fondos mutuos y ese tipo de cosas.

—¿Cuál es su película favorita?

—No tengo ni idea. Llevamos poco tiempo saliendo.

—¿Ronca?

Intentó esconder su sonrisa traviesa.

—¿Y Bridget? —contraataqué yo.

—No lo sé, no ha estado en mi cama. Estoy seguro de que, aunque te tuviera en mi cama, tampoco sabría si roncas.

—¿Y eso por qué? ¿Tienes el sueño profundo o algo?

—No estarías durmiendo.

Me reí.

—Esa te la he dejado a huevo, ¿eh?

—Deberías mandar al carajo a Baxter y venirte derechita a mi cama.

¿Por qué me estaba riendo si me acababa de decir que

dejara al tío con quien salía para meterme en su cama? Este hombre me hacía perder la razón.

—Bueno… ¿Tienes más hermanas aparte de la embarazada? —pregunté.

—Si estás intentando bajarme el calentón, mencionar a Anna es una manera de hacerlo, sí.

Le di un sorbo a la bebida.

—Bueno es saberlo.

—Solo somos la embarazada y yo. ¿Y tú? ¿Tienes hermanas o hermanos?

—Solo uno. Owen. Es un año mayor que yo y vive en Connecticut, no muy lejos de mis padres.

—¿Estáis muy unidos?

—No cenamos juntos una vez a la semana, pero sí. Me gusta pensar que estamos unidos. Owen es sordo, conque no es tan fácil como llamarlo para charlar un rato y ya. Pero nos mandamos mensajes todo el rato y usamos Face-Connect, así podemos escribir y vernos a la misma vez. Cuando éramos pequeños, éramos inseparables.

—¡Guau! ¿Sabes lenguaje de signos?

—No, en realidad no. Owen perdió la audición a los diez años debido a una… lesión. Aprendió antes a leer los labios que la lengua de signos. A mí también se me da bastante bien leer los labios. Me solía poner cascos para fingir que estaba sorda como él.

—¿En serio? ¿Qué estoy diciendo?

Chase movió los labios. Lo pillé a la primera, pero quería jugar con él un rato.

—Mmm… No estoy segura. Hazlo otra vez.

Movió los labios de nuevo. Esta vez marcó bien cada palabra. Estaba más claro que el agua. Había dicho: «Deberías venir a casa conmigo».

—Lo siento, supongo que estoy un poco oxidada. —Sonreí con superioridad.

Chase echó la cabeza hacia atrás riéndose; le vibraba la garganta.

«Dios, esa nuez me excita muchísimo». La muy puñetera me provocaba así al moverse de esa manera saltarina. Tenía que salir de allí antes de hacer algo de lo que me pudiera arrepentir por muchas razones.

Me terminé la bebida, me levanté y dije:

—Me voy a ir ya, que es tarde. Me gustaría llegar a la oficina temprano para causar buena impresión al jefe.

—Estoy segura de que ya lo has conseguido.

—Buenas noches, Chase.

—Buenas noches, Cacahuete.

12

Reese

*E*ra sábado por la mañana. Me desperté ansiosa, pero no en el sentido de nerviosa; era el tipo de ansiedad que tendría para una cita que llevaba tiempo esperando. Solo que no era para una cita, sino para ir a trabajar. En sábado.

Después de salir a correr para quitarme esa ansiedad de encima, me di una ducha bien fría para despejarme. Dejé que el agua cayera sobre mis hombros, cerré los ojos y empecé a tararear. Tararear siempre nos ha tranquilizado tanto a Owen como a mí. Nada más darme cuenta de que estaba tarareando *Can't Get You Out of My Head* de Kylie Minogue abrí de inmediato los ojos.

Miré todos los productos Parker que ahora ocupaban la ducha y el baño. En serio, era imposible sacarme a este hombre de la cabeza porque estaba en todas partes: en mis pensamientos, en el trabajo, en mi ducha. Me llamó la atención el pequeño bote morado de Divine Scrub, que se escondía detrás del champú. Pensé que podía esconder otro significado; Divine Scrub, elimina la piel muerta, elimina cualquier pensamiento sobre él.

Me exfolié el cuerpo durante quince minutos para intentar eliminar cualquier pensamiento de Chase. Se suponía que este nuevo exfoliante corporal no solo quitaba la piel muerta, sino que regeneraba la piel con sus compuestos químicos. Después de terminar de exfoliarme y se-

carme, no pude evitar enfadarme porque tenía la piel su-
persuave en lugar de en carne viva y carente de todo lo
que intentaba eliminar.

Me puse un batín de seda que dejé sin atar y me fui a
la habitación a ponerme un poco de crema sobre la piel,
ahora suave como el culito de un bebé. Guardaba el vibrador en el fondo del cajón de la mesita de noche junto con
mi aceite corporal favorito. Toqué el vibrador y me planteé usarlo. ¿Debería? ¿Conseguiría así sacarme a Chase
de la cabeza? Tal vez fuese lo que necesitaba. Hacía mucho tiempo que no me acostaba con un hombre. Ocho
meses, más o menos. Me ponía nerviosa ver a un hombre
atractivo por la frustración sexual acumulada. Sí, seguro
que era eso.

¿Por qué no estaba igual de desesperada por llegar al
orgasmo pensando en Bryant? Bryant era guapo. Y dulce.
Y bueno. Y me quería. «Y no es mi dichoso jefe». Me abrí
la bata, saqué mi hombrecito a pilas del cajón, me tumbé
en la cama y cerré los ojos.

«Bryant. Bryant. Piensa en Bryant».

La imagen de Chase del día del gimnasio pasó por mi
cabeza. «Dios, es tan guapo».

«No. ¿Qué haces? Piensa en Bryant. Bryant. Bryant.
Bryant».

Bryant, que me trajo flores la semana pasada con el
único propósito de hacerme feliz. Bryant, que me mandaba mensajes bonitos: «Estoy pensando en ti»; «Espero
verte pronto»; «¿Qué tal está tu pequeña calvita?». Espera. No. Este último era de Chase. ¿Quién envía este
mensaje a una mujer, aunque se refiera a su gata? «¿Y por
qué narices me gusta tanto que lo haga?».

«Bryant».

Chase.

«Bryant».

Chase.

El débil zumbido del vibrador me relajaba al cerrar
los ojos.

«Bryant».

«Bryant. Piensa en Bryant».

El agua que goteaba de los pectorales musculosos de Chase.

Esa V. Esa V marcada y definida.

El *piercing* del pezón.

«Basta. Bryant».

Chase.

«Bryant».

Chase.

Chase.

Chase.

—¡Ah! —me quejé frustrada por lo que ocurría en mi cabeza mientras bajaba mi mano por el cuerpo.

Tenía que parar de pensar en él, deshacerme de todos los pensamientos obscenos con mi jefe. Ya lo había intentado todo, ¿por qué no probarlo así? A fin de cuentas, era el método más divertido.

El edificio de Chase era de piedra rojiza y tres plantas. Pensé que viviría en una torre de pisos elegante y enorme con portero o incluso en un ático, pero cuando bajaba por la calle arbolada, vi que ese vecindario le pegaba más. Nada de él era lo que me esperaba.

Había unas escaleras empinadas que llevaban a la entrada de la segunda planta. La puerta principal era enorme. Mediría, al menos, cuatro metros y medio con un cristal grueso emplomado y un marco de madera de caoba oscura. Había tres timbres en fila en el interior del arco de la puerta, pero solo en uno ponía Parker. Respiré profundamente, toqué el timbre y esperé.

Pasados unos minutos, volví a tocar el timbre. Como no salía nadie, miré el reloj: quedaban tres minutos para las once. Llegué pronto, pero por los pelos. Fue pasando el tiempo y estaba claro que no había nadie en casa. Bajé los escalones para comprobar el número del edificio, que estaba en la parte posterior del tercer escalón empezando por arriba. Trescientos veintinueve... No había duda de que estaba en el edificio correcto.

«Igual estoy pulsando el timbre que no es». Pulsé el timbre que estaba a la derecha del que ponía Parker y esperé un poco más. Nada. Saqué el móvil del bolso y busqué el correo que me envió la secretaria de Josh para volver a comprobar la dirección, aunque estaba completamente segura de que esta era la correcta. Recuerdo haber pensado que era una gran coincidencia que el número del edificio de Chase fuera el mismo que el de mi apartamento: trescientos veintinueve.

Abrí el correo y confirmé que estaba en la dirección correcta. Al rato supe cuál era el problema. En el correo ponía: «Ponte algo cómodo, ven con hambre y tráete solo tu creatividad. ¡Te veo a la 1!». Mierda. Lo había leído tan rápido que confundí el uno y la exclamación con un once. Llegué dos horas antes. Normal que no hubiera nadie.

Estaba bajando la otra mitad de las escaleras cuando oí el ruido metálico de la cerradura. Mientras me giraba, la puerta se abrió. Me quedé petrificada al ver a Chase tapado solo con una toalla atada a la cintura.

—En serio, me puedo ir. Tengo un montón de cosas que hacer; además, la he cagado yo solita. He llegado dos horas antes y supongo que tú también tendrás asuntos que atender.

Chase insistió en que entrara.

Me puso las manos sobre los hombros.

—Tú te quedas. Iré arriba a vestirme y después prepararé algo para comer. —Se dirigió a una enorme sala de estar que estaba a la derecha—. Estás en tu casa. Estaré listo enseguida.

Asentí e hice un gran esfuerzo para no mirarlo de arriba abajo, pero es que llevaba solo una toalla; por el amor de Dios, y una chica tiene que guardar la compostura. A pesar de ir en contra de mis principios, le eché un pequeño vistazo al pecho. Cuando vi un bulto evidente en cierta zona de la toalla, no pude apartar la mirada y Chase se dio cuenta.

Arqueó una ceja.

—A no ser que prefieras que me quede así.

Avergonzada, negué con la cabeza y me fui a la sala de estar a esconder mi rubor. Lo escuché reírse mientras subía las escaleras.

Aproveché mientras se vestía para examinar la sala de estar. Había una enorme chimenea con una repisa encima, donde se mostraban unos cuantos marcos con fotos. Los cogí uno a uno para poder verlos mejor. Chase y los que parecían ser sus padres estaban en la graduación de la universidad, ellos parecían estar orgullosos y él salía con su característico pelo alborotado y su sonrisa pícara. Había más fotos familiares y una con el alcalde, pero la que estaba al final de la repisa me cautivó. Era una ecografía de hacía dos semanas donde estaba escrito el nombre del paciente: Anna Parker-Flyn. Se quejó de su hermana en la hora del descanso, pero bien que tenía expuesta su ecografía.

Detrás del sofá había unos ventanales enormes; por lo menos medirían casi tres metros de alto y no rozaban el suelo por medio metro. En el cristal, de coloridos paneles emplomados, los rayos de luz se colaban y alumbraban la sala como si fuera un caleidoscopio. Debajo de la ventana había una estantería de libros. Me fijé en ellos porque a través de los títulos se puede conocer a una persona. *Steve Jobs: American Genius*, Stephen King, David Baldacci, algunos clásicos y... *Our Endangered Values: America's Moral Crisis* de Jimmy Carter.

«¿Eh?».

Chase, ya vestido, entró en el salón y justo sonó su teléfono. Soltó un pequeño gruñido y se disculpó diciendo que tenía que atender la llamada porque era del extranjero. La verdad es que no me importó. Era culpa mía haber venido a molestar dos horas antes y, además, me encantaba cotillear sobre algunos aspectos de su vida privada. Mientras él gritaba por teléfono desde otra habitación, cogí una guitarra acústica Gibson vieja y deteriorada que estaba apoyada en la esquina del rincón.

Rasgué con suavidad las cuerdas de la guitarra y su sonido me trajo viejos recuerdos. Owen y yo solíamos compartir guitarra cuando éramos pequeños. Mientras rasgaba la guitarra, no pude evitar tocar los acordes de *Blackbird*. Hacía muchos años que no la tocaba y, sin embargo, seguía resonando en mi cabeza.

Cuando terminé de tocar, vi a Chase debajo del arco mirándome. Su cara solía ser fácil de leer, pero esta vez su rostro mostraba indiferencia y algo de seriedad. Allí estaba él, sin apartar la mirada de mí. Quizá me había pasado de la raya al coger la guitarra.

—Lo siento. No debí cogerla. —Coloqué la guitarra con sumo cuidado en el sitio donde la encontré, en la esquina.

—No pasa nada. —De repente se giró y salió del salón.

Quise llamarle, pero no supe qué decir.

Cuando volvió a los pocos minutos estaba más sonriente, aunque no era su típica sonrisa de coqueteo.

—Ven, haré algo para picar.

Lo seguí hasta la cocina. Había conservado la arquitectura original del edificio, aunque la cocina estaba llena de electrodomésticos y los acabados eran de mármol moderno. De algún modo, la parte histórica combinaba muy bien con la parte moderna.

—¡Guau, es increíble! —Miré arriba, al altísimo techo y a los azulejos de las paredes. En mitad de la cocina había una isla y encima de esta colgaban de un estante los utensilios de cocina como las ollas y sartenes. Chase cogió una sartén y empezó a sacar cosas del frigorífico.

Sin mirarme dijo:

—¿Paul McCartney o Dave Grohl?

Seguro que quería saber qué versión de *Blackbird* había tocado.

—Paul McCartney. Siempre.

—¿Fan de los Beatles?

—En realidad no, pero mi hermano sí. Se sabe todas las letras y todas las canciones.

Chase por fin se dio la vuelta. Su rostro se había relajado.

—Tu hermano el que es sordo.

—El único que tengo.

—¿Tocas a menudo?

—Hacía años que no tocaba. La verdad es que me ha sorprendido recordar los acordes. Mis dedos han empezado a tocar... seguramente sea porque cuando éramos pequeños la toqué diez mil veces. Solo sé tocar cuatro canciones. *Blackbird* era la favorita de Owen antes de que perdiera la audición. Me la aprendí por él después de que se quedara sordo. Él toca la guitarra para sentir las vibraciones y así poder cantar a la vez.

—Eso es genial.

—Sí, aunque parezca raro la música nos ha unido desde que éramos pequeños. Solíamos jugar a que yo tarareaba una canción y él me tocaba la cara para intentar adivinarla a través de las vibraciones. Era muy bueno. De verdad, se le daba genial. Solo con tararear un par de compases él ya adivinaba la canción. Con los años se convirtió en nuestro idioma secreto: le podía decir lo que pensaba sin que nadie más lo supiera. Por ejemplo, muchas veces cuando íbamos a la casa de nuestra tía Sophie, veíamos como a escondidas se echaba un poco de ginebra en el café. Por supuesto, ella pensaba que ninguno de nosotros lo sabía, pero a la tercera taza de «cafeína» comenzaba a trabarse al hablar. Entonces, cuando llamaba a nuestra casa y era yo quien respondía, le pasaba el teléfono a mi madre y tarareaba *Comfortably Numb* de Pink Floyd para que Owen supiera quién había llamado.

Chase se echó a reír.

—Es fantástico.

—Aún lo sigo haciendo, aunque no me doy cuenta de ello. Muchas veces estoy en mitad de algo y al rato noto que estoy tarareando una canción que expresa justamente lo que pienso.

—Bueno, pues espero que no tararees ninguna de Johnny Paycheck.

—¿Johnny Paycheck?

—Canta *Take this Job and Shove It*. Prefiero que esos labios tarareen algo de Marvin Gaye.

—A ver si lo adivino, ¿*Let's Get It On*?

—Sabes que la vas a tararear también, ¿verdad?

—Eres de ideas fijas.

Me miró con una expresión divertida, aunque parecía un poco perplejo por su propia respuesta.

—Últimamente tienes toda la razón. Siempre he tenido una mente revoltosa. Su actitud es igual de ardiente que su pelo.

Me reí como si se tratase de un chiste, aunque algo me decía que estaba siendo sincero, que siempre pensaba en mí o igual es lo que mi subconsciente quería pensar.

—Cambiando de tema, ¿cómo perdió tu hermano la audición? Dijiste que fue por un accidente. ¿Fue una lesión deportiva o algo así?

No me gustaba contarlo, pero después de conocer la historia de su novia supuse que lo entendería. No dejaba de pensar en lo que Lindsey me había contado el otro día. Me preguntaba si estas experiencias eran algún tipo de conexión entre nosotros.

—Cuando tenía nueve años y Owen diez hubo una oleada de robos en nuestro vecindario. La mayoría eran ladrones que aprovechaban para robar cuando no había nadie en casa. Nosotros nos solíamos quedar solos porque nuestros padres se iban a trabajar antes de que fuéramos al colegio y volvían más tarde que nosotros. Además, mis padres nunca se llevaron bien. De hecho, mi padre solía marcharse de casa algunos días por lo que la mayoría de las veces la casa estaba vacía. Un martes solo fuimos a clase medio día porque los profesores tenían jornada de formación, así que volvimos antes a casa. Cuando llegamos, nos encontramos a dos hombres que habían entrado a robar.

—Joder. No tenía ni idea, Reese. Lo siento. No debí haber preguntado.

—No pasa nada. No hablo mucho de este tema. Para bien o para mal forma parte tanto de mí como de Owen. Él solo tenía diez años, pero aun así me dio un empujón para que saliera de casa mientras él se quedaba gritando para pedir ayuda. Uno de los ladrones sostenía nuestra Xbox y la usó para golpear a Owen en la cabeza. Le fracturó el hueso temporal y le provocó daños en los nervios. Lo llevaron al hospital con un traumatismo en la cabeza que le duró unos días, pero que le dejó la pérdida de audición permanente.

—Madre mía, pero si erais unos críos.

—Podría haber sido peor, o eso dice Owen. A pesar de todo, tuvo una infancia muy feliz.

—¿Y tú? ¿A ti te pasó algo?

—Me hice un corte en la mano con una de las piezas metálicas de la Xbox mientras esperaba a la ambulancia y socorría a Owen. —Levanté la mano derecha para que pudiera ver la cicatriz borrosa en forma de estrella que tenía entre el pulgar y el índice—. No necesité puntos, la herida se curó sola. —Me reí—. Es gracioso porque Owen, que es quien sufrió más lesiones físicas, vive sin preocupaciones. Sin embargo, yo, que salí indemne, soy la que usa más de una cerradura, la que se obsesiona con mirar siempre los asientos traseros del coche y comprobar detrás de la cortina de la ducha. Tengo miedo hasta de mi propia sombra.

—¿Miras los asientos pero conduces igualmente?

No sé a dónde quería llegar.

—Sí.

—Eso no es tener miedo. Tener miedo es cuando dejas

que el miedo controle tu vida, que no te deje hacer lo que quieres hacer. Cuando tienes miedo y te enfrentas a él y vives tu vida no es tener miedo, es tener coraje.

Aquí estaba otra vez esa conexión invisible que sentía con él desde la noche en que lo conocí. No la entendía, tampoco podía explicarla ni verla, pero estaba latente. Sabía que él me entendería. No podía haber dicho algo mejor.

—Gracias por decir eso. No sé cómo, pero parece que siempre sabes lo que necesito escuchar —dije entre risas—. Incluso cuando me dijiste en el restaurante que era un poco cabrona.

Chase me miraba fijamente.

—¿Atraparon a los ladrones?

—Tardaron un par de meses, pero finalmente los atraparon. Creo que dormí unas veinticuatro horas el día que supe que los habían arrestado. Dormía en el suelo de la habitación de Owen y al mínimo ruido me despertaba.

—Siento que hayas pasado por eso.

—Gracias. —No me gusta hablar de ese día, pero contarlo esta vez había sido muy liberador. Ya podíamos pasar a otro tema—. Así que sabes cocinar, ¿eh?

—Tengo un par de trucos bajo la manga.

—Veamos qué sabes hacer, jefe.

Chase encendió la plancha de la cocina, cogió unos trozos de pan integral y los puso encima. Después hizo unas mezclas muy raras: piña, queso de untar y frutos secos.

Sonreía mientras troceaba la piña y me ofreció un trozo.

—¿Eres quisquillosa con la comida?

—No mucho, me gusta experimentar.

—Entonces, ¿me dejas que te dé de comer lo que sea?

Arqueé las cejas.

—Me refería a la mezcla de piña con queso de untar y frutos secos, pero me gusta más lo que has pensado.

El coqueteo había vuelto y la incomodidad parecía haber desaparecido.

Lo miré y le dije en un tono suave:

—Siento lo de antes. No debí coger la guitarra. Parecías molesto.

Miró a otro lado unos segundos.

—No te preocupes. Está allí cogiendo polvo. Ya iba siendo hora de que alguien la tocara.

—¿Tú no tocas?

—No.

No dijo nada más, así que lo dejé pasar.

A pesar de la rara mezcla, los sándwiches resultaron estar muy ricos. Nos sentamos en la cocina a comerlos mientras hablábamos.

—La casa es preciosa —le dije—. Debo admitir que te imaginaba viviendo en un ático de lujo de un rascacielos y no en una casa de piedra rojiza. Aunque, mirándolo bien, esto también te pega.

—¿Ah, sí? La verdad es que no sé a qué te refieres. ¿Eso es bueno?

Sonrío.

—Sí, lo es.

—Bueno, dime, ¿Brice vive en un ático de lujo o en una casa normal como esta?

—Bryant. Vive en un apartamento de pisos normal y corriente. Igual que yo.

—¿Ese es el tipo de chico que buscas?

—Más bien suelen ser los mentirosos, los fracasados, los parásitos. No he tenido mucha suerte en el amor desde hace… no sé… un porrón de años.

—¿Tantos? Menuda temporada de sequía, aunque seguro que se te acaba dentro de poco.

—Eso espero. —Solté una pequeña risa.

—Háblame de Barclay. ¿Cuál es? ¿El mentiroso, el fracasado o el parásito?

Negué con la cabeza.

—Bryant no es de esos. —Me metí en la boca el último trozo de sándwich porque supuse que ahora le tocaba hablar a él, pero no fue así. Se ve que esperaba que yo siguiera hablando mientras me observaba masticar—. Estoy segura de que es un buen chico.

—Entonces, ¿por qué no te has acostado con él aún?

—Creo que estás obsesionado con mi vida sexual. Esta es la tercera vez que me preguntas por Bryant.

Chase se encogió de hombros.

—Tengo curiosidad.

—¿Por mi vida sexual?

—O por la falta de ella. Sí.

—¿Por qué?

—La verdad es que no tengo ni pajolera idea.

—Bueno… ¿Y cuándo fue la última vez que te acostaste con alguien?

Chase se echó hacia atrás en la silla y se cruzó de brazos.

—Antes de conocerte.

No sabía hasta dónde iba a llegar esta conversación o qué implicaba, pero cada vez me ponía más nerviosa.

—Así que, ¿también estás en sequía?

—Tú dirás —respondió.

—¿Yo te diré? ¿Qué respuesta es esa? ¿Qué te puedo decir yo?

Chase se inclinó.

—Bueno, se podría decir que espero que la mujer con quien quiero acostarme de verdad quede soltera para poder tirarle los trastos.

Tragué saliva. Nos quedamos en silencio durante unos minutos mirándonos. Una parte de mí quería coger el teléfono y cortar con Bryant en aquel preciso momento. La otra parte de mí, más sensata, me recordaba que aquel hombre magnífico que estaba sentado frente a mí era mi jefe.

—¿Alguna vez te has enrollado con alguien en la oficina? —pregunté curiosa.

Podía ver cómo le daba vueltas al tema. No sabía qué responder, pero finalmente dijo:

—Sí.

—Yo también, aunque no salió muy bien.

Me miró a los ojos sin apartar la mirada.

—Una lástima. Ya sabes lo que dicen: el que la sigue la consigue. —Pasó de mirarme de los ojos a la boca. Se relamió y supe que era hora de cambiar el tema de conversación.

—¿Me enseñas la casa? —dije de repente mientras me ponía en pie.

—Por supuesto. Hay una habitación en concreto que me gustaría enseñarte.

13

Reese

*D*espués de un largo día de trabajo estaba animada, casi entusiasmada. Solo quedábamos Josh y yo en la azotea de Chase y, por supuesto, Chase. Los otros cuatro, incluida Lindsey, ya se habían ido. Josh y yo nos quedamos a tomar unas cervezas, puesto que ya habíamos acabado todo el trabajo.

Sin darme cuenta, tenía una sonrisa ridícula en los labios.

—Aunque pueda sonar absurdo, necesito decíroslo: hoy ha sido un día maravilloso. No recuerdo haber disfrutado tanto en el trabajo. De hecho, no estoy segura de si alguna vez lo he disfrutado.

John inclinó su cerveza hacia mí.

—Ha estado muy bien, pero que muy bien. Pero creo que tú tienes mucho que ver, Reese. Eres la nueva del grupo y parece que has despertado algo en nosotros. Sobre todo en Chase. —Lo miró—. Hace tiempo que no te veo tan animado. Hoy parecía como si hubiéramos lanzado un producto al mercado más que un cambio de imagen del producto. Es como si todo fuera nuevo.

Chase estaba sentado en una tumbona y, aunque llevaba gafas de sol, notaba que me miraba.

Asintió con la cabeza y dijo:

—Es verdad. Hacía tiempo que no parecía todo tan fácil y natural.

Al cabo de un par de minutos, Josh se terminó la cerveza de un trago.

—Me tengo que ir. Elizabeth me obliga a ir a una cata de tartas esta noche. ¿Cuánto hace que cualquier cosa relacionada con una boda es un puto acontecimiento? También tengo que ir a probar la comida, a elegir el grupo que va a tocar y los arreglos florales. Cada vez me gusta más la idea de Las Vegas.

—Todavía te queda —siguió Chase—. Anna tuvo una despedida de soltera, una fiesta para anunciar su embarazo y otra fiesta para revelar el sexo del bebé. Acabas de empezar, amigo.

—¿Qué diablos es una fiesta para revelar el sexo del bebé?

—Los futuros padres entregan un sobre sellado donde está escrito el sexo del bebé a una pastelería y la persona que vaya a elaborar las magdalenas las rellena con glaseado rosa si es niña o glaseado azul si es niño. Después se celebra la fiesta donde todo el mundo descubre a la vez, incluidos los futuros padres, el sexo del bebé. Es. Una. Puta. Tortura. No entiendo por qué ya no se hace lo de que el doctor dé una cachetada al bebé y grite: «¡Es niño!».

—Gracias. Ahora sí que tengo ganas.

Chase dio una palmadita a Josh en la espalda mientras nos dirigíamos a las escaleras.

—De nada.

Cuando llegamos a la primera planta vi el caos que habíamos dejado tanto en el comedor como en la sala de estar. Chase pidió que trajeran la cena, por lo que había platos y papeles del trabajo por todas partes.

—¿Hacia dónde vas? —preguntó Josh—. Voy a coger un taxi hasta el centro, por si te quieres venir.

—Voy a las afueras, pero me quedaré un rato más a ayudar a Chase a recogerlo todo.

Josh miró por encima de mi hombro y vio el desorden que había.

—Joder. Gracias. Te debo una, Reese. Nos vemos el lunes.

Antes de que Chase volviera de acompañar a Josh, ya había recogido la mitad del desastre. Mientras cerraba la basura, aclaraba los platos y los colocaba en el lavavajillas, noté como Chase se acercaba por detrás de mí y me ponía con cuidado las manos en la cara. Dejé lo que estaba haciendo.

—Sigue.

Al principio pensé que se refería a colocar los platos en el lavavajillas, pero luego me di cuenta de que estaba tarareando. Sonreí y continué tarareando. Por suerte, no era Owen porque me habría dado algo si hubiera adivinado la canción.

—*Thinking Out Loud*, de Ed Sheeran.

—Muy frío. —Me reí.

—*I Don´t Mind*, de Usher.

Negué con la cabeza.

—¿No ves que esas canciones no se parecen en nada?

Terminé de colocar los platos al tiempo que Chase recolocaba el mueble que habíamos usado. No paramos de mirarnos durante todo ese rato.

—¿Tienes planes para esta noche? —preguntó.

—No. No he hecho planes porque no sabía a qué hora íbamos a terminar. ¿Y tú?

—No. ¿Te apetece tomarte una cerveza conmigo?

—Claro. ¿Por qué no?

Sacó dos botellas de Sam Adams del frigorífico y nos sentamos en el sofá de la sala de estar. Abrió una, dio un sorbito y me la pasó. Dejó la otra botella sin abrir al otro extremo de la mesa.

Cogí la botella.

—No me había dado cuenta de que lo que realmente querías decir era que compartiéramos una cerveza. —Di un sorbo y se la volví a pasar. Levanté la mano para secarme la cerveza de los labios, pero me di cuenta de que no era solo cerveza lo que tenía en mis labios, también tenía a Chase. Miraba el recorrido de mi lengua mientras me limpiaba la cerveza. Su manera de mirarme me hacía sentir escalofríos de arriba abajo, en unas zonas más que otras.

El deseo crecía a la par que nos terminábamos la cerveza. Chase abrió la otra. No tenía ni idea de que algo tan inocente pudiera ser tan estimulante. «Y yo que quería sacármelo de la cabeza esta mañana».

—Ya no estamos en horario de trabajo, ¿no? —Me pasó el botellín.

—Mmm... No sé cómo funcionan los fines de semana. Se supone que hoy no es día laboral, pero hemos trabajado. Aunque si los sábados contasen como un día de trabajo normal, sí, ya estaríamos fuera de horario.

—Entonces, ahora mismo no soy tu jefe, ¿verdad?

—Eso creo. —Sonreí y di un gran sorbo.

—Bueno... entonces no pasa nada si te digo que esta mañana en la ducha cerré los ojos, pensé en ti y me di placer.

Me atraganté y escupí la cerveza, que salpiqué por toda la sala. Tosí y dije con voz ronca:

—¿Cómo?

—Por tu reacción diría que me has entendido perfectamente. —Me quitó la cerveza de la mano.

—¿Por qué me lo cuentas?

—Porque es verdad y creo que tengo que poner las cartas sobre la mesa. Hace tiempo que no te acuestas con nadie, al igual que yo. Tal vez podríamos solucionar nuestro problema juntos.

—Yo no tengo ningún problema.

—Entonces, ¿por qué estás a pan y agua?

—¿Y tú?

—Porque me gustaría hacerlo contigo, aunque tú no quieras hacerlo conmigo. Todavía. —Se acercó la botella a los labios y me miró mientras bebía.

—No puedo creer que estemos teniendo esta conversación. Sabes que estoy con otra persona.

—Claro que lo sé, por eso estamos teniendo esta conversación. Si no estuvieras con alguien, estaríamos en la mesa de la cocina, donde te estaría enseñando lo que quiero, en vez de contártelo.

—¿Ah, sí?

Se acercó.

—Eso es.

—¿Qué pasa si yo no estoy interesada en ti de la misma manera?

Chase miró hacia abajo, a mis pezones. A mis pezones erectos.

—Tu cuerpo no dice lo mismo.

—Quizá es por el frío.

Se acercó un poco más.

—¿Ah, sí? ¿Es por el frío, Reese? Porque parece que tengas calor. De hecho, tienes la cara colorada.

—Eres mi jefe.

—Ahora no. Lo has dicho tú misma.

—Pero... aunque no estuviera saliendo con Brice...

—Bryant. —Me corrigió con una sonrisa de satisfacción.

«Madre mía».

Bryant. Aunque no estuviera saliendo con Bryant o en caso de que me atrajeras...

—Te atraigo.

—Deja de interrumpirme. No intentes confundirme. Como iba diciendo, aunque no estuviera con Bryant y en caso de que me atrajeras, no podría pasar nada. Me gusta este trabajo y no quiero fastidiar las cosas.

—¿Y si te despido?

—Si quieres acostarte conmigo, esa no es la mejor solución.

—Dime cuál es.

No pude evitar soltar una risita.

—Pareces desesperado.

Aunque estuviéramos coqueteando, su respuesta fue seria.

—Estoy muy desesperado ahora mismo.

Yo también lo estaba, pero quería que entendiera dónde tenía puesta la cabeza.

—¿Puedo ser sincera contigo?

—Me molestaría si no lo fueses.

—Ya estuve saliendo con alguien de mi oficina... Bueno, en realidad, no era nada serio, fue más bien un pequeño lapsus debido a una gran ingesta de alcohol durante la fiesta de Navidad. Bueno, ya sabes por dónde voy.

—Sí, por desgracia lo sé. Te acostaste con alguien del trabajo. Espera, que voy a por otra cerveza. Creo que esta historia no va a mi favor.

Chase se levantó y cogió dos botellines. Abrió ambos y me dio uno.

—¿Uno para mí sola?

—Parece que lo necesitas.

Sonreí agradecida.

—Gracias y, sí, lo necesito. —Cogí aire y continué: A ver, me gustaba mi antiguo trabajo. Es a lo que me he estado dedicando estos últimos siete años. Empecé de becaria y ascendí a directora. Aunque estuvimos saliendo, hace cinco años que no tengo una relación seria. En resumen, me acosté con un compañero de trabajo sin querer.

—¿Cómo que sin querer?

—Varios Martinis Schnapps de menta durante la fiesta de Navidad en la oficina. No me juzgues.

A Chase parecía que le hacía gracia. Le brillaban los ojos y levantó las manos.

—No juzgo. Solo te soltaste la melena una noche. Sé lo que es.

—El chico resultó ser un hijo de puta. Dos días después anunció que se había comprometido con su novia, con la que llevaba media vida. Lo mejor de todo es que me había dicho que estaba soltero.

—Menudo cabronazo.

—Lo fue y, ojo, no es la peor parte. Le dije todo lo que pensaba de él y me esforcé en comportarme como una auténtica gilipollas con ese capullo. Bueno, pues dos meses después pasó a ser mi jefe.

—Joder.

—Sí, encima no tenía ni idea de marketing.

—¿Cómo consiguió el trabajo?

—Es el hijo del propietario.

La expresión de Chase era sombría, pero asintió con la cabeza.

—Lo entiendo, no te mentiré y te diré que estoy un poco desilusionado, pero lo entiendo.

—¿De verdad?

—Claro. No quieres echar a perder tu carrera por una noche de satisfacción física.

—Exacto.

—Aunque esa satisfacción física empiece por los dedos de tus pies hasta llegar arriba. Despacito. Durante horas.

—¿Horas? —dije en voz baja y aguda.

Chase asintió con una sonrisa pícara.

—Estoy abierto a cualquier desafío.

—¿Qué desafío?

—Esperar. O convencerte. Una de las dos.

—¿Vas a esperar hasta que deje de trabajar aquí? ¿Y si estoy muchos años?

—No serán años.

Fruncí el ceño.

—Te habrás ido mucho antes.

BRYANT: ¿Cómo ha ido el trabajo?

Acababa de bajar del tren cuando recibí el mensaje. Cogí aire, temiendo por lo que iba a hacer, pero en el fondo sabía que era lo correcto.

REESE: Pues bien, bastante fructífero. Ya estoy llegando
a casa, pero voy a tomar algo, ¿te apetece venir?
¿Quedamos en The Pony Pub?

El bar era pequeño y tranquilo, además quedaba a medio camino de nuestros pisos. Nuestra primera cita había sido allí.

BRYANT: Por supuesto, ¿nos vemos en media hora?
REESE: Perfecto. Hasta ahora.

14

Chase. Hace siete años

—*P*onme otro whisky con Coca-Cola. —Levanté la mano para llamar la atención del camarero. Normalmente Peyton aparecía cuando yo ya iba por la mitad de la primera copa, pero esta vez iba por la segunda y seguía sin llegar. Cogí el móvil y le escribí un mensaje.

> CHASE: Llegas más tarde de lo normal, incluso para ser tú.
> PEYTON: Estaré allí dentro de diez minutos; si no lo estoy,
> vuelve a leer este mensaje.

Solté una risita.

Apareció por la mitad de la segunda copa y me abrazó por detrás.

—¿Puedo invitarte a una copa?

—Claro. Mi novia está de camino, pero como llega tarde no estaría mal un poco de compañía.

Me dio un pequeño puñetazo en los abdominales.

—Compañía, ¿eh?

La agarré de la cintura por detrás y la arrastré hasta mi regazo. Ella se echó a reír y el enfado que tenía por haber llegado cuarenta y cinco minutos tarde se esfumó. Otra vez.

—¿Cuál es tu excusa esta vez?

—Tenía que hacerme cargo de unas cosas. —Apartó la mirada cuando lo dijo, lo que me indicaba que tenía que indagar un poco más.

—¿Qué cosas?

Se encogió de hombros.

—Cosas para el albergue.

Entrecerré los ojos.

—¿Como abrir cajas de comida donada o limpiar los platos después de servir la cena?

—Sí, ese tipo de cosas. —Cambió de tema rápidamente—. ¿Qué bebes? ¿Jack Daniel's con cola?

Ahora sí sabía que tramaba algo y estaba bastante seguro de saber qué era.

—Sí, Jack con Coca-Cola. ¿Tú quieres lo de siempre?

Se bajó de mi regazo y se sentó en un taburete a mi lado.

—Sí, porfa. ¿Cómo te ha ido el día?

Después de llamar al camarero y pedir un Merlot, giré su taburete para estar cara a cara.

—Lo has vuelto a seguir, ¿verdad?

Se encogió de hombros, pero no le quedó más remedio que decir la verdad.

—Hoy tenía un ojo morado y la brecha de la cabeza abierta. Deberían haberle puesto puntos la primera vez. Ahora lo tiene peor e infectado.

—Me encanta que te entregues tanto, de verdad, pero debes dejar que la policía haga su trabajo.

No tendría que haber dicho eso.

—¿Hacer su trabajo? Ese es el problema. Ellos no creen que mantener a salvo a la gente sin techo sea parte de su trabajo. Solo se preocupan cuando esta pobre gente llega a los vecindarios de gente bien. De verdad que no me extrañaría nada si en Upper West Side se instalaran barrotes metálicos en los edificios, como los que hay en los caballetes del tren para evitar que las palomas formen sus nidos.

—No quiero que vayas por los parques siguiendo a los sintecho. Es peligroso.

Se enfadó.

—Solo quería saber a dónde iba y así mañana me acercaré a comisaría y les pediré que vigilen mejor esa zona.

—¿A qué parque ha ido?

—¿Sabes el puente que restauraron en las afueras de la ciudad? ¿Ese por donde la gente cruza cerca de la calle Ciento cincuenta y cinco?

—¿Has ido hasta Washington Heights?

—Desde el puente todo parece maravilloso, pero la parte de abajo está asquerosa. Supongo que los políticos que van a ese lugar se saludan y se fotografían en la parte superior porque la parte de abajo está llena de basura. ¿Sabías que hay un montón de gente viviendo debajo del puente?

—Peyton, tienes que dejar ya esta mierda. Sé que quieres ayudar, pero esos lugares son peligrosos.

—Todavía era de día y ni siquiera bajé a esa zona del puente.

—Peyton...

—No pasa nada, de verdad. Mañana iré a la comisaría que esté más cerca de ese parque. Espero que los agentes de ese sitio sepan que su trabajo es mantener el orden público y la seguridad de todos los ciudadanos.

—Prométeme que no te meterás en líos.

Ella sonrió, se acercó y me puso las manos en la nuca. Sentí cómo me rozaba la piel con los dedos.

—Te lo prometo.

15

Reese

*L*a oficina no era la misma cuando Chase no estaba. Por supuesto que estaba ocupada y tenía bastante trabajo para un mes entero —un trabajo que me encantaba hacer, sí—, pero me faltaba esa ilusión de verlo a lo largo del día. Solo habían pasado dos días desde que se había ido de viaje de negocios, pero lo echaba de menos desde el primer momento.

Estaba hasta el cuello preparando presentaciones para un posible grupo de enfoque —una sección representativa de mujeres con las que probaríamos las maquetas de algunos eslóganes de marca y embalajes del producto—, cuando me sonó el móvil el jueves por la tarde. Solo ver el nombre de Chase me hizo sonreír.

CHASE: ¿Me echas de menos?

Sí, pero ese hombre no necesitaba que le dieran más alas.

REESE: Ah, pero ¿te has marchado?
CHASE: Guapa.
REESE: Eso ya lo sabía.
CHASE: He estado pensando en nuestro trato.
REESE: ¿Qué trato? No recuerdo haber acordado nada.
CHASE: Exactamente. Por eso tenemos que sentarnos
y hablar del tema. Negociar nuestras condiciones.

Ese hombre me hacía sentir mariposas en el estómago. Me recliné en el asiento y roté hasta que el respaldo de la silla quedó mirando a la puerta abierta del despacho. Era tarde y solo quedaban algunas personas deambulando por la planta, pero busqué intimidad mientras tecleaba con una sonrisa.

> REESE: ¿Condiciones? ¿Estamos negociando
> un acuerdo comercial?

Me quité el zapato del pie derecho y lo dejé colgando del dedo mientras observaba los tres puntos suspensivos parpadeando. Era lamentable cómo crecía mi nerviosismo al esperar.

> CHASE: ¿Venirte a mi cama sigue estando descartado
> porque soy tu jefe?
> REESE: Así es.
> CHASE: Entonces quiero pasar un rato fuera de mi habitación.
> REESE: Te veo en la oficina siempre.
> CHASE: Quiero más.

El corazón me latía con unos golpeteos patéticos. «Yo también quiero más».

> REESE: ¿Más cómo?
> CHASE: Creo que esto requiere una conversación cara a cara.
> REESE: ¿Como una cita?
> CHASE: No pienses en ello como una cita. Piensa que es
> una reunión de trabajo donde negociamos condiciones
> para el pleno cumplimiento del contrato en el futuro.
> REESE: Y ese pleno cumplimiento consistiría en…

Casi me caigo del asiento al oír la voz de Chase justo detrás de mí.

—Tú en mi cama, claro.

Me di la vuelta en la silla.

—Pensaba que estarías fuera hasta mañana.

—He vuelto pronto. Tenía pendientes algunos negocios urgentes.

—¿Cuánto tiempo llevas ahí de pie?

—No mucho —dijo, señalando a la ventana—, pero he visto tu reflejo en el cristal y me ha gustado verte la cara mientras escribías.

—*Voyeur.*

—Puede que no te tenga, pero puedo mirar. ¿Es una oferta?

Chase parecía que no se había afeitado en uno o dos días. Me preguntaba cómo sería notar esa barbita rozándome la mejilla... y el interior de mis muslos. Llevaba la corbata floja, la chaqueta colgaba de un brazo y se había remangado la camisa, lo que dejaba ver sus antebrazos musculosos. Estaba claro: me ponían los antebrazos. Cuando por fin levanté la mirada hasta sus ojos, él parecía encantado con mi embelesamiento.

—¿Qué has dicho? —conseguí decir.

Esbozando una sonrisita de complicidad, dijo:

—¿Qué te parece una cena? ¿Has cenado ya?

Cogí de mi mesa la barrita de proteínas que aún no me había comido.

—Todavía no.

Señaló el vestíbulo con la cabeza.

—Venga, déjame que te invite a cenar. No puedo consentir que mis empleados trabajen doce horas diarias muertos de hambre. —Al ver que no accedía a su propuesta de inmediato, suspiró—. No es una cita; es solo una cena. Los socios lo hacen constantemente.

Cogí el monedero del cajón y apreté el botón para poner el portátil en modo reposo.

—Vale, pero esto no es una cita.

—Claro que no.

—Entonces vale.

Me guiñó el ojo.

—Es una negociación.

Υ

Se ve que había decidido tomarme la negociación de manera seria, ya que no esperé ni siquiera a entrar en el ascensor para empezar a ponérselo difícil.

—¿Has estado alguna vez en Gotham, en Union Square? —preguntó Chase.

—Eso es un sitio para quedar como si fuese una cita. Demasiado romántico. ¿Qué tal Legends, en Midtown?

—¿Tenemos que cenar en un bar de mala muerte para no calificarlo como cita? Vayamos a Elm Café, ahí abajo.

—Eres un mandón —masculé.

Como ya se había acabado el horario laboral, bajamos en el ascensor hasta la puerta trasera y salimos del edificio a la calle Setenta y tres. Elm Café estaba tan solo a dos bloques de distancia.

Naturalmente, cuando pasamos por el gimnasio Iron Horse, resultó que Bryant se estaba acercando a la puerta en ese preciso momento. Así de suertuda soy.

Me miró, luego miró al hombre que estaba de pie a mi lado, y se paró.

—Reese. Hola. ¿Vienes al Iron Horse?

No estaba segura si era cosa mía o si todos nos sentíamos incómodos. Quizás era el sentido de culpabilidad por toparme con mi último ex mientras a mi lado estaba mi actual… algo.

—Hmm… no. Bajábamos a picar algo. ¿Te acuerdas de Chase?

Bryant extendió la mano.

—Tu primo, ¿verdad?

—Primo segundo —le estrechó la mano—, político. No tenemos la misma sangre.

Claramente Bryant no pilló la indirecta, pero yo sí.

—Sí. —Miré amenazante a Chase—. Mi primo segundo Chase.

Pareció que Bryant iba a añadir algo, pero al final cambió de opinión.

—Bueno… voy a darle caña al gimnasio. Supongo que ya nos veremos.

—Claro. Cuídate, Bryant.

Me sorprendió que Chase no me preguntase por la conversación incómoda ni mi relación con Bryant mientras nos dirigíamos hacia el restaurante. De hecho, estuvo bastante callado mientras caminábamos por esa manzana y media.

Al llegar a Elm Café, pidió una mesa para dos y después añadió:

—Algo tranquilo y romántico, si tenéis.

La camarera nos sentó en una mesa apartada en la esquina, y Chase me retiró la silla.

—¿Esta mesa es lo suficientemente romántica para ti? —le pregunté con sarcasmo.

Él se sentó.

—Te tendré que contar todas las cosas que me gustaría hacerte para compensar la falta de romanticismo de este sitio.

Me tragué mi respuesta mordaz; sabía que era mejor no retarlo. Si de verdad iba a mantener esta relación platónica, era mejor limitar las imágenes mentales. Se me daba bastante bien imaginar qué quería que me hiciese. Si lo oía de su boca… bueno, una tiene la fuerza de voluntad que tiene.

Por suerte, la camarera vino para tomar nota de las bebidas.

—Quería un Jack Daniel's con Coca-Cola; y para ella un Martini con Schnapps de menta.

Lo miré fijamente y le dije a la camarera:

—Para ella solo agua. Gracias.

Cuando la camarera se fue, Chase me dijo sonriente:

—¿Qué? Funcionó en esa fiesta de Navidad de la oficina. No me culpes por intentarlo.

—Creo que la regla número uno va a ser estar sobria cuando estemos solos.

—No confías en ti, ¿eh?

«Ya te digo».

—Qué chulito eres.

Después de que la camarera nos trajese las bebidas, Chase no tardó ni un minuto en contarme qué había tenido en mente durante los últimos días.

—Entonces dormir conmigo está descartado y no entra en la negociación, pero ¿qué me dices de una comida de vez en cuando?

—¿Quieres decir una cita?

—No. Me dijiste que las citas también estaban descartadas.

—¿Y qué diferencia hay entre salir a cenar y tener una cita?

—No vendrías a casa conmigo después de una comida.

Me reí.

—Lo has dicho como si todas tus citas acabasen yendo contigo a tu casa.

Me lanzó una mirada que no necesitó ir acompañada de palabras.

«Claro que todas acababan en su casa. ¿En qué estoy pensando?».

—Qué tonto eres —le dije, y puse los ojos en blanco.

—¿Eso es un sí a dos comidas a la semana juntos?

—¿Sales a comer con todos tus empleados?

—¿Eso importa?

—Claro que importa, sí.

—Bueno, a veces me voy a cenar con Sam.

Me recliné en el asiento y crucé los brazos.

—Pero no dos veces a la semana.

—No. No tan a menudo.

—Bueno, entonces no creo que sea apropiado. Tal vez deberíamos ceñirnos a lo que haces con el resto de los trabajadores.

Chase me lanzó una miradita, después me dedicó una sonrisa pícara y levantó un dedo. Sacó de repente el móvil para hacer una llamada. Escuché la mitad de la conversación:

—Sam, ¿podrías cenar conmigo dos veces a la semana? ¿Importa el por qué? De acuerdo, entonces. Quiero comentarte unas cosas sobre la próxima campaña de modificación de marca. Me gusta tu punto de vista... —Chase suspiró—. Sí, bien. Pero la noche que cenemos en tu casa pediremos que nos traigan la cena. Casi me atraganto con ese pollo que me obligaste a comer la última vez; estaba como una suela.

No lo entendí todo, pero oí que Sam alzaba la voz, seguido de una ristra de palabras chilladas a través del teléfono. Cuando cogió aire, forzó el final de la conversación:

—Como tú quieras. Buenas noches, Sam. —Parecía satisfecho con él mismo cuando colgó el teléfono—. Sí, ceno dos veces a la semana con otros empleados.

Me apetecía rizar el rizo un poco más.

—Es diferente. Sam es amiga tuya fuera del trabajo. Vosotros dos sois amigos desde antes de que yo entrara a trabajar contigo.

—Y nosotros nos conocemos desde que me manchaste de sangre en el instituto.

—Creo que estás un poco loco.

—Empiezo a estar de acuerdo contigo. —Probó el Jack Daniel's con Coca-Cola.

El teléfono de Chase vibró y la foto de una mujer apareció en la pantalla. Lo vi, y Chase se dio cuenta.

—Puedes cogerlo —le dije—, no me importa.

Le dio a ignorar y luego me miró fijamente.

—Eso me lleva al siguiente punto de la negociación.

—¿Hay más? Quizás debería estar tomando algo más fuerte que agua.

Chase me acercó su cubata. Yo lo cogí y le di un sorbo.

—De la conversación de antes, deduzco que Becker y tú ya no sois pareja.

—Tampoco éramos pareja realmente. Pero sí, tienes razón, Bryant y yo ya no salimos.

—Parecía herido. ¿Le contaste que te ponía cachonda tu primo/jefe cuando le rompiste el corazón?

—¿Llegará el día en que te ahogues en tu propia ego-
latría?

—Podría llegar. Una de las cosas que quería negociar
contigo en nuestro acuerdo era que lo dejases definitiva-
mente con Bryant.

Me cogió la bebida y yo se la quité de nuevo.

Me llevé la copa a la boca y dije:

—Y por fin dices bien su nombre.

Chase, naturalmente, no me hizo ni caso.

—Hemos llegado a un acuerdo entonces, ¿no es así? A
no ser que te rindas o te despida, o antes si lo infringes, no
quedarás con otros hombres.

—Y tampoco contigo; así que básicamente no saldré
con nadie y estaré a dos velas.

—Estoy seguro de que tienes vibrador. Si no, te com-
praré uno.

—¿Vas a ir a una tienda a comprarme un vibrador?
—le pregunté con incredulidad.

Chase me quitó con brusquedad de la mano el Jack Da-
niel´s con Coca-Cola que compartíamos y se bebió lo que
quedaba.

Como en un gimoteo dijo:

—Ahora me he puesto celoso de un puto vibrador.

El tono de la voz me hizo sentir poderosa. También me
dio la confianza para contarle cosas que normalmente no
hubiese contado.

—No hay por qué sentirse celoso —le dije al tiempo
que me inclinaba hacia delante—. Mi vibrador y yo ya hemos disfrutado de un intenso *ménage à trois* contigo.

La cara de Chase era impagable: lo dejé boquiabierto.
La camarera estaba unas mesas más allá, y él levantó la
mano para llamarla.

Cuando vino a nuestra mesa, dijo:

—Un Jack Daniel´s con Coca-Cola doble y dos Martinis de menta, por favor.

Pasamos las siguientes dos horas riendo y compartiendo bebidas. Entre medias, fijamos algunas reglas fun-

damentales. Iríamos a comer juntos dos veces a la semana, fuera de la oficina, pero no en un sitio romántico. Gracias a mí, él también compartiría alguna que otra comida con Sam durante los siguientes meses. Ninguno de los dos quedaría con nadie más, y no habría ningún beso ni ningún coqueteo de ningún tipo. Cuando mi contrato en Industrias Parker terminase, tendríamos una cita de verdad para ver hacia dónde iban las cosas. En la oficina, ninguno de los dos mencionaríamos nada del tiempo que pasaríamos juntos en privado fuera de la oficina y él me mostraría cero favoritismos.

Me apasionaba la última parte: razón primordial por la que negaba mi atracción por Chase era para mantener lo profesional en la oficina. De ninguna manera quería que nadie llegase a pensar que había algo entre nosotros.

Con las bases establecidas, solo me llevó dos horas romper mi autoimposición a permanecer sobria. No empezaba con buen pie, aunque me sentía bien —y con el puntillo— cuando nos levantamos para irnos.

—¿Cómo lo hacemos entonces? —le pregunté—. ¿Cómo terminamos nuestras noches juntos?

—Ni idea. Lo que sí sabemos es cómo terminan mis noches generalmente.

Chase me guio hacia la calle con la mano en la parte baja de mi espalda. Cuando salimos a la calle, su mano bajó aún más.

—Mmm… tienes la mano en mi culo.

Le brillaron los ojos.

—¿Sí? Me da que actúa por sí sola.

Sin embargo, no la movió; ni siquiera al llamar al taxi. Cuando uno se acercó, Chase me dijo que lo compartiéramos.

—Te dejaremos primero, así me aseguro de que llegas a casa sana y salva.

—Soy perfectamente capaz de llegar sola a casa.

—He cedido en todo lo que has pedido, pero llevarte a casa no es negociable.

En realidad, me apasionaba su caballerosidad; era yo quien no confiaba en mí. Chase sujetó la puerta y esperó. Antes de entrar, me giré para mirarlo e invadí su espacio personal.

—Está bien, lo acepto. Pero me tienes que prometer algo a cambio.

—¿Y es...?

—Que incluso aunque te lo suplique, no entrarás en casa.

16

Reese

El viernes por la tarde, unos pocos del departamento de marketing pedimos el almuerzo y nos lo comimos en la sala de descanso, mientras hablábamos sobre los planes para el fin de semana.

—¿Crees que volveremos a trabajar este fin de semana? —pregunté a Lindsey.

—No creo. Josh se va al curso prematrimonial al que su prometida lo obliga a ir. Y creo que el jefe tiene una cita importante este sábado por la noche.

—¿Una cita importante?

—La Gala City Harvest. Un montón de gente rica organiza una fiesta para recaudar millones de dólares para comida para personas sin hogar. Se celebra este año en algún hotel lujoso y han invitado a Chase. Le he oído pedir a su secretaria que le alquilase una suite con un nombre elegante. Estos dos últimos años ha salido con modelos de nuestras campañas publicitarias. La vida debe de ser muy dura cuando eres rico y guapo.

Por supuesto, Chase entró en ese preciso momento. Miré hacia otro lado, pero sentí sus ojos puestos en mí según se acercaba a la máquina de café. Había empleado mucho tiempo y esfuerzo en acordar conmigo el no quedar con otra gente; no podía imaginar que ya estuviese infringiendo sus propias condiciones. Pero tampoco pude evitar sentir una punzada de celos.

—Perdona, jefe —lo llamó Lindsey—. Este fin de semana no trabajamos, ¿verdad?

—No. Este no. Necesito encargarme de algunas cosas.

—Esperaba que sí. Va a hacer bueno y Eddie quiere bajar a Jersey Shore a visitar a su madre.

—Y parece que eso no es bueno, ¿no?

—Está siempre encima de él, atenta y cariñosa, como si fuese de la realeza; me hace sentir mal.

Chase sonrió burlonamente.

—Tú también podrías ser cariñosa y quitarte así ese sentimiento de encima.

—¿Estás loco? He empleado más de quince años en conseguir que rebaje sus expectativas. ¿Por qué fastidiarlo ahora?

Él esbozó una sonrisa de superioridad.

—¿Y tú, Reese? ¿Tienes planes para este fin de semana?

Jules llevaba un mes insistiéndome para que fuéramos a un pub nuevo. A mí no me apetecía. Hasta aquel momento.

—Noche de chicas el sábado. Mi amiga Jules y yo vamos a ver qué se cuece en el centro, en Harper's.

Vi que tensaba la mandíbula ligeramente, pero respondió como si no le hubiese afectado:

—Suena divertido.

—¿Y tú? ¿Una cita importante?

No era precisamente una pregunta adecuada para tu nuevo jefe, claro que Chase tampoco era un jefe tradicional. Tenía una relación especial con sus trabajadores, sabía cómo les iba la vida. Así pues, mi pregunta indiscreta no levantó sospechas.

—Solo es un acto benéfico al que donamos fondos. Preferiría solo firmar el cheque, pero cada año me convencen de alguna manera para asistir.

Yo sonreí. La sonrisa era completamente falsa, pero ninguno me conocía tan bien como para darse cuenta. Excepto Chase.

—Bueno, disfruta de tu cita. —Pinché un trozo de pollo de mi ensalada césar y me lo llevé a la boca.

Lo evité el resto de la tarde después de aquello. Bajó por el vestíbulo hacia mi despacho, y rápidamente entré en el de Josh para que no estuviésemos solos. En parte sabía que estaba haciendo el tonto. Seguramente no era una cita de verdad y yo me estaba montando una película. Esta era exactamente la razón por la que evitaba los romances en la oficina. El trabajo debe limitarse a eso: trabajo, en vez de dejar que mi vida personal interfiriera en sitios en los que no pintaba nada.

Cuando Chase apareció por la puerta de mi despacho a la seis en punto, ya estaba decidida a hablar de cosas meramente profesionales.

—¿Cenamos el domingo por la noche?

—No. Voy a salir el sábado y tú... —Moví la mano como quitándole importancia a lo que iba a decirle—. Tú tienes esa cita el sábado por la noche. Estoy segura de que ambos necesitaremos el domingo para descansar.

Mi respuesta lo confundió.

—¿Va todo bien, Reese?

—Sí. ¿Por qué no iba a ir bien?

—No sé. Parece como que algo te molesta.

—No —le contesté, rápida y secamente.

Quizás demasiado secamente. Él me observaba con los labios apretados. Estaba buscando pistas, pero yo no soltaba ninguna.

—Me da que es por lo del sábado noche. Pero imagino que no saldrías a cenar si tuvieras que llevar un vestido de gala como parte de nuestra no-cita informal.

Yo ladeé la cabeza.

—De todas formas, estoy segura de que te lo pasarás mejor con una cita de verdad.

Arqueó las cejas otra vez y esbozó una sonrisa arrogante.

—Yo no llamaría precisamente a Sam una cita de verdad.

—¿Sam?

—Es con quien voy. ¿Con quién te pensabas que iba? —Se acercó.

—No lo sé.

—¿Pensabas que iba a salir con alguien? ¿Después de lo que acordamos la otra noche en la cena?

—Puede que alguien comentara que normalmente te llevas a una modelo y que ibais a pasar la noche en el hotel este fin de semana.

—Me llevo a Sam. Para tener contacto con más gente. He reservado una suite para ella y su marido para que se queden después del acto. Es parte del acuerdo que hice con ella.

—Ah.

—Estabas celosa. —Se acercó aún más.

—Que no.

—Tonterías.

—Lo que sea. No importa.

—A mí sí me importa.

—¿Por qué?

—Porque si estás celosa significa que quieres estar conmigo tanto como yo quiero estar contigo. Te gusta tentarme y dejarme ahí plantado, sin saber en qué piensas. —Me senté en la silla y él dio la vuelta. Se agarró a los reposabrazos y bajó la cabeza hasta la mía—. Me alegro de que sea mutuo.

—Lo que tú digas. —Puse los ojos en blanco.

—¿Domingo por la noche? Ven a cenar conmigo.

—A almorzar.

—A cenar.

—A almorzar. Es más informal.

—Está bien. Pero te llevaré a algún lugar romántico para almorzar.

Me mantuvo la mirada, intentando estar serio, pero vi cómo sonreía un poco.

Y

Para empezar, nunca he sido de ir de discotecas, pero aquel sábado hice un esfuerzo. Jules y yo no pasábamos mucho tiempo juntas; la echaba de menos y pensé que si había un momento para soltarme el pelo, era este. Entre el cambio de trabajo y la adicción de pensar en Chase Parker, necesitaba sentirme joven y libre de nuevo.

Fuimos de un lado para otro a primera hora de la noche, bailamos en diferentes sitios antes de que estuvieran tan abarrotados que nos fuera imposible hacer nada salvo rozarnos con personas sudorosas en las pistas de baile. Cuando llegamos a Harper's, empecé a arrepentirme de llevar tacones de doce centímetros. Cuando vi la cola para entrar —que llegaba hasta casi la manzana de al lado— decidí que el pub irlandés pequeño y medio vacío que justo acabábamos de pasar no parecía tan malo.

—Mira la cola —me quejé.

—¿Qué cola? —Jules sonrió y me cogió de la mano para empujarme hacia la puerta.

Un hercúleo portero de la discoteca rodeó a Jules con un brazo y la levantó del suelo.

—¡Estás aquí!

—¿Cómo podía resistirme a copas gratis y sin hacer cola?

—Pensé que habías venido por mí.

—Quizás un poquito por ti también. —Le rozó el hombro contra el pecho—. ¿A qué hora sales?

Él miró el móvil.

—En una hora más o menos.

—Ella es Reese. Reese, él es el mejor amigo de mi hermano pequeño, Christian. —Jules acababa de recordar que yo estaba allí.

—Encantado de conocerte, Reese. —Hizo un gesto con la cabeza y enseguida desvió su atención a Jules—. ¿Qué tal si dejas ya eso de «el mejor amigo de mi hermano pequeño»?

—Es que lo eres.

—He estado intentado este último mes que me vieras como algo diferente. —Se inclinó—. Por si no lo habías notado.

Jules le dijo adiós con la mano, pero caí en la cuenta de por qué habíamos ido a Harper's aquella noche, y no tenía nada que ver con poder saltarnos la cola.

—¿Hay alguna posibilidad de que nos consigas una mesa? Reese necesita descansar los pies, si no, no duraremos ni una hora.

—¿Te vas a tomar algo conmigo cuando salga?

—Si tú invitas.

Él soltó una risita y sacudió la cabeza. Sacó un *walkie-talkie*, llamó a alguien de dentro y le dijo que tenía a dos vip para ella. Al cabo de un minuto, una mujer, que debía medir más de metro ochenta sin contar los tacones inmensos que llevaba, vino a recibirnos.

—Dios —masculló Jules.

Christian sonrió.

—Kiki, te presento a Jules y Reese. ¿Podrías hacerles hueco en la segunda planta y ofrecerles un par de copas de mi parte?

—Claro, cielo.

La escultural relaciones públicas nos dirigió a la segunda planta y nos ofreció una mesa reservada que estaba libre desde la que se veía abajo la pista de baile llena de gente.

—¿Qué os gustaría tomar, señoritas?

Pedimos dos martinis secos y miramos alrededor asombradas. La discoteca era enorme, y todo, desde los asientos de terciopelo hasta la barra brillante y negra de granito, era de primera calidad.

—Me siento como una famosa —dije—. ¿Y tú estás tonteando con el mejor amigo de tu hermano? ¿Qué opina Kenny de eso?

—No estoy tonteando con Christian. Todavía. Y Kenny no lo sabe.

—¿Cómo se lo vas a contar?

—Somos adultos. No me puede decir con quién debo salir.

—Así que le va a dar un ataque, ¿verdad? —Sonreí burlonamente.

—Exacto. —Se le dibujó una sonrisita en la cara.

—Cuéntame la historia.

—Kenny y Christian son amigos desde que jugaban al fútbol americano cuando eran enanos. Cuando yo tenía trece años y Christian once, él era grande, pero no enorme como es ahora. Una tarde, lo vi cambiarse de ropa... y tenía el asunto enorme, ya entonces. Quiero decir, lo que colgaba era enorme.

—¿Y?

La camarera nos trajo las bebidas.

—¿Y qué?

—¿Cómo sigue la historia?

—Ya está. —Ella se encogió de hombros.

—Así que durante estos quince años has echado de menos ver su trasto otra vez.

Pegó un sorbo a la copa con una sonrisa malvada.

—Mucho. Estuvo en California unos años tras la universidad, después volvió para trabajar en el Departamento de Policía de Nueva York.

—¿Es policía?

—Sí. Me lo encontré por la calle hace unas semanas y empezamos a enviarnos mensajes. Le queda muy bien el uniforme: la camisa, los pantalones. Voy a hacer que me ponga las esposas para que podamos jugar a policías y ladrones.

—Haces bien. Parece que le gustas; no podía dejar de mirarte, ni siquiera cuando estaba delante esa amazona tan sexi.

—¿Y tú? ¿Cómo es ese jefe tan excitante que tienes?

Cogí el palillo del martini y mordí la aceituna.

—Está incluso más bueno que esta aceituna, y ya sabes cuánto me gustan los aderezos del martini. —Suspiré—. Pero... sigue siendo mi jefe.

—Entiendo perfectamente por qué has puesto una barrera en el trabajo para separar negocios de placer. Separando ambas cosas, has conseguido trabajar en lo que te gusta. Yo probablemente haría lo mismo que tú. Pero, madre mía... podría plantearme hacer una excepción con él.

—Bueno, quiere que haga una excepción con él. Se las ingenió para que acordáramos cenar dos veces a la semana.

—¿Salir a cenar como si fuese una cita?

—No. Salir a cenar como en una no-cita.

—A ver si lo pillo, ¿sales a cenar dos veces a la semana a solas con él?

—Exacto. En una no-cita.

—¿Qué significa eso? ¿Que no folláis al final de la noche?

Pegué un trago a mi copa.

—Así es.

Jules se partió de risa.

—¿Te ha convencido con ese cuento chino?

—¿Qué quieres decir?

—Estás saliendo con él y ni siquiera lo sabes. Me encanta ese hombre.

No estaba saliendo con él. ¿Verdad? Salíamos solo a cenar dos veces a la semana. Nos estábamos conociendo. Sin quedar con otras personas. Y pensando en el otro cuando no nos veíamos. «Madre mía. ¡Estoy saliendo con él!».

Jules le dio un sorbo al martini y me miró, divertida, al darse cuenta de que yo llegaba a la misma conclusión a la que ella había llegado en solo dos segundos.

—Pero ¡qué mierda! ¿Tan tonta soy?

—Cariño, lo sé. No has guardado las distancias para que se mantuviese al margen. Has guardado las distancias para ver cómo las acorta para conseguirte.

Necesitaba otra copa, sin duda, y doble.

Durante la siguiente hora y media, Jules y yo nos aprovechamos de que teníamos bebidas gratis. Estábamos en un bar de quince dólares el martini, y estaba encantada de no tener que pagar la cuenta. Algo después de las doce, llevábamos ya el puntillo. Se nos trababa la lengua un poco y habíamos llegado a lo que me gustaba llamar el momento de las confesiones, donde todo parece estar más claro que el agua y hablarlo era una experiencia liberadora.

El portero bien dotado que le gustaba a Jules todavía no se había unido a nosotras, pero teníamos visitantes frecuentes que nos ofrecían bebidas y baileteos. Dos tíos bien vestidos se acercaron a nuestra mesa.

—¿Queréis unos cubatas, chicas? —El más grande sonrió muy seguro de sí mismo.

Hoyuelos. Mierda. Estaba segura de que no lo rechazaban muy a menudo.

—Gracias, pero las bebidas corren a cuenta de la casa esta noche, y estoy enamorada de mi jefe.

Levantó una ceja.

—Qué suerte tiene tu jefe. ¿Qué tal un baile?

Miré a Jules.

—Yo no —dijo—. He estado esperando quince años, ¿recuerdas? Christian va a salir de un momento a otro.

Rechacé su propuesta con educación.

—No, gracias. Esta noche no.

Cuando los tíos se fueron, Jules dijo:

—El más alto estaba bueno. ¿Por qué no has bailado con él?

—¿Para qué? —Cogí la bebida y me la acerqué a la boca, pero entonces vi que la copa estaba vacía.

—¿Para qué bailar o para qué los hombres en general? Porque mi respuesta podría ser muy diferente.

—Bailar con él. Solo quiero comparar.

Jules me dedicó una sonrisa curiosa.

—Cuéntame qué te gusta de tu jefe.

—Es listo, presumido, fuerte pero dulce al mismo tiempo. ¿Tiene sentido? —Pensé que estaba distraída buscando a Christian cuando vi que miraba por encima de mí—. ¿Me estás prestando atención?

—Sí. —Se bebió lo que le quedaba en la copa—. ¿Por dónde ibas? ¿Te gusta su persistencia? ¿Eso te pone?

Yo no había dicho eso, pero no se equivocaba.

—Te juro que, si me empotrase contra la puerta de mi despacho, no tendría fuerza de voluntad. Que sea el jefe es lo que hace que me aleje de él, pero también me pone muchísimo que lo sea.

Jules sonreía de oreja a oreja.

—¿Qué narices te pasa? —Al ver que seguía sonriendo, lo supe. Lo sabía—. Está justo detrás de mí, ¿verdad?

Una mano cálida me tocó el hombro desnudo.

Cerré los ojos y le dije entre dientes a mi mejor amiga:

—Te voy a matar.

Jules se levantó de la mesa y me dio un beso en la mejilla.

—Voy a ver si mi Hulk ha salido del trabajo ya. Vuelvo dentro de un rato. —Lo saludó moviendo los dedos—. Hola, señor jefe.

Y desapareció.

Chase ni siquiera tuvo la decencia de fingir modestia. Se sentó a mi lado, en vez de sentarse enfrente como lo había hecho Jules. Dios, quería besar a aquel presumido, esa sonrisaególatra que esbozaba. La forma preciosa y perfecta de su cara de «Dios, quiero besarte incluso más ahora que voy borracha».

—¿Qué estás haciendo aquí, Chase?

—Cumpliendo tus sueños, parece.

Me giré y lo miré a la cara por primera vez, lo que fue probablemente un error. Ya era demasiado guapo estando sobria; el alcohol podía hacerlo más insoportable aún. Aquella noche llevaba un esmoquin. O mejor dicho, llevaba una camisa blanca y ajustada, con los botones del cuello desabrochados, y una pajarita suelta alrededor. Se había remangado la camisa, lo que dejaba ver sus antebrazos bronceados y tonificados. Tenía unos buenos antebrazos. Me encantaba lamer los antebrazos. ¿Ya lo había comentado? Si lo había hecho, lo tenía que repetir.

Pero lo que me dejó en blanco, sorprendentemente, fue su pelo. Normalmente lo llevaba desaliñado, pero esa noche se había hecho la raya a un lado y se había repeinado hacia atrás. Eso junto con su guapura, la piel bronceada, la cara limpia y afeitada, su marcada y masculina mandíbula, parecía que había salido de *El Gran Gatsby*. Estaba completamente atontada.

—Hoy estás… muy diferente.

—¿Diferente para bien o para mal?

No podía mentir. Había bebido demasiado suero de la verdad.

—Pareces una estrella sacada de una película antigua; muy clásico, muy guapo. Me gusta.

—La primera cosa que voy a hacer mañana por la mañana será comprarme más gomina.

Se me escapó una sonrisita. Chase me acarició la mejilla con el dedo pulgar, después me rozó la comisura de los labios.

—Quizás una caja entera, si te va a hacer sonreír así —añadió.

—¿Qué haces aquí?

—Dijiste el otro día que ibas a venir aquí.

—Lo dije, pero… ¿no deberías estar en el acto benéfico?

—Está a punto de acabar. Además, no he parado de pensar en ti en toda la noche.

Posó el brazo de forma casual en el respaldo del asiento que estábamos compartiendo y empezó a acariciarme los hombros con los dedos.

—No sabía si debía venir, pero ahora me alegro de haberlo hecho.

—¿Por qué?

—Te gusta mi persistencia. ¿Fue eso lo que dijiste? ¿Te pone que sea el jefe?

Puse los ojos en blanco.

—Necesito otra bebida.

—Sí, vamos a pedir algo más. ¿Un Schnapps de menta triple?

Chase llamó a la camarera y pidió las bebidas. Miró alrededor de aquella discoteca abarrotada y preguntó:

—Entonces, ¿haces esto normalmente? ¿Sales de fiesta con tus amigas?

—Ya no mucho. Me gusta bailar, pero esto es como un mercado de carne.

Paró de acariciarme.

—¿Eso hacías esta noche? ¿Ir a comprar carne?

—No. Solo estaba pasándomelo bien con mi amiga.

—Porque si es carne lo que estás buscando…

Le di en los abdominales de broma, pero comprobé lo duro que estaba bajo la camisa. «Nota para mí misma: deja las manos quietecitas, por tu propia seguridad».

—¿Es así como conoces a las mujeres? ¿Vas a las discotecas a acechar así de sexi?

—Normalmente, no. Esta es la primera vez en años que entro en una, sin contar las veces que he tenido que ir por algún acto concreto.

—¿Dónde conoces a las mujeres entonces?

—En distintos sitios.

—Tantos detalles no, por favor. —Arqueé una ceja.

—Está bien. Veamos… a la última mujer con la que salí la conocí en un vuelo a California.

—¿Esa era Bridget?

—No.

—¿Dónde conociste a Bridget?

—En una fiesta.

—¿Una fiesta de trabajo?

La camarera nos trajo las bebidas y Chase se bebió media copa de un sorbo.

—¿Tienes sed?

—Solo quiero entonarme un poco.

—Así que… Bridget. ¿Qué tipo de fiesta?

—Preferiría no hablar de otras mujeres cuando estoy contigo.

—Está bien. Entonces, ¿de qué temas te gustaría hablar?

—¿Por qué no empezamos por todas las cosas que he pensado que me gustaría hacerte esta noche?

Me repasó de arriba abajo y se quedó mirando el vestidito negro y ajustado que llevaba.

Ver cómo me miraba con esas ganas debilitó mis defensas. Tragué saliva.

—Chase…

Me respondió cogiéndome la mano y llevándola a sus labios para darme un suave beso.

—¿Cuánto has bebido esta noche?

—Bastante.

—Qué pena.

—¿Por qué?

—Porque no me gusta aprovecharme de que los cubatas hayan influido en el criterio de una mujer.

Le di otro trago a la copa. Estaba algo mareada y no tenía nada que ver con el alcohol.

—Así que dices que da igual lo que diga o haga, que no te acostarás conmigo esta noche.

El fuego de sus ojos decía lo contrario.

—Así es.

Sonreí con malicia.

—Suena a reto. Baila conmigo.

17

Reese

$\mathcal{M}$e levanté con un mordisquito en la oreja. «Pero qué…».

«Anoche. Anoche». Ay, Dios. ¿He…? Asustada, me quedé helada en la cama mientras trataba de encender el cerebro resacoso para recordar cómo acabó la noche. Nunca me había sentido tan aliviada… y entonces una pata me golpeó en la mandíbula.

—Joder… —refunfuñé. Al girarme vi a *Tallulah* que me lamía la oreja y me tocaba la cara. Me tapé con la sábana, para que *Gatita fea* me dejara en paz. Decidida, trepó sobre mí y se me sentó en el pecho.

—Miau. —Acarició con el hocico la sábana que me escondía.

Intenté levantar la cabeza, pero me dolía mucho.

—¿Qué? ¿Qué quieres?

—Miau.

—Ahhh. —Hasta su minúsculo maullido dolía. Juraría que había un batería ensayando en mi cerebro. Los golpes no tenían ritmo, era el martilleo constante de un bajo, después parecía un tambor, seguido de golpetazos.

«¿Qué narices bebí anoche?».

Recuerdo que apareció Chase, que lo saqué a la pista de baile para poder refregarme contra él y tentar su fuerza de voluntad. Ay, Dios. Lo había convertido en un juego… para ver si Chase caía en él.

Reímos entre chupito y chupito asqueroso de Schnapps de menta, a lo que Christian y Jules se apuntaron después. Recuerdo que los dos parecían bastante cómodos. Después de eso, las cosas se volvieron un poco más borrosas.

Cogimos el taxi de vuelta a casa.

Recuerdo estar cansada. Muy cansada.

Solo necesitaba cerrar un poco los ojos y apoyar la cabeza mientras cruzábamos la cuidad. La cabeza. Estaba muerta de sueño. La había apoyado muy a gustito en el regazo de Chase.

Recordé cómo me había despertado. Cuando levanté, somnolienta, la cabeza, le rocé la entrepierna. «Ay, Dios». Estaba dura. «E hice un comentario al respecto. Fantástico».

Chase me ayudó al salir del taxi y le dijo al conductor que no apagase el taxímetro.

El ascensor tardaba la vida. Cuando entramos, le apoyé la cabeza en el pecho y respiré profundamente, lo olí muy de cerca. «Ay, madre». Le dije que olía tan bien que me lo comería. Le sugerí que se comprase una cabaña en el bosque y que cortase madera con el torso al aire.

Sus brazos me rodeaban con fuerza a medida que avanzábamos hacia mi apartamento. Pensándolo bien, sí, seguramente me hizo falta que me ayudara a andar.

Llegamos a mi puerta.

Recuerdo de manera confusa rodearle el cuello con los brazos e invitarlo a pasar. Él sonrió y negó con la cabeza.

—No habría nada que me gustase más que entrar. Y con entrar me refiero a más de una forma.

Me dio un beso en la frente. ¡En la frente!

—Pero de esta manera no. Descansa un poco. —Me cogió las llaves de la mano, abrió la puerta y esperó a que entrara.

Lo último que recuerdo era cómo llevaba los brazos a la cabeza mientras se apoyaba contra el quicio de la puerta y decía:

—Terminaremos este juego la semana que viene. Todo va a ser mucho más divertido en la oficina, eso dalo por hecho.

Cancelé el almuerzo con Chase un poquito más tarde esa mañana, tenía demasiada resaca como para salir de la cama. Cuando intentó que lo pasáramos al lunes, le lancé evasivas y al final dejé de responderle a los mensajes.

Habíamos cruzado una línea, y no sabía cómo trazar otra para mantenerme completamente alejada de él. Fue mi culpa, y el lunes por la mañana me mostré firme para arreglar lo que había estropeado.

—Buenos días. —Chase estaba apoyado en el marco de la puerta de mi despacho con exactamente la misma postura que tenía la otra noche en la puerta de mi apartamento.

Me había mentalizado el día anterior: era profesional, podía correr un tupido velo con lo que había ocurrido el sábado por la noche y trabajar codo a codo con Chase como si nada hubiese pasado. Miré el teléfono. Eran las siete y cinco de la manana del lunes, y ya había fracasado. «Estupendo. Muy bien, Reese».

Chase sonrió como si supiese que estaba pensando cosas poco profesionales.

Junté las manos sobre el escritorio.

—Buenos días, señor Parker.

Arqueó las cejas.

—¿Es así como vamos a jugar a esto?

—No tengo ni idea de lo que me estás hablando, señor Parker.

Chase vino hacia la mesa.

—Me gusta cuando me llamas señor Parker. Vas a tener que seguir haciéndolo.

Tragué saliva cuando se acercó aún más. Mi voz mostraba señales de debilidad.

—Ningún problema, señor Parker.

—¿Qué tal «por favor», señor Parker?

—¿Por favor, señor Parker, qué?

—Solo quería escuchar lo bien que suena dicho de tu boca. —Acortó la distancia entre nosotros, yendo al otro lado del escritorio y apoyando casualmente la cadera sobre él. Se agachó, me rozó el labio inferior con el pulgar y me habló directamente a la boca—. Por favor, señor Parker. Acabará saliendo de estos labios... ya lo verás.

«¿En qué lío me he metido?».

Era paradójico que tuviera que prepararme para un grupo de enfoque estando tan desconcentrada. La mañana pasó volando por mi cabeza errante; por suerte, la tarde del lunes estaba completamente planificada y así no tendría tiempo de pajarear.

La primera de las dos reuniones empezaba a la una en punto en la amplia sala de reuniones en la parte este del edificio. Estaba al lado del despacho de Chase y no pude evitar echar una miradita según pasaba. Con las cortinas descorridas, el despacho parecía una pecera. Estaba apoyado en la mesa, recostado en la butaca de cuero con una mano detrás de la cabeza; con la otra sujetaba el teléfono fijo mientras hablaba mirando al techo.

Me distraje un momento, dejé de prestar atención de por dónde iba y fui directa a Josh. En el choque, apreté el café y saltó la tapa. Hice malabares para sujetar el portátil y la libreta de notas con la otra mano. Mientras me inclinaba hacia delante en un intento inútil de que no se me cayese todo, acabé derramando el café enterito encima de la blusa, y todo cayó al suelo... seguido de la taza vacía.

—¡Mierda!

—Perdón. Iba muy deprisa —dijo Josh.

—No. Es culpa mía. No estaba prestando atención.

Miró la camisa. Echaba vapor.

—El café debía de estar muy caliente. ¿Te has quemado?

Chase salió de su despacho con toallitas de papel, me las dio y se agachó para coger el portátil y la libreta. Mientras le daba todo empapado a Josh, dijo:

—¿Qué te parece si secas el portátil? Yo me ocupo de Reese.

Intenté secarme la blusa con las toallitas, pero no servían de mucho; había derramado casi un litro de café, y tenía el cuerpo tan empapado como la propia tela de la camisa.

—Te hará falta algo más que un puñado de toallitas de papel. Acompáñame. —Chase me llevó a su despacho. Era muy consciente de su mano apoyada en la parte baja de mi espalda, algunos dedos me rozaban esa parte que no es exactamente culo pero tampoco espalda. Seguro que lo hacía sin maldad, pero mis pensamientos distaban mucho de ser inocentes.

Estaba enfadada conmigo misma por lo poco profesional que había sido y pagué mi frustración con Chase.

—Todo esto ha sido culpa tuya, ya sabes.

—¿Culpa mía?

—Me has distraído.

En vez de sentirse mal por ser la causa de aquel caos, él parecía encantado.

—Me muero de ganas de ver el caos que montas cuando de verdad intente distraerte. —Fue al armario y sacó una camisa de vestir blanca—. Toma, póntela.

—No puedo ponerme tu camisa.

—¿Por qué no? —Esbozó una sonrisa pícara—. Es solo un ensayo para cuando me hagas tortitas la mañana de después.

Me odié al imaginarme frente a aquel gran doble horno de acero inoxidable que sabía que tenía en su casa con una de sus camisas. Pasé de estar molesta a cachonda y enfadada en menos de diez segundos.

Chase me vio la cara y soltó una risita.

—Hay toallas en mi baño privado. —Sus ojos bajaron hasta mi pecho, donde la camisa empapada hacía que se me notasen los pezones, y masculló—: Quítate esa camisa mojada, antes de que te ayude yo a hacerlo en medio de mi despacho y con las cortinas descorridas.

No dudé en que lo haría sin pensárselo dos veces, así que entré rápidamente al baño, esperando encontrar allí mi razón perdida, junto con una camisa limpia.

Un minuto más tarde, me miré al espejo, contenta con lo que veía. Tengo que decir que esa camisa de hombre me quedaba genial. Aunque fuese diez tallas más grande, con algunos botones del cuello desabrochados y un nudo en la cintura, la camisa de Chase quedaba monísima con la falda de tubo negra. Me estaba remangando la camisa cuando oí que llamaban con sigilo a la puerta:

—¿Estás visible?

«Mientras no veas lo que pienso de ti…».

—Sí.

Chase abrió la puerta; tenía en la mano una camiseta doblada y la mirada fija en ella.

—Tenía esta vieja camiseta de Brown en la mochila del gimnasio, por si te la quieres probar. —Se paró y se sorprendió cuando me miró de frente—. Vaya, te queda mejor a ti.

Antes me había dicho que me haría rogar y eso no me hizo ruborizar. Sin embargo, algo tan simple como un «te queda mejor a ti» hizo que se me saltasen los colores. No eran tanto las palabras en sí, sino el tono íntimo con que las había dicho.

Entró en el baño y me arremangó la camisa.

—Déjame a mí.

Intercambiamos alguna que otra sonrisa en silencio mientras me colocaba bien las mangas.

—¿Cómo estás hoy? —me preguntó.

—Mejor.

—Me alegro. Vamos a cenar mañana por la noche.

—¿Me lo dices o me lo preguntas?

Terminó de arreglarme y esperó a que yo levantase la mirada.

—Te lo digo. Me lo debes, teniendo en cuenta lo caballeroso que fui la otra noche.

Sí, había sido un galán.

—Gracias, por cierto. Fuiste muy respetuoso y yo no te lo puse nada fácil.

—No. Sin duda alguna me lo pusiste... duro.

Le di un par de golpecitos de broma en el hombro.

—Vamos, jefe. Ya llegamos tarde a la reunión.

Elaine Dennis, la vicepresidenta de Advance Focus Market Research, ya había empezado la presentación cuando entramos en la sala de reuniones unos minutos tarde. En su discurso habló de la experiencia de la empresa con grupos de enfoque en el sector de los productos femeninos y abordó la importancia de trabajar con grupos de diferentes áreas geográficas.

—El sector de los productos para mujeres es muy diferente en Nueva York y en el medio oeste. La mayoría de las mujeres quieren lo mismo: una piel suave, sentirse guapas y mimadas, atraer al sexo opuesto; pero lo que funciona para vender belleza puede ser bastante diferente dependiendo de las zonas geográficas.

Mientras me acomodaba en el asiento, intenté olvidar los últimos quince minutos y empecé a tomar notas de la presentación. Me había encargado de bastantes grupos de enfoque de marketing en Fresh Look, pero siempre había algo nuevo que aprender. El mundo de la publicidad cambiaba cada minuto y los anuncios para la mujer suponían un gran reto. Asumámoslo, las mujeres llevamos nuestro derecho de cambiar de opinión como una insignia de honor: lo que queremos hoy podría estar pasado de moda mañana.

Estaba sentada dos sitios más allá de la ponente, a la derecha en la larga mesa de reuniones. Chase estaba sentado a seis sitios de ella, en el extremo del otro lado de la mesa. No era la primera vez que me fijaba en que Chase no se sentaba presidiendo la mesa. Era un jefe que tenía puesto el ojo en todo y participaba, pero no sentía la necesidad de recordar constantemente a la gente que era él quien mandaba. Me di toquecitos con la punta del bolígrafo en los labios, preguntándome si lo había hecho aposta.

Cuando lo miré un instante, lo pillé mirándome intencionadamente. Giré la cabeza para otro lado, pero, dos segundos después, le devolví la mirada. Echó un vistazo alrededor de la sala para saber si alguien se estaba fijando en él. Todo el mundo estaba atento a la presentación, como nosotros dos deberíamos haber hecho.

Entonces articuló sin hablar: «Me encanta que leas los labios».

Sonreí con timidez y eché un vistazo a la sala antes de volver a mirarlo. Parecía como si estuviésemos en el instituto, intentando que no nos pillasen pasándonos notitas. No despegaba la mirada de mis labios mientras me hablaba pero sin hablar: «También me encantan tus labios».

Me puse nerviosa y me giré en la silla para ver a la mujer que estaba haciendo la presentación. Conseguí apartar la mirada menos de cinco minutos antes de volverlo a mirar. Esta vez, Chase ni siquiera se molestó en comprobar si alguien nos estaba observando y articuló: «Me gusta mucho cómo te queda mi camisa».

Le lancé una mirada de advertencia, pero no se asustó lo más mínimo. Continuó y yo, como una boba, no podía dejar de mirarlo.

«Me muero de ganas por ver qué hay debajo de ella».

Quería matarlo. También quería saber qué haría una vez que viese qué había debajo. Menos mal que desvié la atención hacia la sala cuando escuché mi nombre.

Josh había abierto un debate sobre qué era mejor, si testar dónde colocar el producto en tienda o usar grupos de enfoque, y me pidió que les contara mi experiencia con Fresh Look. Tardé un minuto en recomponerme, pero el marketing no solo era mi trabajo, sino también mi pasión. Cuando empecé a hablar, esa pasión tomó las riendas. Durante la siguiente hora y media, me esforcé al máximo en no ponerme nerviosa cuando Chase me miraba.

En un momento, me estaba poniendo cacao en los labios —lo hacía mil veces al día— y tenía a Chase hipnotizado observándome. Eso me hizo sentir un cosquilleo en la entrepierna y me retorcí en la silla.

Cuando le tocó hablar a él, admiré cómo dominaba la sala con sus pensamientos e ideas. Era muy diferente a mi jefe en Fresh Look: el típico director general cuya presencia era puramente intimidatoria. Scott Eikman siempre se sentaba presidiendo la mesa en una reunión como esta. Mi antiguo jefe hubiese estado ahí cruzado de brazos, haciendo que todo el mundo a su alrededor se sentase con la espalda recta.

El estilo de Chase estaba infravalorado; dominaba la sala con inteligencia y su carisma natural. Me pilló al mirarlo mientras hablaba y esbozó una sonrisa. Por suerte, y a diferencia de mí, no se le trababa la lengua cuando lo observaban con atención.

Después de haber aclarado todas las preguntas, Elaine hizo un inciso para cerrar la oferta.

—Sé que habéis dicho que vuestro calendario puede variar, pero tenemos dos grupos de enfoque disponibles esta semana, si queréis aprovechar. Uno está en Kansas y el otro aquí, en Nueva York.

Evidentemente, había empleado una buena parte de su presentación en hablar de la importancia de recopilar opiniones y reacciones del medio oeste, aparte de las dos costas. Y casualmente tenía dos grupos disponibles. Eso sí, tenía que reconocer que había dado un buen discurso sobre ventas.

Josh le dijo que le daríamos una respuesta pronto y aún no se había enfriado el proyector cuando empezó la segunda reunión en la sala. Estaba algo decepcionada porque Chase dijo que no podía asistir a la segunda presentación del grupo de enfoque, aunque también fue un alivio no tener nada que me distrajese.

La reunión terminó a las seis y nos sentamos a la mesa de la sala para analizar las dos empresas. Todos coincidimos en que Advance Focus de Elaine era mejor empresa para encargarse de nuestros grupos de enfoque. Josh nos miró a Lindsey y a mí.

—¿Creéis que podremos reunir a tiempo el resto de muestras y presentaciones para unirnos a los grupos que Elaine gestiona esta semana en Kansas y aquí en la ciudad? —preguntó.

—Sí —dijo Lindsey—. Tendremos que darnos prisa, pero creo que mañana podemos tenerlo todo listo.

Josh asintió.

—Tengo que estar aquí para una sesión de fotos programada esta semana. Así que ¿quién de vosotros se queda en Nueva York y quién se va a Kansas?

Lindsey me miró, y yo dije:

—Haré lo que tú no quieras hacer.

—Genial, porque odio volar. Preferiría cubrir el grupo de enfoque de Nueva York.

—Qué fácil ha sido —dijo Josh—. Puede que Chase quiera acompañarte para el grupo de aquí, Lindsey. Cuando tengas todos los datos, habla con él.

Ella asintió.

—Perfecto.

Echaría de menos no poder pasar tiempo con Chase, pero en el fondo sabía que necesitaba un poco de distancia entre nosotros. Unos miles de kilómetros serían lo único que podía separarnos lo suficiente para aclararme las ideas.

18

Reese

Había reservado el vuelo para primera hora del miércoles, así que durante la tarde lo prepararía todo en la oficina de estudios de mercado de Advanced Focus en Kansas para la primera sesión de muestreo del jueves por la mañana. Chase había estado fuera de la oficina toda la tarde del martes, por eso, le envíe un mensaje para decirle que no podríamos cenar juntos.

Había respondido con una sola palabra: «Vale». Seguramente pensaba que lo rechazaba otra vez después de haber dejado que las cosas se me fueran de las manos este fin de semana.

Ahora eran casi las seis y media del miércoles por la mañana y me estaba preparando para salir hacia el aeropuerto cuando, por fin, amplió su mensaje anterior.

> CHASE: De acuerdo, lo posponemos, pero esta vez me la pienso cobrar.

No tuve tiempo de responderle. El taxi venía a recogerme a las seis y media, y el ascensor a veces tardaba unos minutos en llegar. Cerré la maleta, metí el móvil en el bolso y acaricié rápidamente a *Gatita fea*.

—Tu dueña se ocupará de ti mientras estoy fuera. Procura que no me revuelva las cosas. —Acaricié la cabeza de *Tallulah*—. Sé una buena *Gatita fea* y aráñale los tobillos a mi madre cuando empiece a rebuscar por el cajón de la ropa interior, ¿vale?

Un coche oscuro me esperaba delante del edificio cuando salí a la calle. Aunque no tenía el vuelo hasta dentro de dos horas y media, empecé a estresarme cuando nos paramos en seco de camino al túnel. Inspiré hondo y no me relajé hasta que conseguimos salir de Manhattan. Allí volvió a entrarme el pánico: el tráfico del otro lado del túnel era aún peor que el de la ciudad.

—¿Qué pasa hoy? —pregunté al conductor—. Es aún peor que en plena hora punta.

—Obras. En teoría paran a las seis de la mañana, pero los obreros deben de querer esas horas extra. —Se encogió de hombros y señaló la carretera que teníamos delante, un mar de luces de freno porque de tres carriles se pasaba a uno.

La siguiente hora fuimos a una velocidad de caracol; me mató descubrir que, aunque había kilómetros de conos, no había ninguna obra por ningún lado. Miré el reloj y me di cuenta de que podría perder el vuelo si el tráfico no mejoraba pronto.

Si en un día bueno ya me ponía nerviosa volar, el estrés añadido de llegar tarde me aceleraba el corazón aún más. Como necesitaba distraerme, saqué el móvil. Acababan de enviarme un mensaje.

MAMÁ: Tienes que limpiar la nevera más a menudo.
Te han caducado los pepinillos.

¿En serio? ¿Estaba agazapada en un callejón cuando me fui? ¿Tantas ganas tenía de entrar y empezar a investigar? Había dejado a *Gatita fea* un cuenco lleno de comida. No hacía falta que pasara por casa hasta mañana. La chincharía. Pincharla un poco me ayudaría a distraerme del vuelo que me esperaba.

REESE: No lo tires. Guardo todo lo caducado
para echárselo de comer a *Tallulah*.

El siguiente mensaje que tenía era el que no le había contestado a Chase, el de posponer la cena que cancelé anoche.

REESE: No volveré hasta el fin de semana. Mi jefe quería deshacerse de mí, así que me ha enviado a Kansas.

Después de responder algunos correos y mensajes más, conseguí no pensar en lo tarde que era. Llegué al JFK treinta y cinco minutos antes del despegue y me fui corriendo al mostrador. Cuando vi lo larga que era la cola para pasar el control de seguridad, casi me eché a llorar.

Desesperada, me acerqué a un agente de seguridad del aeropuerto.

—No voy a poder embarcar si hago cola. He tardado una eternidad en cruzar el túnel y encima había obras en la carretera. ¿Habría alguna forma de saltarme la cola? Viajo por negocios y no puedo perder el vuelo.

—Billete. —Extendió una mano enguantada y me miró como si oyera esa historia cien veces al día. Me lo devolvió y señaló por encima de su hombro—. Cola de primera clase a la izquierda.

Suspiré de alivio al ver que no había cola donde me enviaba.

—¡Muchísimas gracias!

Por supuesto, mi puerta de embarque tenía que ser la de la otra punta de la terminal, pero logré pasar por seguridad y bajar a la zona de embarque al tiempo que anunciaban la última llamada. Como la cola del embarque era pequeña, respiré hondo y me acerqué al mostrador para ver si podía cambiar el asiento central que me habían asignado al comprar el billete.

—¿Podría cambiar el asiento central? Sé que llego tarde y soy la última en llegar, pero tenía que intentarlo.

—Estamos bastante llenos, pero deje que lo compruebe. —La azafata cogió el billete y tecleó unos números en el ordenador. Frunció el ceño y dijo—: No tiene asiento central. Tiene uno en pasillo. —Me devolvió el billete y añadió—: Fila dos.

Eso no tenía ni pies ni cabeza.

—Pero si estaba en la fila treinta y algo cuando compré el billete.

—Ya no. Está en el pasillo en primera clase. Deben de haberla subido de categoría.

La cola para embarcar había menguado y, además, ¿quién era yo para quejarme de que me hubieran asignado un asiento en primera? Cuando llegué a la segunda fila, me quité el bolso del hombro y lo puse bajo el asiento de pasillo. El asiento de ventana estaba vacío, pero vi que había un ejemplar del *New York Times* doblado donde debería haber un pasajero. Abrí el compartimento superior y busqué sitio para dejar la maleta. Antes de cogerla por el asa, una mano cubrió la mía y di un respingo.

—Déjame.

Giré la cabeza rápidamente hacia el hombre que tenía al lado, pero ya sabía a quién encontraría.

—¿Qué pasa en esa cabecita tuya? —preguntó Chase.

Llevaba callada desde que lo descubrí en el avión. Volar siempre me ponía nerviosa y que Chase me hubiera sorprendido de ese modo me había sacado de quicio. El corazón me latía desbocado cuando empezamos a movernos por la pista. Me agarré al reposabrazos de en medio y le respondí lacónica:

—Odio el despegue. Y el aterrizaje. Lo del medio no está mal.

Chase me apretó la mano y no la soltó al elevarnos. Cuando alcanzó la altura de crucero, exhalé profundamente y relajé los hombros.

—¿Por qué no me dijiste que venías?

—Fue una decisión de última hora.

Entrecerré los ojos preguntándome si lo había planeado.

—¿Cómo de última?

Me miró a los ojos y vi aprensión en su mirada.

—Ni siquiera llevo muda.

—¿Qué quieres decir con eso?

—Pues que he salido de casa esta mañana con la intención de ir al despacho. —Se quedó callado y se pasó una mano por el pelo; añadió en voz baja—: Ni siquiera sé cómo he llegado hasta aquí.

—¿Lo dices en serio?

Asintió y dijo:

—Esta vez tendrás que ser tú quien me deje su camisa.

—No creo que te quepa.

—Entonces me prefieres descamisado, ¿eh? Lo sabía.

Vino la azafata a traernos las cartas.

—¿Les apetece beber algo?

Chase respondió sin mirar la carta de bebidas.

—Dos mimosas, por favor.

Me lo quedé mirando.

—Pero si no son ni las nueve de la mañana.

—Es una ocasión especial.

La azafata sonrió y recogió las cartas.

—¿Celebran algo?

Chase seguía cogiéndome de la mano en el reposabrazos. Levantó nuestras manos, con los dedos entrelazados y se acercó la mía para besarla.

—Estamos de luna de miel.

—Vaya. ¡Enhorabuena! Es maravilloso. ¿Hacen escala en Kansas o es su último destino?

—Nos quedamos en Kansas. A mi esposa le encanta *El mago de Oz* y quiere ir al museo. —Señaló nuestros pies con un movimiento de barbilla. Casualmente, yo iba vestida de negro y llevaba unos zapatos rojos—. A veces se emociona demasiado.

La azafata contuvo la sonrisa, pero noté que le debía parecer medio loca porque, a ver, ¿quién, en su sano juicio, iría a un museo cuando acababa de casarse con un hombre tan guapo como el que se sentaba a mi lado?

Cuando se fue, le dije a Chase:

—¿Que me encanta *El mago de Oz*?

Él sonrió.

—Bueno, más bien es algo fetichista, pero, oye, si a ti te va eso...

—¿Y tú qué personaje serías? ¿El espantapájaros sin cerebro? ¿Cómo se te ocurren estas cosas?

—Bueno, justo salía del lavabo cuando subiste al avión. Puede que haya fantaseado un poco al ver esos zapatos rojos tan sexis que llevas.

—Creo que necesitas ayuda profesional.

—Puede que tengas razón. —Se me acercó y susurró—: Pero si quisieras llevar esos zapatos, unas coletas y nada más, yo sería un hombre de hojalata la mar de feliz.

Cuando la azafata nos hubo traído las bebidas (y después de llamarme «la novia»), Chase y yo nos sinceramos.

—¿Cuánto estarás en Kansas? —le pregunté mientras cogía el bolso para ponerme un poco de protector labial.

Recorrió mis labios con la mirada.

—Te pones mucha cosa de esa, ¿no?

—¿De qué? ¿Cacao? ¿Protector labial?

—Sí, he visto que lo usas un montón.

—Es una especie de adicción, sí.

—Pues a mí no me gusta la sensación cerosa que me deja en los labios. Tendrás que dejar de usarlo pronto.

—A ver si lo adivino... ¿Porque te mancharé los labios?

—Eso mismo.

—Un motivo más por el cual lo nuestro no funcionaría nunca —digo, burlona.

—Al final uno de los dos cedería.

Niego con la cabeza; qué pesado.

—¿Cuánto tiempo dices que te quedas en Kansas?

—Eso depende de ti.

—¿De mí?

—No te he mentido al decirte que he intentado no venir. Cuando me han dicho que te ibas, me han entrado ganas de acompañarte. Había pensado decirte que quería estar presente en las sesiones, pero luego he caído en que seguramente adivinarías mis intenciones.

—¿Me estás diciendo que solo has venido por mí?

Él asintió, muy serio.

—Sí, solo por ti.

—¿Y este es tu estilo? ¿Acosador chic?

—No del todo… por eso no tengo ni idea de qué hacer. Evitarlo no ha funcionado exactamente.

—¿Y cuál es tu estilo a la hora de ligar, pues?

—¿No funciona esto de serte sincero?

Me reí.

—De momento va bien, sí. Sigue, que no te juzgaré.

Chase apuró lo que le quedaba de mimosa.

—Hasta ahora no me había hecho falta trabajármelo tanto para conseguir la atención de una mujer.

—Me lo imagino. ¿De eso se trata? ¿De un hombre que no consigue lo que quiere? Eso no es novedad.

Movía los ojos de un lado a otro, como buscando algo en los míos, y supe que estaba pensando en decir algo. Y al final lo dijo:

—Tienes razón, quiero lo que no tengo. Eso es una parte y no del modo que crees. No me pidas que te lo explique, pero cuando estoy cerca de ti, soy feliz. Eso es lo que busco.

Su respuesta me pilló totalmente desprevenida.

—Vaya. Eso… es… es muy dulce.

Chase me quitó la copa de mimosa que llevaba a medias y le echó un trago antes de volver a hablar:

—A ver, no me malinterpretes, me encantaría tenerte debajo de mí esta noche, pero ¿quieres que mantengamos las distancias físicamente? Lo respeto. Aunque no me apartaré de tu lado… y te lo pondré duro.

Ahora me tocaba a mí meter baza:

—¿Eso es en sentido metafórico o literal?

Aún teníamos las manos entrelazadas y Chase se acercó mi mano al pecho, la bajó por los abdominales y se detuvo justo por encima de los pantalones.

—Tú sigue así... que te lo voy a demostrar.

Después de aterrizar, cogimos un taxi hacia las oficinas del grupo de enfoque y pasamos unas horas trabajando con el coordinador que llevaría la sesión el día siguiente. Chase ayudó a prepararlo todo, pero me dejó que tomara todas las decisiones en las cuestiones en las que yo tenía más experiencia. Eso me gustaba en un jefe... y en un hombre.

Al terminar, paramos en un centro comercial de camino al hotel porque Chase no había traído maleta con muda y no tenía nada que ponerse. Entramos en Nordstrom y lo ayudé a escoger ropa informal. Mientras estaba en los probadores, seguí mirando en los estantes. Salió con unos vaqueros y un polo azul marino que se le ceñía al torso a la perfección. Iba descalzo y por haberse cambiado tenía el pelo más alborotado que de costumbre.

Me acerqué con una camisa de botones que le había escogido y Chase abrió los brazos y dio una vuelta.

—¿Bien?

—Dudo que haya algo que te quede mal. —Le tendí la camisa para que se la probara.

Levantó los brazos, tiró del cuello del polo y se lo quitó por la cabeza, como suelen hacer los chicos. Era imposible no mirar. Tenía un cuerpazo impresionante. Moreno y esbelto, parecía que tenía los músculos cincelados. Los vaqueros le quedaban algo sueltos en la cintura y se le veía una V muy marcada. Estaba convencida de que era el mejor cuerpo que había visto nunca de cerca.

Sin querer, me relamí y Chase me pilló.

—Como sigas mirándome así, acabaremos en el probador.

Me vino a la cabeza una imagen de los dos en el probador, contra el espejo. Como no dije nada, él supo que me lo estaba imaginando. Aún tenía el brazo extendido con la camisa. Chase se acercó, pero en lugar de cogerla, me tiró de la mano y me atrajo hacia sí.

—Estás despedida —masculló mientras hundía el rostro entre mi pelo—. Despedida.

Estaba a un suspiro de ceder cuando una voz de mujer me hizo entrar en razón.

Carraspeó.

—¿Puedo ayudarlos a encontrar algo?

Di un brinco hacia atrás y dejé que corriera el aire entre los dos, pero aún era incapaz de hablar. Chase respondió mirándome a los ojos.

—No, gracias. Tengo todo lo que necesito. —Nos quedamos mirando fijamente hasta que dijo al final—: Voy a vestirme.

—Ehhh... sí... vale. Voy a cogerte unas camisetas mientras te cambias.

Cuando se dio la vuelta, con el torso desnudo, le vi un tatuaje en un costado. No logré ver qué ponía, pero parecían unas letras que le subían por las costillas.

Sacudí la cabeza mientras me alejaba de allí, aún excitada y algo molesta, pensé en lo enigmático que era mi jefe. Un director ejecutivo con trajes a medida, un *piercing* en el pecho y un tatuaje; un hombre que se sube a un avión sin equipaje y reconoce que ha intentado contenerse y no viajar, pero no ha podido. El único nexo que une todos estos rasgos es que demuestran que este hombre es pasional. Y se lo notaba por la forma en que me miraba. Y aunque eso me excitaba sobremanera, también me daba muchísimo miedo.

Después de eso nos quedamos un rato en silencio. Chase volvió a aparecer completamente vestido y tardamos otra media hora en Nordstrom para abastecerlo de camisetas, calzoncillos y zapatillas. Cuando terminamos, el sol empezaba a ponerse y bostecé de camino al coche de alquiler que estaba en el aparcamiento.

—¿Cansada?

—Un poco. Ha sido un día largo.

Chase me abrió la puerta del coche, esperó a que me sentara y entonces dejó las compras en el asiento trasero.

Antes de arrancar, se volvió hacia mí.

—¿Te apetece que cenemos en el hotel? En la página web ponía que había un asador. Podemos cenar y meternos en la cama.

—¿Meternos en la cama?

—Me refería a descansar, pero si se te ocurre cualquier otra cosa...

Sí, claro que se me ocurría otra cosa. Y cada vez era más difícil pensar en algo que no fuera eso.

19

Reese

*E*n el hotel nos dieron habitaciones contiguas. Después de colgar los vestidos en el armario, me desvestí, me recogí el pelo en una coleta y me di una ducha rápida. Dejé que el agua caliente me masajeara los hombros, me relajé y pensé en lo mucho que había disfrutado del día con Chase. Trabajar codo con codo, ir de compras juntos, ir en coche al hotel… todo había sido la mar de natural. Lo que no era natural era seguir apartándolo. Era como si me estuviera privando de algo que podría ser muy especial.

Bill y Melinda Gates empezaron trabajando juntos. Él fue su jefe, incluso.

Michelle Obama era la mentora de Barack en el bufete de abogados donde ambos trabajaban.

Celine Dion se casó con su representante, que era veinticinco años mayor que ella.

Algunas cosas funcionaban, otras no. Había más consecuencias cuando las cosas no duraban y se trabajaba juntos, pero a veces las posibilidades superaban las consecuencias.

Posibilidades.

Cuando Chase llamó a la puerta al cabo de un rato, me acababa de vestir. Llevaba un moño despeinado y me había cambiado el traje chaqueta negro por un vestido cruzado en tonos verdes y azules muy vivos. Los tacones rojos eran ahora unas sandalias abiertas.

Me dio un buen repaso.

—Podríamos saltarnos la cena...

Lo empujé por el pecho y salí de la habitación sin ponerme el collar que iba a llevar porque no me fiaba de mí misma si lo invitaba a pasar mientras terminaba de arreglarme. Por la manera en que Chase me miraba mientras esperábamos que nos llevaran a nuestra mesa —los ojos se le iban a mi canalillo—, dudo de que se diera cuenta de que no me había dado tiempo a ponerme el colgante de diamante.

En los entrantes estuvimos hablando del grupo de enfoque y de los planes para el día siguiente antes de pasar a una conversación más íntima. Recorría de forma distraída la condensación en la base de mi copa de vino con el dedo cuando Chase alargó el brazo y me acarició la cicatriz de la mano.

—Casi parece un tatuaje. Hasta tus cicatrices son bonitas.

Entonces recordé lo que le había visto antes.

—Hablando de tatuajes, no he podido evitar ver el tuyo esta tarde. ¿Solo tienes ese?

Chase se recostó en el asiento.

—Sí.

Que no dijera nada más y estuviera impaciente por cambiar de tema me picó más aún la curiosidad.

—¿Qué dice? Son palabras, ¿verdad?

Paseó la mirada por la sala, levantó la copa y le dio un buen trago.

—Dice: «El miedo no detiene la muerte, detiene la vida».

Esperé hasta que me miró para hablar.

—Bueno, en eso estoy muy de acuerdo.

Nos quedamos mirando el uno al otro. Me costaba encontrar las palabras de aliento necesarias para que se abriera. Entonces él dejó de mirarme a los ojos para fijarse en mi cicatriz. Yo seguía sin encontrar esas palabras cuando él, inesperadamente, siguió hablando.

—Peyton y yo fuimos juntos al instituto. Éramos amigos y no empezamos a salir hasta mi último semestre en la universidad. Mi vida iba muy rápido por aquel entonces. Tenía patentes, unas oficinas... Incluso estaba contratando gente. —Hizo una pausa—. Un año después de graduarnos, le pedí matrimonio. Murió dos días después.

El corazón se me encogió en un puño. Había dolor en su voz y casi le notaba el nudo en la garganta.

—Lo siento.

Asintió y tardó un minuto en seguir hablando.

—Me quedé muy jodido durante bastante tiempo. Por eso autoricé la comercialización de la mayoría de mis productos. Bebía mucho y sabía que no estaba en mis cabales para encargarme de la comercialización. Por suerte, mis abogados sí estaban en sus cabales. Negociaron buenos contratos gracias a los cuales conseguí unas regalías generosas para que algunas empresas usaran mis patentes durante unos años. Mantuve a mi equipo de investigación para tener algo en lo que centrarme, pero no tenía mucho más que hacer.

—Parece que hiciste lo correcto.

—Sí. En retrospectiva, así fue.

Me moría por hacerle esa pregunta, pero no sabía qué palabras usar.

—¿Cómo...? ¿Tu prometida... estaba enferma?

El negó con la cabeza.

—No. La atacaron. La semana que viene hará siete años. Nunca cogieron al tío que lo hizo.

Alargué el brazo para cogerle la mano.

—Dios mío, no sé qué decir. Lo siento muchísimo.

—Gracias. —Se quedó callado y luego añadió—: Fueron unos años muy duros. E incluso cuando volví a salir con mujeres, no me veía capaz de hacer mucho más que... ya sabes... —Esbozó una sonrisa sensual—. Salir con ellas.

—Te refieres a acostarte con ellas.

Él asintió.

—No me malinterpretes, no quiero parecer un gilipollas integral. Nunca engañé a ninguna, solo es que no estaba interesado en algo más que no fuera una conexión física. No lo hacía a propósito, o al menos no me lo parecía. No lo sé. Tal vez no estaba preparado para seguir adelante. O quizá no había conocido aún a la persona adecuada para pasar página.

—Lo entiendo. —Tenía un nudo en la garganta. No se me pasó por alto que había dicho que no estaba preparado y que no había conocido a la persona adecuada como si fueran cosas del pasado. Desde un principio me había dejado claro que me deseaba sin más, eso no me lo había cuestionado nunca. Ahora me entraban ganas de preguntarle si creía que podría haber algo más entre los dos, pero la respuesta me daba miedo. Porque, a ver, ¿cómo puedes pasar página y querer a otra persona, si no has dejado de amar a otra?

Como no dije nada, Chase me acarició la barbilla y me levantó la cabeza para que lo mirara a los ojos.

—Contigo quiero más. No sé qué es ni a dónde nos llevará, pero va más allá de lo físico. De ti me atrae todo: eres lista, sincera, graciosa, valiente y algo alocada, y me haces sonreír sin motivo. No niego que te deseo en mi cama. Creo que eso ya lo sabes, pero también quiero esto… Estoy cansado de mirar hacia atrás. Hacía muchísimo tiempo que no quería vivir el presente.

—Vaya. Me dejas sin palabras. Gracias. Gracias por ser tan sincero.

Justo entonces llegó el camarero con la cena. El aire estaba cargado y no sabía cómo aligerar el ambiente, pero sí notaba que lo necesitábamos. Sabía que hablar de sexo ponía a Chase juguetón.

Corté un trozo de bistec y me acerqué el tenedor a los labios.

—¿Alguna vez has jugado al «Qué prefieres»?

Frunció el ceño.

—Cuando era pequeño.

—Mi amiga Jules y yo solíamos jugar… normalmente tras unas copas.

—Ya veo…

Le di un sorbo al vino y le sostuve la mirada.

—¿Preferirías pagar por sexo o que te pagaran por ello?

Arqueó una ceja.

—Que me pagaran. ¿Y tú?

—Creo que pagaría.

—Me gusta este juego. —Chase se recostó en la silla y se rascó la barbilla—. ¿Encima o debajo?

—Debajo. —Hice una pausa—. ¿Y tú?

—Encima. —Me señaló con el tenedor—. ¿Ves lo compatibles que somos? ¿Luces encendidas o apagadas?

—Encendidas, ¿y tú?

—Encendidas, para poder verte la cara mientras te penetro.

Noté calor en mi interior y tragué saliva.

—Se supone que no puedes añadir nada más. Solo tienes que decir qué prefieres.

—Anda, ¿y eso por qué, si darte una respuesta más descriptiva hace que te ruborices de esa forma tan sensual?

Ese tira y afloja siguió durante la cena, en la que compartimos retazos de nuestras preferencias sexuales y no tan sexuales. Y funcionó, aligeró la tensión, pero también consiguió que mi deseo luchara contra la voz de la razón en mi interior.

Y, en ese momento, el deseo le estaba dando una paliza a la razón.

Después de cenar, cuando Chase y yo llegamos a nuestras habitaciones contiguas, me sentí como al final de una primera cita en el instituto.

Me cogió ambas manos en las suyas y se mantuvo a unos pasos de mí.

—Gracias por cenar conmigo y por dejar que me apuntara al viaje.

—Bueno, estabas en el avión cuando subí. No me quedaba otra tampoco —dije en broma.

—Me iré después del grupo de enfoque de la mañana; cogeré un vuelo a Nueva York por la tarde.

—¿Te vas? ¿Por qué?

—Porque sigo presionándote, esperando que cedas. Y esta noche me he dado cuenta de que debes hacerlo cuando quieras. Estaré esperando cuando te decidas. —Me atrajo hacia él y me plantó un beso en la frente—. Y ahora vete antes de que cambie de opinión y te empotre contra la puerta, en lugar de dejarte sana y salva al otro lado.

Una vez dentro, estuve durante unos buenos diez minutos con la cabeza apoyada en la puerta. A los cinco oí que la puerta de Chase se abría y cerraba, y me pregunté si se había quedado de pie en el pasillo, batallando con lo mismo.

No recordaba desear a otro hombre tanto como deseaba a Chase. Durante un tiempo, pensé que era porque era mi jefe; por esa sensación tan excitante de verte tentada por lo prohibido. Pero sabía que era más que eso, mucho más. Me daba mucho miedo. Había utilizado el argumento de que era mi jefe como excusa para mantener las distancias, pero en realidad, las cosas que sentía por él me alteraban. No había tenido mucha suerte en el amor, precisamente, y mis padres tampoco. ¿Podría encontrar el amor verdadero a la sombra de otra mujer?

Tenía miedo, pero también estaba cansada de tener miedo y eso me hizo pensar en su tatuaje: «El miedo no detiene la muerte, detiene la vida».

Nueve palabras y, aun así, contenía la historia de nuestras vidas.

Inspiré hondo y entonces me di cuenta de que aún no había encendido la luz de la habitación. Eso sí era poco propio de mí. Normalmente, hubiera hecho un barrido de la habitación a los diez segundos de entrar: hubiera examinado el armario y la ducha y mirado debajo de la cama, tan intimidante. Suspiré y procuré no mirar, aunque me reconcomía desde que caí en la cuenta del descuido. Por lo menos habría un miedo que no permitiría que me controlara esta noche.

Tumbada en el suelo de la habitación de hotel a oscuras, me sentí algo mareada por las vueltas que le daba a todo mentalmente. Seguía reproduciendo fragmentos de las conversaciones que habíamos mantenido durante el último mes.

En su casa: «Si no estuvieras saliendo con alguien, te subiría al mármol de la cocina y te enseñaría lo que quiero hacerte, en lugar de explicártelo».

Quería que me lo enseñara pero bien enseñado.

En el taxi después de beberme hasta el agua de los floreros, con la cabeza apoyada en sus cálidos muslos, rozándole la erección mientras me incorporaba para salir y llegar a mi edificio.

Quería notarlo. Cogerle el miembro con la mano y ver su cara mientras la movía arriba y abajo.

En su despacho: «Quítate esa camisa mojada antes de que lo haga yo aquí mismo, en el despacho y con las persianas sin echar».

Joder, quería que me arrancara la camisa.

Cerré los ojos y me toqué. Él estaba al otro lado de la puerta. ¿Me oiría si me corría? En parte esperaba que sí. Pasé la mano por la cinturilla de encaje de las braguitas una vez… y luego otra, deteniéndome un momento en el exterior sensible antes de introducirme los dedos. Tenía el clítoris hinchado solo de pensar en Chase. Estaba claro que no iba a durar mucho. Con dos dedos empecé a trazar círculos, a masajear. Imaginándome que era la mano de Chase en lugar de la mía, empecé a acelerar y por fin encontré el ritmo.

Se me pasaron varias imágenes por la cabeza.

Chase levantando la vista hacia mí aquella primera noche en el pasillo del restaurante. «Dios, qué guapo es».

Descamisado en el gimnasio, con aquellas gotas de sudor que le resbalaban por el pecho cincelado.

Se me aceleraba la respiración.

Hoy, fuera del probador. La forma en que me miraba, cómo me desnudaba con los ojos. Sus palabras: «De ti me atrae todo».

«Dios. Joder».

«Estoy tan cerca, tan a punto…».

Hasta que…

Un golpe en la puerta me sobresaltó.

«Joder».

Enderecé la espalda, tratando de respirar con normalidad, aunque parecía que hubiera estado corriendo una maratón.

—¿Reese? —llamó Chase. Había llamado a la puerta que comunicaba las habitaciones.

—¿Sí? —carraspeé.

—¿Me dejas el cargador de tu iPhone? Se me ha olvidado comprar uno esta tarde.

—Esto… Sí, claro. Espera un momento que lo busque.

Me temblaban las manos al encender la luz. Empecé a desordenar la maleta en busca del cargador. «¿Qué narices estoy haciendo?».

Lo encontré, inspiré hondo y me preparé unos treinta segundos antes de abrir la puerta. No podía mirarlo a los ojos.

—Aquí tienes —dije mirándolo al hombro.

—Gracias.

Me notaba la voz rara, hasta yo me fijé en eso. Sonaba muy aguda y… y hablaba demasiado rápido, como en una frase de corrido y sin puntuar.

—De nada; puedes quedártelo, no lo necesitaré hasta mañana porque me iba a acostar de todos modos.

Cuando levanté la vista, Chase tenía el ceño fruncido.

—¿Te encuentras bien?

—Sí, estoy bien. ¿Por qué no iba a estarlo?

No se lo tragó.

—Pues no lo sé. —Miró por encima del hombro para examinar la habitación—. ¿Qué estabas haciendo?

—Nada —respondí demasiado deprisa.

—¿Conque nada, eh?

Tenía la cara roja y me notaba sudor en la frente y las mejillas, pero estaba resuelta a seguir con la mentira costara lo que costara.

Chase me repasó de arriba abajo y luego nos miramos fijamente.

Y lo supo.

Lo sabía.

«Lo sabía».

De hecho, vi cómo se le dilataron las pupilas al darse cuenta. Después de ese concurso de miradas durante el cual creí que me iba a derretir, se limitó a decir.

—Buenas noches, Reese.

Acababa de recobrar el aliento cuando se detuvo poco antes de cerrar la puerta. Me cogió la mano y se la acercó a la cara poco a poco mientras cerraba los ojos. Cuando inspiró hondo y olfateó la mano con la que acababa de tocarme, me quise morir.

Quería morirme. Del todo.

Era lo más embarazoso, y erótico al mismo tiempo, que me había pasado en la vida.

Me estremecí y el dolor entre las piernas empezó a ser insoportable. No podía moverme, no podía decir nada. Estaba allí plantada viéndolo inspirar mi esencia. Cuando finalmente abrió los ojos y gimió, me vine abajo.

Me abalancé sobre él rodeándole el cuello con los brazos.

—Me rindo.

Él me rodeó la cintura, me dio la vuelta y con un solo movimiento me levantó.

—Ya era hora.

Me afiancé con las piernas y él se dio la vuelta para apoyarme de espaldas en la puerta que separaba nuestras habitaciones. Con una mano me soltó el pelo, que llevaba recogido, y se lo enrolló rápidamente, tras lo cual me dio un tirón tan fuerte que me echó la cabeza hacia atrás y, entonces, me devoró la boca.

Juro que casi llego al orgasmo en ese instante. Con las bocas abiertas, nuestras lenguas se entrelazaban sin cesar. Tenía un sabor increíble; ni siquiera quería coger aire para respirar. Me daba igual morirme asfixiada... moriría inmensamente feliz.

Me atrajo más hacia sí y noté la erección que le tensaba los pantalones. Como llevaba vestido y lo rodeaba con las piernas, estaba completamente abierta a él mientras empujaba. Gemí cuando empezó a frotarse de arriba abajo. La tela de las braguitas era tan fina que la fricción de la cremallera encendió la chispa que prendió fuego a mi cuerpo.

Chase murmuró:

—¿Notas lo que me haces? ¿Lo que me has hecho desde aquella primera noche?

Él hizo un sonido gutural, un sonido que venía de lo más profundo de su garganta, y me mordió el labio inferior. Le dio un tironcito antes de soltarme la boca. Me cogió una mano, con la que aún le rodeaba el cuello, y la guio hasta su pene. Cuando se lo envolví con los dedos, gimió y me besó con fuerza.

Me encantaba lo deseoso que parecía, como si llevara toda la vida esperando ese momento. Desde luego, a mí me parecía una eternidad.

Al final —no sé a ciencia cierta cómo fue— acabamos en mi habitación. Chase me dejó en la cama con cuidado y se colocó encima de mí. Cuando alargué el brazo y le toqué la mejilla, me besó la palma de la mano.

—Eres tan guapa... Me muero de ganas de verte enterita. —Hundió la nariz en mi pelo y me susurró al oído—: Me muero de ganas de saborearte.

Contuve la respiración mientras me besaba desde el cuello hasta la piel desnuda del pecho y se detuvo en el escote. Mi vestido cruzado tenía un nudo al lado derecho, así que se echó a la izquierda y me acarició entera hasta desatar el nudo. Me abrió el vestido y echó la cabeza hacia atrás para echar un buen vistazo a mi cuerpo. Se centró en mis pechos y con la lengua trazó una línea desde el esternón hasta el canalillo. Me estremecí y se me puso la piel de gallina. Se me endurecieron los pezones, erguidos contra el encaje del sujetador, como si quisieran llamar su atención. «Joder, qué ganas tenía de notar su boca encima».

Con el pulgar, me bajó la copa del sostén y me succionó el pezón izquierdo con fuerza. No dejaba de contemplarme, fijándose en cómo respondía a las caricias. Cuando cerré los ojos, volvió a hacerlo y entonces se fue al otro pecho. Al cabo de unos minutos, siguió explorándome y con la boca me llenó el vientre de besos.

Y luego más abajo.

Y más.

Me besó en las braguitas y entonces habló de forma que noté la vibración en el clítoris.

—¿Pensabas en mí al meterte los dedos? —Pasó un dedo por debajo del ribete de las braguitas y empezó a bajármelas—. Dímelo. Dime que pensabas en mí mientras tenías los dedos en este coño.

Se colocó entre mis piernas y me chupó el clítoris, trazando círculos con la lengua y ejerciendo la fuerza adecuada, perfecta. Me sentía como en una nube. Hundí los dedos en su pelo; no quería que parara.

Pero, de repente, lo hizo.

—Dímelo.

Hubiera jurado ser la reina Isabel si con eso tuviera su boca encima de nuevo. Reconocer la verdad era pagar una pequeña prenda.

—Desde que te conocí, tú eres el único en quien pienso mientras me toco.

Le brillaban los ojos y tenía un aire triunfal, y regresó su boca. Esta vez no se entretuvo. No. Lamió y succionó hasta que estuve lo bastante mojada y entonces me introdujo los dedos. Todo fue demasiado deprisa y con mucho ímpetu. Los dedos entraban y salían, la lengua se movía y giraba... Empecé a estremecerme y a temblar, me tensé e hinqué el talón en el colchón al tiempo que lo agarraba del pelo. La subida a la montaña rusa fue rápida, pero el descenso prometía ser vertiginoso. Qué bien me sentía. Era increíble. Solté algo parecido a un gemido mezclado con su nombre.

Arqueé la espalda y Chase me inmovilizó con una mano mientras me devoraba con la boca.

«Es demasiado».

«Casi estoy».

Dios.

«Ay, Dios».

Llegué a lo alto de la montaña rusa y me detuve un segundo antes de...

Fue una caída libre.

Me deslizaba y caía sin control.

No me sentía las piernas, no sentía nada salvo un éxtasis puro y desatado. Era tan bueno, tan arrebatador, que se me empezaron a llenar los ojos de lágrimas.

Aún respiraba erráticamente cuando Chase volvió a besarme en la boca. Esta vez, el beso era distinto al frenesí de hacía unos minutos. Era hermoso, suave, delicado. Me acariciaba el pelo mientras nuestras lenguas se entrelazaban y, en aquel instante, me acarició la cara y rompió el beso.

—Ahora mismo vuelvo.

Desapareció un momento y luego regresó con la cartera, de la que sacó varios preservativos que dejó sobre la mesita de noche.

Les eché un vistazo.

—Qué ambicioso, ¿no?

Empezó a desnudarse.

—Ni te lo imaginas.

La forma de mirarme mientras se quitaba la ropa, esa convicción en su rostro, hizo que mi cuerpo satisfecho volviera a encenderse. No era mi primera, ni mi segunda o tercera, pero había algo en esa mirada que me hacía sentir como si fuera mi primera vez de verdad, y no me lo explicaba.

Chase era un hombre muy guapo... eso era fácil de ver. Pero sin ropa observé lo perfecto que era, qué locura. Tenía un torso cincelado, los pectorales firmes y esculpidos encima de unos abdominales marcados y tenía unos muslos gruesos y musculados. «Ay, y ese *piercing* en el pezón». Qué ganas de morderlo. Al verlo allí de pie, con esos bóxers negros ceñidos, me alegré de que me hubiera dado un momento para prepararme antes de descubrir lo que guardaba debajo.

Metió los pulgares por dentro de la cinturilla de los calzoncillos y se inclinó para quitárselos. Cuando volvió a incorporarse se me quedó la boca abierta. «Dios, ten piedad». Ese hombre tenía un buen paquete. Y con eso no me refiero a tenerlo todo: guapura, encanto y dinero... No, Chase, tenía un paquete de los buenos. Tenía una polla gruesa y firme. Ya estaba erecta y prácticamente le rozaba el ombligo.

Me relamí al verlo abrir un preservativo, rasgando el paquetito con los dientes.

Él me miró y me dijo:

—Vas a ser mi perdición, ¿verdad?

Cuando volvió a ponerse encima de mí, me cogió las manos, entrelazó los dedos con los míos y me subió los brazos por encima de la cabeza. Me besó en los labios con dulzura y entonces levantó la cabeza para mirarme a los ojos. Nos quedamos mirando un buen rato, incluso cuando empezó a penetrarme despacio. Estaba mojada, empapada, casi... estaba preparada para él.

—Joder —murmuró él con los ojos ligeramente cerrados—. Qué mojada estás. —La sacó y volvió a penetrarme varias veces, con cuidado para que pudiera albergarla en su plenitud sin que me doliera.

Cuando me tuvo preparada, empezó a moverse rítmicamente y con mayor intensidad. Las embestidas se volvieron más duras y me penetraba hasta el fondo. Lo único que no cambió fue su forma de mirarme. Me miraba a los ojos como si pudiera ver mi interior. Me hacía sentir expuesta pero aceptada.

Todo lo que nos rodeaba se esfumó salvo el sonido de nuestra respiración. Gemí y él me besó como si quisiera absorber el sonido de mi próximo éxtasis. Estaba muy cerca y le tiré del pelo; entonces su respiración se volvió entrecortada y jadeante.

—Voy a... —empecé a decir, pero mi cuerpo se me adelantó—. Ay, joder.

Chase me dio un mordisquito en el hombro y aceleró ese orgasmo que se fraguaba a fuego lento. Me sobrevino con la fuerza de un tsunami y me arrastró con él. Se me tensaron los músculos y, con los ojos medio cerrados, miré a Chase.

Me lo vio en la cara, lo notó en mi cuerpo y aceleró el ritmo para llegar él también al suyo. Al final, con una última estocada, me penetró hasta el fondo, tanto como pudo, y gimió al correrse.

A diferencia de mis otros amantes, no sé tumbó y se dio la vuelta de inmediato. Me besó con dulzura hasta retirarse y, entonces, se quitó el preservativo y fue a tirarlo. Al volver, traía una toallita húmeda que empleó para limpiarme. Cogió una botellita de agua del minibar y la compartimos, pasándonla a turnos, ambos aún desnudos.

Después de toda la adrenalina, el cansancio empezó a hacer mella. Bostecé y Chase dejó la botella de agua vacía en la mesita de noche. Me colocó encima de él, con la cabeza sobre su corazón. Me acarició el pelo; sus latidos eran reconfortantes.

—Va, duerme un poco —dijo en voz baja—. Mañana tenemos un día largo por delante y hay que levantarnos temprano.

Me gustaba mucho esa idea de dormir. Hacía mucho tiempo que no me sentía tan relajada, tan... segura.

Adormilada, dije:

—Vale, pero no hace falta que estemos en el grupo de enfoque hasta las diez.

Me besó en la cabeza.

—Lo sé, pero necesitaremos un par de horas para la segunda ronda.

20

Reese

$\mathcal{M}$e desperté con el movimiento de la cama. La habitación estaba oscura y, de forma innata, tuve miedo hasta que la vista se me acostumbró a la oscuridad y recordé dónde estaba.

Chase se revolvía y mascullaba algo en sueños. Solo había visto tener pesadillas a mi hermano Owen después del robo. En el sueño, lloraba, algunas noches demasiado, hasta que mi madre lo despertaba y lo consolaba. No estaba segura de si debería dejar que siguiera durmiendo así o no, porque estaba muy inquieto y parecía bastante atormentado.

Era duro ver cómo sufría, así que decidí darle un pequeño toquecito. Quizá eso bastaría para despertarlo.

—¿Chase? —Le di suavemente en el hombro.

Casi salté de la cama cuando él se incorporó de golpe. Al principio, parecía confundido.

—¿Qué? ¿Qué? ¿Estás bien? —Tenía la respiración acelerada y el pecho agitado.

—¡Sí! ¡Sí...! Estoy bien. Creo que tenías una pesadilla —dije con la mano aún sobre el corazón, que me latía muy rápido.

—Lo siento, ¿seguro que estás bien? —Chase se pasó los dedos por el pelo.

—Sí, estoy perfectamente.

Cuando se calmó, respiró profundamente y salió de la cama para ir al baño, donde estuvo un buen rato antes de que la puerta se abriera otra vez. La cama se hundió un poco cuando volvió, pero no se acostó de inmediato. Se sentó en la esquina del colchón, apoyó los codos sobre las rodillas, cabizbajo y dándome la espalda.

—¿Quieres hablar de esto? —Alargué la mano y le toqué la piel desnuda.

—La verdad es que no. Acabo de empezar a tener pesadillas otra vez y hacía años que no tenía, al menos que yo supiera.

—¿Son sobre... tu prometida?

—Lo siento.

—No hace falta que te disculpes. Mi hermano las tuvo durante un tiempo después del robo. No quiero presionarte, pero tal vez te vaya bien hablar del tema.

Chase estuvo callado durante un buen rato.

—Por fin te tengo en mi cama. Lo último que quiero es hablarte sobre otra mujer mientras estemos aquí.

Me incorporé y me acerqué hasta donde estaba sentado. Solo llevaba las braguitas; me las había puesto mientras él estaba en el baño. Me senté a horcajadas por detrás para rodearlo por la cintura con los brazos. Le apoyé la mejilla en el hombro y el pecho, contra la espalda. Seguía oliendo muy bien, una mezcla entre silvestre y una masculinidad deliciosa.

—No estamos en tu cama —le dije—. Estamos en mi habitación de hotel.

—No cabe nadie más cuando estamos tú, yo y una cama cualquiera.

—Bueno, estoy aquí si quieres hablar. —Le apreté los brazos alrededor de la cintura.

Chase se giró para tenerme de cara. Me rodeó la garganta con sus grandes manos mientras me acariciaba el hueco del cuello con el pulgar. Se inclinó y puso la lengua sobre una vena palpitante.

—No quiero hablar.

—Pero... —Intenté argumentar cuando ya me había puesto los labios en la oreja.

—Shhh —susurró—. Calla, mi boca tiene otros planes.

Sin dejarme ni reaccionar, se movió, bajó hasta las rodillas y me puso el culo al borde del colchón. Bueno, lo que hizo con la boca después de esto fue muchísimo mejor que hablar.

Llegamos a la reunión del grupo de enfoque antes de lo previsto y estuvimos organizando juntos los productos. Antes, desnudos en la cama, habíamos comido huevos y frutas mientras hablábamos sobre algunos asuntos que quería añadir a la lista del moderador.

Elaine vino a saludarnos. Seguía haciendo preguntas a Chase, a pesar de que había sido yo quien le entregó la lista con las cosas que habíamos decidido cambiar.

—¿Qué te parece modificar la pregunta once para que su respuesta sea sí o no? Así el moderador podrá hablar de la pregunta en los grupos de debate para recopilar sus opiniones.

Me encantó que Chase respondiera mencionándome.

—Lo que diga Reese. Ella es la jefa; solo me trae para que le lleve las maletas.

Estábamos dando las últimas pinceladas cuando sonó el móvil de Chase. Este se disculpó y nos dejó a Elaine y a mí solas en la sala.

—¿Puedo hacerte una pregunta personal, Reese? —dijo.

—Mmm… por supuesto.

—¿Estás saliendo con alguien?

No tenía ni idea de cómo responder. Es decir, ¿salía con alguien de verdad? Chase y yo nos habíamos acostado tres veces desde ayer por la noche, pero no le habíamos puesto un nombre a lo nuestro.

—Algo parecido. Digamos que he conocido a alguien hace poco.

—Entonces, ¿no es nada serio?

—Todavía es muy pronto para eso.

—Es que mi hermano se acaba de mudar a Nueva York

y esperaba que te pareciera bien que le diera tu número. ¿Y si os tomáis una copa o algo? Normalmente no suelo hacer de celestina, pero creo que os llevaríais bien.

Por suerte, llegó el moderador e interrumpió a la casamentera de Elaine. Los participantes del grupo de enfoque empezaron a llegar y, después, hubo muchos temas de los que ocuparse. Estuve toda la mañana al otro lado de un espejo de observación, escuchando, mirando y tomando notas. Chase alternaba entre atender llamadas telefónicas, ponerse al día con el correo electrónico y seguir un poco el estudio. En un momento, estábamos solos en la salita y me senté en un taburete cerca de la ventana.

Chase se acercó por detrás de mí y me tocó un pecho. Presionándolo, dijo:

—Me encantan estos espejos.

—Para, podría venir alguien. —Le di un codazo.

Se enrolló mi pelo en la mano y tiró de la cabeza hacia atrás para dejarme el cuello al descubierto. Ya me había fijado que le gustaba hacer eso... y empezaba a gustarme a mí también.

—Cerraré la puerta con llave.

—Estamos en el trabajo. —Cerré los ojos; sucumbía a lo que me dictaba la lógica.

—Eso lo hace más excitante.

Me asustó un golpecito al otro lado del cristal y casi me caí del taburete. Por suerte, Chase me sujetó, me agarró por los hombros y me sostuvo mientras me tambaleaba. Soltó una risita detrás de mí cuando Elaine levantó la mano para que supiéramos que descansaríamos para comer dentro de poco.

—No hay problema, Elaine —dijo, aunque ella no lo escuchó—. Termino en unos cinco minutos. Estoy seguro de que Reese ya está húmeda.

—Eres un pervertido.

Giró el taburete para ponerme frente a él y me cogió la cara entre las manos.

—¿Qué opinas de volver al hotel para comer?

—¿Para comer? —Entorné los ojos.

—Para comer coño, claro.

Me avergoncé un poco.

—Durante todo este tiempo he estado preocupándome por lo que podría pasar en el trabajo cuando esto terminara, pero la verdad es que debería haberlo pensado cuando las cosas empezaron.

—Yo solamente veo que nos pasarán cosas buenas.

—¿En serio?

—Claro. La primera noche que volvamos a la oficina te voy a poner encima de mi escritorio y te voy a follar por detrás mientras ves la ciudad iluminada de noche.

Tragué saliva.

—Probablemente esté mal visto según el manual del empleado.

—Pues entonces tendré que arreglarlo rápidamente. ¿Sabes de lo que me muero de ganas de hacer contigo?

—¿De qué?

—Quiero que te arrodilles mientras me siento en el escritorio.

—Mientras... ¿tú estás sentado en tu mesa?

Él asintió despacio.

—Cuando mire hacia abajo, quiero ver cómo subes y bajas la cabeza porque me estarás comiendo la polla hasta la garganta. —Me tiró del pelo—. Te agarraré del pelo y te tendré así hasta que te tragues la última gota de semen.

Seguramente debería preocuparme por el futuro de mi trabajo, aunque ahora lo que me preocupaba era que me trabajara bien. Esa boca que tenía me tentaba, desde luego.

—¿Y qué más? —exhalé.

—La mesa de la sala de reuniones. Quiero que te tiendas sobre el cristal mientras te lamo ese coñito jugoso hasta que toda la oficina te oiga gimiendo el nombre de tu jefe.

—Creo que has perdido la cabeza, jefe. —Solté una carcajada temblorosa.

Chase le daba la espalda a la puerta cuando esta se

abrió, lo que ocultó cualquier cosa que sucediera entre ambos. Sin prisa, me quitó la mano del pelo.

—¿Queréis salir a comer o pedimos algo? —preguntó Elaine.

Chase me miró y yo intenté esconder mi sonrisa coqueta cuando mentí.

—En realidad, Chase tiene una reunión telefónica a la hora de la comida, así que nos vamos al hotel una hora.

—¿Queréis que os pida algo para cuando volváis?

—No, gracias. Me aseguraré de que coma algo en el hotel mientras esté ocupado jugando a ser el jefe.

El resto del día, Chase y yo estuvimos atareados. Aun así, intercambiamos miradas coquetas durante toda la tarde. Aunque una parte de mí aún estuviese preocupada, era una tontería pensar en eso. Me empezaban a importar un carajo las consecuencias si eso significaba pasarme los días sintiéndome como ahora mismo. Sinceramente, no me acuerdo de cuándo había sido la última vez que sentí mariposas por un chico. Me sentía bien. Muy bien.

Al final de las sesiones, Elaine trató de convencernos para ir a cenar con ella. Fue tan insistente que resultó difícil decirle que no. Bebimos y pasamos el rato charlando de trabajo; más tarde hablamos de temas más personales.

—Entonces, ¿estás soltero, Chase? —preguntó.

Lo miré inmediatamente; él respondió mientras me miraba.

—No estoy casado, pero estoy saliendo con alguien.

Ella asintió.

—Juro que nunca he hecho de celestina, aunque también tengo en mente a una amiga para ti.

—¿También? —Ahora había captado su atención.

—Sí, le encontraré pareja a Reese. Mi hermano se acaba de mudar a la ciudad y creo que se llevarán bien.

Chase arqueó las cejas y me miró. Yo no tenía ni idea de qué decir, conque me quedé allí callada. Ahora no podía desdecirme sin quedar como una idiota. Supuse que podría dejar plantado a su hermano en caso de que consiguiera contactar conmigo.

Chase tenía otra manera de hacer las cosas. Le dio un gran trago a la cerveza y dijo:

—Pensé que estabas saliendo con alguien, Reese.

—Mmm… estoy… bueno, algo parecido. Es algo nuevo.

—¿Y a este chico nuevo no le importa que salgas con otra gente?

—Pues no lo sé, no lo hemos hablado. —Me entraron ganas de darle una bofetada porque se estaba divirtiendo al verme tan incómoda con la conversación.

—Apostaría a que no tiene intención de compartirte. —Se terminó la cerveza.

Su comentario me excitó, aunque debí de haber imaginado que no lo dejaría correr.

—Está saliendo con su primo —le contó a Elaine con expresión impasible.

—¿Con su primo?

—Son primos segundos. Lo conoció la semana pasada en el funeral de su tío abuelo.

—Te acompaño en el sentimiento. —Elaine no sabía ni qué decir. Cuando me miró, debió de haber confundido el desconcierto con el dolor.

Pillé a Chase sonriendo al tiempo que sacaba del bolsillo el móvil que sonaba.

—Disculpadme un momento.

Cuando volvió, estaba menos juguetón, callado, incluso. No sabía si seguía dándole vueltas a la llamada que acababa de recibir o si le había molestado de verdad que Elaine intentara liarme con su hermano. Había algo raro, aunque Elaine parecía no notarlo. Durante el resto de la velada hablamos sobre marketing, que normalmente es uno de mis temas favoritos. Sin embargo, yo estaba preocupada porque Chase no participaba.

En el hotel las cosas fueron muy similares. Era tarde y el día había sido muy largo; había empezado a las cuatro de la madrugada. Chase se duchó en su habitación mientras yo me aseaba y me cambiaba. Vino a mi cuarto de baño cuando me estaba lavando los dientes.

—¿Me prestas el cargador otra vez?

—Claro, creo que está enchufado en el escritorio. —Escupí un poco de pasta de dientes.

No sé por qué, pero al pedírmelo pensé que se lo llevaría a su habitación, no volvería a pasar la noche en la mía. Por eso me sorprendió verlo enchufándolo en su lado de la cama. «Su lado de la cama. Bueno, esto va demasiado deprisa».

Cogí la crema hidratante y me senté en la silla del escritorio. Apreté varias veces el dosificador hasta que tuve suficiente crema en la mano.

Cuando empecé a restregármela por las piernas, Chase me dijo:

—Ven aquí, ya lo hago yo.

Le di la crema y me senté en el borde del colchón, con las piernas extendidas hacia él. Las contemplaba fijamente al frotármelas y me masajeaba con los dedos más de lo necesario para untar la loción.

—¿Va todo bien? —pregunté.

Él asintió, aunque no fue muy convincente.

—¿Estás molesto por lo de Elaine y su hermano? Me ha pillado por sorpresa; de verdad que no estaba planeando salir con él. Si estuviera pensando en salir con alguien más, te lo diría.

Me estaba frotando la pantorrilla con el pulgar, masajeando un músculo que llevaba contraído doce horas por llevar tacones, cuando se detuvo de repente y me miró.

—¿Quieres salir con otra persona?

—No, bueno… sé que quedamos en no salir con otras personas, pero no estaba segura de que…

—Yo sí lo estoy —me interrumpió—. ¿Y tú? No sé cómo hemos llegado hasta aquí o hasta dónde llegaremos, pero tengo completamente claro que no quiero compartirte.

Él dijo exactamente lo que yo sentía.

—Yo tampoco quiero compartirte con nadie.

—Bien, entonces, ¿está decidido?

—Así es. —Sonreí e hice un gesto señalando mis piernas—. Ahora frota más… me gusta.

—Sí, señora.

Aunque habíamos aclarado las cosas, sospechaba que Chase seguía teniendo dudas cuando apagó la luz. Me atrajo hacia su pecho y me acarició el pelo en la oscuridad.

—Lo de la llamada de la cena… Era la inspectora del caso de Peyton.

Me giré, apoyando la cabeza en las manos y su pecho mientras lo miraba.

—¿Todo bien?

—Sí, como técnicamente es un caso abierto, se pone en contacto conmigo de año en año. Hemos quedado en vernos la próxima semana.

—Debe de ser duro para ti.

—Es raro. Hacía años que no tenía una pesadilla, pero volvieron hace varias semanas. Y justo ha llamado esta noche.

—¿Contactan contigo todos los años por las mismas fechas? Quizás se te haya quedado grabado y reactive tu subconsciente.

—Puede ser —convino como si tuviera sentido.

Me arrastré por su cuerpo y le di un beso en los labios.

—Gracias por contármelo. Significa mucho para mí.

21

Chase. Hace siete años

*E*l teléfono vibraba en el escritorio, descolgué y, sin decir ni hola, ladré:

—Llegas tarde.

—¿De verdad me esperabas más temprano? —preguntó Peyton. Sabía que estaba sonriendo cuando escuché su voz.

Sacudí la cabeza y le devolví la sonrisa, aunque realmente no estaba contento porque hubiera llegado tarde otra vez. «Otra vez».

—¿Dónde estás?

—He salido más tarde de lo que pensaba y tenía que hacer una parada. Vete sin mí. Te veré en el restaurante en lugar de en tu oficina.

Para ser actriz tenía que practicar mucho lo de ser menos transparente.

—¿Adónde vas, Peyton?

—Voy a hacer unos recados para Little East.

—¿Estás haciendo recados o siguiendo a Eddie?

—¿No es lo mismo?

—No, no lo es. Por favor, dime que no vas otra vez a esos campamentos de indigentes de las afueras.

Se quedó callada.

—¡Joder, Peyton! Pensé que acordamos que no volverías a hacer semejante imprudencia.

—No, me dijiste que no volviera a hacerlo, que no es lo mismo que llegar a un acuerdo.

Me pasé los dedos por el pelo.

—Espérame en la cafetería de la calle Ciento cincuenta y uno cuando bajes del metro.

—Estoy bien.

—Peyton...

—Estás siendo sobreprotector. ¿Así va a ser cuando nos casemos? ¿Crees que me vas a encontrar descalza y embarazada, esperándote en la puerta con tus zapatillas?

Le había propuesto matrimonio dos días antes, así que quizás no era buena idea decirle que lo que me gustaba era exactamente eso. Al menos así sabría qué narices tramaba. Cogí la chaqueta del armario de la oficina y me fui al ascensor.

—Salgo para allá, boba.

En la calle, llamé a mi hermana mientras iba hacia el metro para decirle que llegaríamos tarde.

—¿Vas a llegar tarde a tu propia fiesta de compromiso?

—La idea fue tuya, no mía, que buscas cualquier excusa para hacer una fiesta.

—Se casa mi hermano pequeño, es algo importante, no una excusa. Dios sabe que todos pensábamos que la palmarías por una enfermedad de transmisión sexual antes de aparecer Peyton.

—No hablemos de esto. Llegamos tarde porque mi futura esposa piensa que es Colombo. Tengo que irme.

—¿Quién?

—Olvídalo. Te veo dentro de un rato. Gracias, Anna.

Cuando salí del metro en la calle Ciento cincuenta y uno, había empezado a llover a cántaros. Llamé a Peyton en cuanto tuve cobertura en el móvil, pero no me lo cogió.

—Mierda —refunfuñé para mis adentros y fui a cobijarme en el edificio más cercano. Diluviaba, las gotas caían en diagonal, y tuve que tapar el teléfono con la mano para que no se mojara. Volví a llamar y esperé a que Peyton respondiera, pero no lo hizo—. Joder.

Sabía que la dichosa comunidad de indigentes no estaba lejos y supuse que Peyton no se había molestado en esperarme. Abrí Google Maps en el teléfono y encontré la zona del parque. Estaba a unas tres manzanas de allí, así que empecé a andar bajo la lluvia. Cada treinta segundos, la volvía a llamar. Cada vez que salía el buzón de voz me ponía más nervioso. Tenía una sensación extraña en la boca del estómago y después de la tercera llamada sin respuesta, empecé a acelerar.

Otra llamada. Otro mensaje de voz.

Doblé la esquina y vi la zona debajo del puente que Peyton había descrito al otro lado.

Escuché la voz de Peyton: decía que dejara un mensaje después de oír la señal.

Algo iba mal. Muy mal. Dejé de trotar y empecé a correr.

Cuando el teléfono me vibró en el bolsillo, el corazón me latía con fuerza. Debería haberme calmado cuando vi la cara de Peyton parpadear en la pantalla, pero no sé por qué, no fue así.

—Chase, ¿dónde estás? —Tenía la voz temblorosa; noté que estaba asustada.

—¿Dónde estás?

No respondió.

—¿Peyton? Joder, ¿dónde estás?

El teléfono hizo un ruido muy fuerte al caer al suelo. Lo que pasó después me acecharía los próximos años.

22

Reese

Me desperté al oír a Chase respirando con dificultad. Era un ruido áspero y ensordecedor, como si lo hubieran golpeado en la boca del estómago. Esta vez no dudé en despertarlo.

—Chase…, despierta. —Lo sacudí con fuerza.

Abrió los ojos de golpe y los clavó en mí, pero me di cuenta de que, en realidad, no me veía.

—Tenías otra pesadilla.

—¿Estás bien? —preguntó. Parpadeó varias veces hasta que pudo centrar la vista.

—Estoy bien. Pero… parecía que no podías respirar. No sabía si era una pesadilla o es que te estabas ahogando de verdad.

Chase se sentó en la cama. Tenía la cara empapada de sudor, y se limpió la frente con la mano.

—Perdona por haberte despertado.

Como el día anterior, salió de la cama y se pasó diez minutos en el cuarto de baño con el grifo abierto. Cuando volvió, se sentó de nuevo en el borde del colchón, así que yo hice lo mismo y me monté a horcajadas por detrás de él. Esta mañana llevaba solo una camiseta.

—¿Estás bien? —pregunté.

Él asintió.

—¿Puedo hacer algo?

—Podrías quitarte la camiseta. Notar tus pechos contra

mi espalda me va de perlas para ahuyentar las pesadillas.

—Ya estás despierto. No creo que te quitaran las pesadillas de esta mañana —puntualicé lo obvio.

—Puede que no, pero siempre habrá un mañana.

Sonreí, me eché hacia atrás y me quité la camiseta por la cabeza, tras lo cual me apreté desnuda contra él.

—¿Mejor?

—Por supuesto.

Nos quedamos así durante al menos diez minutos; respirábamos de forma sincronizada en aquella habitación silenciosa y oscura.

—El padre de Peyton la abandonó cuando era una niña. Ella, su madre y sus dos hermanas iban a comer a un albergue durante un tiempo. Cuando creció, quiso devolver esa ayuda, así que fue voluntaria en varios comedores sociales. Entabló amistad con un tipo, Eddie. A ese hombre no le gustaba que la gente se le acercara demasiado, por lo que dejó de dormir en los centros de acogida. Un grupo de adolescentes lo estaba acosando. Resulta que se presentaban por la noche en un asentamiento de indigentes, donde había mucha gente que no tenía donde dormir, y la armaban. Era como un juego para ellos. Cada dos o tres días, Eddie se presentaba con cardenales o con un corte en la cabeza.

—Eso es horrible.

—Sí. Peyton acudió a la policía, pero no hicieron gran cosa. Eddie no decía más de una o dos palabras y Peyton no podía dejarlo pasar, de manera que empezó a seguirlo por las noches para ver dónde se refugiaba, pensando que si daba a la policía más detalles lo podrían investigar más a fondo. Le dije que no era seguro, pero no quiso escucharme. El día de nuestra fiesta de compromiso, Eddie apareció en el centro de acogida con la nariz rota y los ojos morados. Peyton había descubierto dónde se refugiaba y esa misma noche fue hasta allí para ver si podía sacar más información de los otros, ya que Eddie no hablaba demasiado. Ella tenía que esperarme en la estación de tren.

—Oh, Dios.

—La encontré unos minutos después, pero ya era demasiado tarde. Eddie la abrazaba y la mecía hacia delante y hacia atrás, sentado en un charco de sangre. Una herida de arma blanca. Seguramente, se metió en medio cuando estaban pegando a los sintecho. —Respiró hondo—. Murió antes de subirla a una ambulancia.

Me quemaba la garganta, los ojos se me llenaron de lágrimas y empecé a llorar.

—¿Estás llorando? —Chase debió notar su espalda mojada.

Tenía obstruido el conducto desde el pecho hasta la boca, por lo que me resultaba difícil hablar.

—Siento mucho lo que te pasó, Chase. Ni me imagino lo que tuviste que pasar.

—No te lo dije para que te afectara así. Quería que supieras que no ha pasado nada entre nosotros. Me jode que hayan vuelto las pesadillas, pero es la primera vez, desde Peyton, que siento por alguien algo que no sea solo físico y no quiero fastidiar algo que acaba de empezar.

—No estás fastidiando nada, justo lo contrario.

—No soy un héroe como tu hermano —dijo mientras me colocaba un mechón de pelo detrás de la oreja. Luego se volvió y me sentó en su regazo.

—¿Qué dices? —Fruncí el ceño.

Sacudió la cabeza.

—No conseguí mantener a Peyton a salvo.

—¿Mantenerla a salvo? Lo que pasó no fue culpa tuya. ¿Cómo iba a serlo?

—Debería haber estado allí con ella.

—Chase, eso es una locura. No puedes estar con una persona las veinticuatro horas del día para protegerla. Esto no es como poner el cuchillo en la mano del asesino. La gente debe asumir la responsabilidad de su propia protección; por eso soy como soy. Soy más consciente de ello por mi propia experiencia.

Me miró a los ojos, como si buscara sinceridad. Cuando

la encontró, ya que por supuesto todo lo que le había dicho era de corazón, asintió y me besó con dulzura.

Exhaló hondo y noté que se relajaba de verdad. Buscó el despertador y dijo:

—No son ni las cinco. ¿Por qué no intentamos dormir un poco?

No sabía si hacía lo correcto o no, pero quería conseguir que se sintiera mejor y olvidara la tristeza del pasado. Ninguno de los dos podíamos cambiar lo que había pasado en nuestras vidas, pero sí podíamos dejarlo todo atrás, avanzar y continuar viviendo. Pestañeé antes de añadir:

—No tengo sueño.

—¿No?

Moví despacio la cabeza de un lado a otro.

—¿Qué tienes en mente? —preguntó en voz baja.

—Puede que un poco de todo esto. —Agaché la cabeza y le besé el pecho. Poco a poco, lo fui lamiendo con suavidad, hasta que llegué a la mandíbula. Con la lengua, recorrí su preciosa boca de un extremo a otro y le planté un beso suave en la comisura de los labios.

Chase giró la cabeza para agarrarme los labios con los suyos y me besó con pasión. Sentí que era un beso diferente al resto de los que habíamos compartido, con más intensidad, pasión y significado. Si cada uno de nuestros besos fuera una historia, esta sería la del héroe que consigue a la chica y ambos tienen un final feliz.

Durante la hora siguiente, compartimos mucho más que nuestros cuerpos. El sol empezaba a salir y daba una tonalidad dorada a toda la habitación mientras Chase me hacía el amor. Fue bonito y tierno; así lo sentí en el lugar al que ninguna otra persona había podido llegar: mi alma.

Volamos de noche después del segundo día de los grupos de enfoque. Después de trabajar todo el día codo con codo y dormir abrigados en los brazos del otro, se apoderó de mí un sentimiento de melancolía cuando íbamos hacia el aeropuerto. Me asomé por la ventanilla, sumida en mis pensamientos, mientras Chase atendía una conferencia telefónica con uno de sus fabricantes en el extranjero.

Tapó el móvil, se inclinó hacia mí y me señaló el cartel enorme que había enfrente.

—Quieres ir, ¿verdad?

Era un anuncio del museo del Mago de Oz.

Después de colgar el teléfono, se me acercó y me atrajo hacia sí.

—Estás muy callada.

—Porque estabas hablando por teléfono.

—Te has sentado lo más lejos de mí que has podido, mientras mirabas fijamente por la ventana. ¿Qué te pasa, Cacahuete?

—Nada, solo ha sido un día largo.

—¿Estás segura?

Pensé durante un minuto. No estaba cansada ni lo más mínimo, eso no era lo que me hacía estar triste. Entonces, ¿por qué mentía? ¿Por qué ocultaba lo que estaba pensando?

—La verdad es que no, te he mentido. Llevo dándole vueltas a la cabeza a algo todo el día. —Me giré para estar frente a él.

—Venga, dímelo.

—Bueno… he disfrutado del tiempo que he pasado aquí contigo.

—Yo también he disfrutado del tiempo que he pasado dentro de ti.

Me reí.

—Eso no es exactamente lo que te decía, pero bueno, sigamos con esto. Estoy preocupada por lo que pueda pasar cuando volvamos a la realidad.

—Creía que ya habíamos hablado sobre eso. En la mesa de la sala de reuniones, en mi escritorio y por debajo, arrodillada; vas a tener el horario completito cuando volvamos a la oficina. —Se tiró de los pantalones—. Mierda, no veo el momento de volver al trabajo, quizás deberíamos ir en cuanto lleguemos esta noche.

Le di en el hombro.

—Lo digo en serio.

—Y yo pretendo follarte con toda sinceridad.

—Bueno, con sinceridad o no, no creo que la mejor opción sea que esto pase en la oficina.

Puso una cara larga, como si le hubiera dicho que se habían acabado los huevos de Pascua.

—¿No quieres que nos acostemos en la oficina?

—No creo que sea una buena idea que los demás se enteren.

—Echaré las persianas.

—Creo que sería más seguro si mantuviéramos las distancias en el trabajo. A ver, coincidiremos en algunas reuniones, pero no habrá tocamientos inadecuados.

—¿Más seguro para quién?

Buena pregunta.

—¿Para mí?

—¿Me lo preguntas o me lo dices?

—Soy nueva en el puesto. Quiero que la gente escuche lo que tengo que decir y que no me den la razón como a los locos solo porque me tiro al jefe. Y… cuando… ya sabes, cuando ya no estemos juntos, será muy raro. Creo que tener a toda la oficina mirándonos empeoraría las cosas.

Chase se quedó callado y miró por la ventana. El espacio que había entre nosotros aumentó, aunque estuviéramos sentados uno al lado del otro.

—Lo que tú quieras.

Cuando llegamos al aeropuerto, pasamos sin problemas los controles de seguridad y tuvimos más de una hora libre antes de embarcar en el vuelo de las nueve de la noche. Fuimos a la sala de espera de primera clase. Chase fue al baño de caballeros mientras yo pedía unas copas. Cuando el camarero abrió otra botella de Pinot *noir*, se me acercó un chico joven y atractivo.

—¿Puedo invitarte a una copa?

—Son gratis. —Sonreí con educación.

—Anda, es verdad, se me había olvidado. Entonces te invitaré a dos.

—Estoy servida, pero gracias de todos modos, derrochón. —Me reí.

El camarero dejó mi copa de vino en la barra y fue a preparar la de Chase. Me puse a observar la pantalla de vuelos que estaba encima de la barra para comprobar si íbamos bien de tiempo.

—Mi vuelo ya se ha retrasado dos veces. ¿Adónde vas esta noche? —dijo el chico que estaba a mi lado, mientras miraba cómo escudriñaba la pantalla de las salidas.

Estaba a punto de responder cuando una voz a mis espaldas se me adelantó.

—A mi casa.

El chico echó una mirada a Chase, que se quedó detrás de mí y me rodeó la cintura con una mano de forma posesiva, y asintió.

—De acuerdo.

Cuando cogimos las bebidas, nos sentamos en una mesa discreta que había en un rincón.

—No te tenía por un hombre posesivo.

Chase me miró por encima de su copa al beber.

—No suelo serlo, pero siento avaricia cuando te miro. Ni siquiera quiero que otro hombre se te acerque.

Nos miramos a los ojos.

—¿Por eso estás enfadado conmigo? ¿Porque marcas el territorio y yo no quiero que nadie en la oficina sepa lo nuestro?

—No.

—Entonces, ¿qué pasa? Has estado callado durante la última media hora, desde que hablamos en el coche.

Chase apartó la mirada y la paseó por toda la sala como si tratara de ordenar sus pensamientos.

—Has dicho «cuando», no «si».

Fruncí el ceño.

—En el coche, cuando estabas hablando de que no querías que las cosas se volvieran incómodas en la oficina, has dicho «cuando no estemos juntos», no «si ya no estamos juntos». Ya tienes planeada nuestra ruptura en la cabeza y cómo te afectará en el trabajo.

—Eso no es...

«Madre mía, tiene razón».

Acababa de salir de una relación y ya estaba preocupada por cómo me iba a afectar el fin de lo nuestro. Eso sí era no dar una oportunidad a lo nuevo.

—Tienes razón, lo siento. No tengo un buen historial amoroso precisamente. Dejé un trabajo que me encantaba por mi última historia en la oficina. Supongo que utilizo mi pasado para crearme expectativas de futuro.

Chase me miró atentamente.

—Porque sin expectativas, ¿no hay desilusiones?

No sé por qué, pero me avergonzó reconocer que se trataba de eso. Agaché la cabeza.

—Supongo.

Chase se me acercó y me acarició la barbilla para levantarme la cabeza.

—Dame una oportunidad. Puede que yo sea el único que no te decepcione.

23

Reese

Como un depredador: solo así podría describir la forma en que Chase me miraba cuando entraba a su despacho. Hacía una semana que habíamos vuelto al trabajo y él llevaba bastante bien lo de mantener las distancias y limitarse a lo profesional durante el día, como le había pedido. Pero cuando me seguía con sus cálidos ojos, las mariposas que sentía en el estómago me hacían ver que todo se podía desmoronar. Evidentemente, el límite estaba en cinco días.

Menos mal que había más gente en la sala. Josh estaba hojeando la revista de la sesión de fotos de la semana pasada, donde aparecía una mujer que llevaba una lencería blanca muy sexi, con ligas y medias, aunque Chase no le prestó ni la más mínima atención. Lindsey, que estaba sentada a la izquierda de Josh, señaló una foto y la comparó con otra. Mientras tanto, Chase seguía todos mis movimientos. Después, puse una revista sobre la mesa de cristal que había al otro lado del cuarto y me senté en el sofá contiguo para poner algo de distancia.

Cuando Chase se levantó del escritorio, tenía una mirada juguetona. Fue hasta el pequeño frigorífico empotrado en el mueble y sacó varias botellas de agua. Mientras hablaban, puso una delante de Josh y otra delante de Lindsey y después vino a darme una. Le brillaron los ojos cuando nos rozamos los dedos. Luego se inclinó hacia mí, sin importarle que alguien pudiera vernos.

—He visto esto en el suelo del pasillo, fuera de tu despacho. Se te habrá caído. —Me dio un protector labial.

El brillo de su mirada me incitó a que me fijara y así lo hice. Me dio un cacao labial con sabor a Dr. Pepper y me miró los labios. Sonreí como una niña pequeña al ver lo dulce que era: había buscado la forma de que le gustara mi adicción al cacao.

Esperé a que se sentara de nuevo en el escritorio y entonces abrí la barrita y me pinté los labios despacio. Muy despacio. Me pasé la lengua por la boca con toda la obscenidad de la que fui capaz. Chase parecía a punto de desalojar la sala.

Su mirada se volvió salvaje. Lo había provocado, como a un toro, y encima llevaba un vestido rojo. Me retorcí en el asiento e intenté evitar esa mirada feroz, pero me fue imposible. Se me antojaba irresistible. Tenía un brillo dominante en los ojos, lo que atrajo todos mis sentidos. Por eso, casi llegué a planteármelo cuando, cerciorándose de que no nos miraban, articuló: «Vamos a mi cuarto de baño y quítate las bragas».

Pero mis reglas eran esas y si alguien tenía que cumplirlas, esa era yo. Me recosté en el sofá y seguí escuchando desde lejos. Preferí eso a acercar una silla a su escritorio y unirme a los tres. La noche anterior, Chase tuvo una cena de negocios, la otra yo cené con mi madre y a principios de la semana uno de los dos tuvo que trabajar hasta tarde cada noche para ponerse al día. No habíamos estado juntos por culpa de nuestros horarios desde que nos fuimos de viaje, ni siquiera nos habíamos tocado, y yo estaba igual de deseosa que Chase.

Al cabo de un rato, Chase miró el reloj y nos preguntó si queríamos pedir la comida.

—No puedo, he quedado para almorzar con mi novia la neurótica porque me va a enseñar unas muestras de algo que ni siquiera me importa —dijo Josh.

Lindsey también rechazó la propuesta.

—Yo me he traído el almuerzo.

Chase me miró.

—¿Tienes hambre? ¿Qué te parece si pido para nosotros lo mismo que comimos en Kansas los dos días?

Josh y Lindsey se giraron hacia mí. Sonreí y procuré no ponerme colorada cuando me acordé de lo que él había comido ese día: a mí.

—¡Genial! Suena bien. —Di la primera explicación que se me ocurrió—: Me gusta mucho el pollo frito del Kentucky.

Mientras Josh y Chase terminaban de hablar sobre unos anuncios con fotos, este último fue hasta la pared de cristal y pulsó el interruptor. Echó las persianas para que no viera el despacho desde el pasillo.

Aunque nadie se lo había preguntado, cuando terminó de echar todas las persianas, dijo:

—Sam me arrancaría la oreja de cuajo si nos viera repasando fotos de una modelo semidesnuda. —Se paró y me miró—. Además, me gustaría comer sin que nos estuvieran mirando.

Unos minutos más tarde, hicimos un descanso para comer. Chase cerró la puerta cuando salieron Josh y Lindsey. Me miró fijamente y oí un ruidito entre mis piernas. «Esto no va a ser nada fácil».

Chase le había dicho a Josh que nos dejara las revistas para poder echarles un vistazo durante el almuerzo. Intenté concentrarme en ellas mientras estaba en su escritorio.

Cuando se puso detrás de mí, cerré los ojos. Estaba tan cerca que incluso sentía el latido de su corazón y su aliento en el cuello, pero sin tocarme.

—No te has quitado las bragas como te he pedido.

—Ah, ¿eso me has dicho? No te he entendido.

—Mentirosa —Se acercó poco a poco. Me agarró de las caderas y me puso contra él—. ¿Quieres saber lo que pienso? —susurró—. Creo que no te las has quitado porque estás húmeda e intentas ocultármelo.

—Qué va.

—Solo hay una forma de averiguarlo. —No pude ni responder y ya me había levantado el vestido por detrás. Con la mano, me apretó el encaje de la ropa interior húmeda.

Cerré los ojos.

—Chase...

Hundió la cara en mi pelo por detrás, lo olió y luego se lo enrolló en la mano para tirarme hacia atrás la cabeza.

—Estás empapada. ¿Hasta cuándo vas a estar enfadada conmigo si te inclino sobre el escritorio para follarte, Cacahuete?

—No deberíamos hacerlo.

—Tu boca dice que no, pero tu cuerpo está gritando que sí. —Chase apartó todo lo que había en su mesa y apoyó mi pecho contra la madera fría. Después, con su pecho apoyado en mi espalda, noté la erección en el trasero.

Estaba librando una batalla perdida, pero no me iba a rendir sin al menos intentarlo una vez más.

—¿Qué pasa si viene alguien?

—De eso se trata. —Me mordió el lóbulo de la oreja. Al mismo tiempo, me levantó los brazos; entrelazamos los dedos y luego me bajó las manos hasta el borde del escritorio para que me agarrara.

Volví a intentarlo.

—No creo que pueda estar callada.

—Te taparé la boca antes de que te corras. —Al separarse de mí para desabrocharse los pantalones, noté el aire frío un momento. Con una mano, me arrancó las bragas, me subió el vestido para dejarme el culo desnudo y me dio varias palmadas—. Qué ganas tengo de follártelo, pero no va a ser aquí. No creo que pueda mantenerte callada cuando te la meta por el culo y los dedos en el coño al mismo tiempo.

Puse los ojos en blanco cuando me presionó con los dedos en el clítoris hinchado. Me giró la cabeza hacia un lado y se inclinó para buscar un beso y yo murmuré su nombre en la boca cuando me frotó la erección contra el culo.

—Chase... —Estaba casi llegando al clímax; me sería imposible quedarme en silencio.

—Vale. —Paró de forma abrupta y durante un segundo quise matarlo, hasta que oí que abría un preservativo. Miré hacia atrás y juré que, si no estaba húmeda todavía, lo habría estado después de echarle un vistazo a Chase. Aún tenía el condón abierto entre los dientes. Con las dos manos, se lo puso en la polla dura. Yo estaba ya débil y temblorosa… por suerte me agarraba a la mesa, porque casi me fallaron las piernas al ver ese espectáculo tan erótico.

No perdió el tiempo para meterme la polla.

—¡Joder! —murmuró mientras se agachaba para encontrar mi boca una vez más. Me besó apasionadamente un buen rato, pero sin moverse. Ahora que estaba dentro de mí, que me había llevado casi al orgasmo con los dedos, pero sin llegar a terminar, necesitaba que se moviera. La sensación que tuve cuando me penetró por detrás fue increíble, pero necesitaba esa fricción.

—Chase… ¿puedes…?

—Separa las piernas un poco más. Necesito estar muy dentro de ti.

Ni lo cuestioné. Me limité a cambiar la postura para abrirme todo lo que necesitara. Ya no me importaba que estuviéramos en su despacho, que fuera mi jefe, ni lo que los demás pensaran de mí. Solo me interesaba él, tenerlo dentro de mí, moviéndose de la forma que sabía que me podía hacer sentir…

—Chase…

—Dilo, di que me quieres dentro de ti. Ahora mismo.

—Sí, te deseo. Por favor. Muévete, por favor.

Gimoteé mientras se retiraba un poco y luego empujó con fuerza. Volvió a retirarse casi por completo, se inclinó hacia mí y me acarició, y luego me penetró justo hasta el punto exacto, haciéndome experimentar nuevas sensaciones. No tardé mucho en sentir el cosquilleo de otro orgasmo y esta segunda vez vendría con tanta intensidad como si lo hubiera estado reprimiendo. Esta vez, la sensación sería imparable.

Empecé a estremecerme mientras me penetraba cada vez más duro, rápido y profundo.

—Córrete, Reese.

Su voz era apurada y ronca, lo suficiente para llevarme hasta el límite. Justo cuando iba a gritar su nombre, me calló con un beso. Cuando el último temblor inundó todo mi cuerpo, sentí como si él se hubiera tragado mi orgasmo… como si me tragara a mí entera.

Al final, mis jadeos volvieron a ser respiraciones más sosegadas, y el pecho de Chase —que tenía a mi espalda— empezó a subir y bajar a un ritmo más tranquilo. Me besó en los labios con suavidad antes de irse al baño a limpiarse y traerme una toalla limpia. Exhalé un suspiro de alegría porque me sentía saciada y relajada.

Pero todo eso cambió cuando alguien llamó a la puerta.

24

Reese

*E*staba colorada, despeinada y parecía exactamente lo que era: una mujer que acababa de follar. Me había metido corriendo en el baño para que Chase pudiera ·abrir la puerta del despacho. Al mirarme en el espejo, me di cuenta de que no me había equivocado.

Lo tuve todavía más claro cuando oí la voz de Samantha. «Genial», la vicepresidenta de Recursos Humanos acababa de entrar en el despacho y seguramente el ambiente estaría cargado.

La serenidad que había sentido tan solo tres minutos antes se acababa de esfumar; ahora la había sustituido su enemiga: la paranoia.

«¿Se nos ha oído mucho?».

«¿Habré gritado mucho?».

«¿Se habrá oído en toda la oficina?».

«Pero ¿qué estaba haciendo? Puse unas normas básicas y las he roto en cuanto Chase ha presionado un poco. ¿No he aprendido nada de mis errores?».

Me sentía vulnerable. De puntillas, me acerqué a la puerta y pegué la oreja.

—¿Qué estabas haciendo? —preguntó Samantha.

—Estaba hablando por teléfono.

Por su tono de voz, parecía que sospechaba. Me la imaginé entrecerrando los ojos mientras hablaba.

—¿Con quién?

—Con un proveedor. No es asunto tuyo. ¿Qué necesitas, Sam?

La voz se escuchaba más distante y tuve que esforzarme para entender algo. Samantha debía de haberse acercado a las ventanas o hacia la zona para sentarse en el otro extremo de la sala.

—La inspectora Balsamo me ha llamado esta mañana. Me ha dicho que había intentado contactar contigo.

—He estado ocupado.

—Por eso he venido a preguntártelo. No es propio de ti que pases de algo relacionado con Peyton. Hubo una época en la que no salías de la comisaría porque estabas demasiado metido en el asunto.

—Esa era la misma época en que me escaqueaba del trabajo y pasaba borracho la mayoría de las noches. Creo que no quiero volver a esos días.

—Lo sé. Pero quería asegurarme de que no pasaba nada más. Últimamente… estás distinto.

—¿Distinto? ¿En qué sentido?

—No sé. Como más alegre.

—¿Que estoy alegre? ¿Como ese viejo gordinflón que va por ahí con un trineo?

—Te pasa algo. Lo sé. ¿Estás saliendo con alguien?

La sala se quedó en silencio por un momento y me pregunté cómo iba a responder a esa pregunta. Una parte de mí quería que le dijera que estaba saliendo con alguien por el simple gusto de oírselo decir en voz alta a una de sus amigas íntimas. Pero estaba hablando con la vicepresidenta de Recursos Humanos de la empresa donde trabajaba, así que quizá no fuese la persona más adecuada para contárselo.

—No es asunto tuyo, pero sí, salgo con alguien.

—¿Y has salido más de una vez con ella?

—No pienso hablar de esto contigo.

—¿Cuándo la conoceré?

—Cuando esté preparado.

—¿Eso significa que esperas estar con ella durante un tiempo?

Entonces, Chase resopló.

—¿Has venido para tratar algún asunto de negocios de verdad? Porque estaba en medio de algo importante cuando me has interrumpido.

—Bien. Pero sabes que te encantan mis interrupciones.

Oí que alguien se acercaba y luego el clic del pomo de la puerta, pero luego se hizo el silencio y la puerta no se cerró. El tono de Samantha parecía más serio cuando habló la siguiente vez y, no sé por qué, me la imaginé parándose y girándose ligeramente para mirar por encima del hombro.

—Me alegro de que pases página, Chase. Espero que funcione y que pueda conocerla. —Se detuvo un segundo y luego añadió con un tono más suave—: Quizá también sea hora de desmontar el altar.

Aguardé unos minutos antes de abrir la puerta lentamente. Chase había abierto las ventanas y estaba contemplando el anuncio de la pared del edificio de enfrente.

No se giró para mirarme cuando me habló.

—Perdón por lo de antes.

—Se nos ha ido de las manos hoy. No tendríamos que haber...

Poco a poco mi voz se fue apagando.

Se quedó callado. Supuse que ese cambio de humor se debía a lo que acababa de oír. Aunque nunca había estado comprometida, me imaginaba que hablar de una prometida muerta no era plato de buen gusto. Por ello, me sorprendió cuando se giró y me dijo:

—Quiero esto.

—¿Follar en la oficina?

Levantó una de las comisuras.

—Eso también, aunque no estaba hablando de eso.

—¿No?

Negó con la cabeza.

—Quiero esto. Tú y yo. Sam ha venido a hablar de Peyton. La inspectora del caso también la ha llamado. Es su llamada anual para decirme que siguen trabajando en el caso, pero que no han descubierto nada nuevo.

—Lo siento mucho. Te llamó la semana pasada, ¿verdad? Debe de ser duro.

Asintió.

—Siempre lo ha sido. No quiero decir que sea fácil ahora, pero, por lo general, me encierro en mí mismo cuando sale a colación el caso de Peyton. Esperaba quedarme destrozado cuando Sam se fuera, pensaba que sería un golpe muy duro. Respiré hondo mientras lo esperaba y ¿sabes qué?

—¿Qué?

—Que olía a ti.

Parpadeé un par de veces.

—No te entiendo.

Se encogió de hombros.

—Tampoco me entiendo yo, pero me encanta oler a ti.

Parecía muy sincero, aunque fuera algo extraño.

—¿Y oler a mí te hace sentir mejor?

Esbozó una sonrisa curiosa.

—Ajá.

—Entiendo. —Intenté no sonrojarme—. Debería volver al trabajo.

—¿Cenamos esta noche?

—Sí, me apetece. ¿Qué te parece si preparo algo en mi casa?

—Mucho mejor. Así no tendré que esperar a que llegues a casa para desnudarte.

Con el paso del tiempo, había aprendido a aceptar la neurosis. Mirar debajo de la cama, detrás de la cortina de la ducha y dentro de todos los armarios habían acabado siendo mi rutina diaria. Ya ni trataba de cambiarlo. Había dejado que formara parte de quien era en vez de dejar que me definiera. Había mujeres extremadamente cautelosas, sobre todo, viviendo en Nueva York. Sin embargo, cuando estaba a punto de entrar en el piso con Chase, justo detrás de mí, deseé con todas mis fuerzas que esta obsesión se hubiera tomado la noche libre. Abrí el cerrojo de arriba y bajé la llave hasta el siguiente. Decidí aclararlo todo antes de entrar, así que me giré y se lo confesé en el mismo recibidor.

—Tengo una rutina cuando llego a casa.

Arqueó las cejas.

—Vale…

—Ya te comenté que tengo cierta obsesión con la seguridad. Miro detrás de la cortina de la ducha, abro todas las puertas de los armarios y miro debajo de la cama y del sofá.

Paré y me mordí la uña del dedo índice.

—Sigo una rutina y tengo que seguirla en un orden determinado. La hago al menos dos veces seguidas, a veces más si no me siento tranquila tras la segunda revisión, aunque casi siempre basta con dos.

No dijo nada durante unos segundos con una mirada inquisitiva. Sabía que estaba hablando en serio y asintió.

—Enséñame esa rutina y cuando hayas terminado la primera ronda, yo haré la segunda.

No sabía qué quería que me dijera, pero no me podía haber hecho más feliz. No se burló ni le quitó importancia a mi inquietud. En vez de eso, me iba a ayudar. Me puse de puntillas y le planté un beso en los labios.

—Gracias.

Como era de costumbre, *Tallulah* me estaba esperando con sus ojos verdes brillando en la oscuridad. Si alguna vez tuviera una casa, colocaría al animal en la ventana para asustar a los niños en Halloween. Encendí las luces y *Gatita fea* se quedó mirando a Chase mientras se lamía los labios.

«Lo sé, *Gatita fea*, sé que es muy atractivo».

—Madre mía, es más fea en persona —dijo.

Eché a *Tallulah* de lo alto del sofá y me arrodillé para mirar debajo y empezar así la ronda. Chase me siguió en silencio. Después de comprobar el último rincón, me di la vuelta y le dije:

—Ya está.

Puso en la encimera de la cocina la botella de vino que sujetaba y me quitó a *Tallulah* de los brazos.

—Ahora vengo.

Era gracioso verlo realizar mi rutina. Supongo que pensó que llevar la gata en brazos formaba parte de ella. No le dije nada porque... bueno, porque, curiosamente, me gustaba ver a este hombre tan grande rebuscar en los armarios posibles intrusos mientras sujetaba a la gata sin pelo. No se veía algo así todos los días.

Al terminar, se agachó y dejó que *Tallulah* se fuera. Entró en la cocina, donde empezó a abrir los cajones, buscaba algo. Encontró un abridor. Mientras descorchaba la botella, me preguntó:

—¿Cómo lo he hecho?

—Perfecto. Contratado. Puedes venir a comprobar si hay criminales cada noche, si quieres.

Abrió la botella con un fuerte descorche.

—Cuidado. Puede que acepte tu oferta.

Como tenía el frigorífico más vacío de lo que pensaba, pedimos comida china. Yo pedí pollo Kung Pao y Chase, *lo mein* de camarones. Nos sentamos en el suelo del salón, comimos con palillos directamente de los envases y nos intercambiamos los platos de vez en cuando.

—¿Crees que Sam lo sabe? —le pregunté.

—¿Lo nuestro?

—Sí.

—No, no es nada sutil. Si lo supiera, lo habría dicho.

—¿Cómo crees que se sentiría si lo supiera? Teniendo en cuenta que trabajo allí y eso.

—No pasa nada. A ella tampoco le gusta la política de empresa, haré que la cambie.

—¿Para que pase de prohibir las relaciones personales a recomendar encarecidamente un revolcón en la oficina?

Sonrió.

—Por supuesto.

Toda la tarde estuve dando vueltas a las cosas que había oído en el baño. Aunque la conversación no iba conmigo, no pude dejar de escucharla. Parte de mi indecisión sobre empezar una relación seria con Chase —aparte de que fuera mi jefe— era porque me preguntaba cómo lo había dejado su relación con Peyton, si de verdad podía seguir adelante. ¿A qué altar se refería Sam? Ya había estado en su casa y no había visto nada raro.

Lo miré a los ojos mientras le hablé:

—He escuchado desde el baño parte de la conversación que has mantenido con Sam.

Tragó todo lo que tenía en la boca.

—Vale.

—¿Puedo preguntarte algo que quizá no sea de mi incumbencia?

Dejó el envase en la mesita.

—¿Qué está pasando por esa cabecita?

—¿Eres capaz de… de seguir adelante?

Me había dicho que quería intentarlo, pero intentarlo y dejar el pasado atrás en realidad eran dos cosas muy distintas. Yo lo sabía bien.

—Si te soy sincero, durante los últimos siete años no sabía que no estaba pasando página; de hecho, pensé que lo que estaba haciendo era precisamente eso.

—¿Te refieres a acostarte con mujeres?

Sacudió la cabeza.

—Sí, estuve estancado durante mucho tiempo, sin pasar página.

—¿Pero crees que ahora estás preparado?

—He tardado mucho tiempo en darme cuenta de lo que significaba pasar página. No implica olvidar todo lo que he dejado atrás, sino guardarlo en mis recuerdos y decidir tener un futuro sin ella.

—Vaya, eso es triste pero muy bonito a su vez.

Me cogió la mano.

—Siento que esto es bueno. Por lo que respondiendo a tu pregunta de si soy capaz de pasar página, mi respuesta es que parece que ya la he pasado.

Chase estaba sentado en el suelo, con la espalda apoyada en el sofá. Puse el envase en la mesa, junto al suyo, me senté encima de él a horcajadas y lo besé en los labios dulcemente.

—Buena respuesta —susurré.

—¿Sí? ¿He ganado el premio por la respuesta correcta?

Chase me acarició los labios con el pulgar.

—Sí. Puedes elegir tu premio. Dime cómo quieres canjearlo y tus deseos serán órdenes para mí.

Noté cómo se le endureció el pene.

—¿Lo que quiera?

Lo acaricié.

—Lo que quieras.

Me cogió un mechón de pelo y tiró fuerte para poder acceder fácilmente al cuello. Se inclinó y me lamió desde la garganta hasta la clavícula. Llegó al punto delicado entre el cuello y el hombro, clavó los dientes, sin hacerme daño, pero lo suficiente como para dejarme marca.

Gemí y Chase se excitó, noté la presión del pene contra mí con un gemido.

—¿Lo que quiera incluye atarte a la cama durante días?

En cuanto me volvió a pegar a él, juntando nuestras bocas, el teléfono móvil le empezó a sonar.

—Es el tuyo —balbuceé al tener los labios pegados.

—Déjalo.

Me metió la mano por debajo de la blusa y llegó hasta los pezones ya erectos, lo que me ayudó a olvidar la llamada. Pero treinta segundos después de que parase, volvió a empezar. Alguien necesitaba hablar con él de inmediato.

—¿Ni siquiera quieres saber quién es?

Con sus habilidosos dedos, me desabrochó el sujetador.

—No me importa.

El móvil dejó de sonar y empezó de nuevo, por tercera vez; ni Chase podía seguir pasando de cogerlo. Gruñó y sacó el teléfono del bolsillo.

—Mierda. Es mi cuñado. Nunca me llama. Tengo que cogerlo.

Me eché hacia atrás y le dejé sitio.

—¿Qué pasa?

Oí la voz de un hombre, pero no pude descifrar lo que decía.

—¿No es demasiado pronto? —Silencio. Y luego dijo—: Vale, de acuerdo. Voy para allá.

Deslizó el dedo para cortar la llamada.

—¿Qué ocurre?

—Mi hermana se ha puesto de parto. Se ha adelantado un mes, pero ha roto aguas y dicen que el embarazo está lo bastante avanzado para que sea seguro. Parece que va a tenerlo antes de tiempo.

—Vaya. Qué emocionante.

Aunque parecía que se iba a ir, no hizo ningún amago de moverse, así que le di un codazo.

—Vamos, tendremos que dejarlo para otra ocasión. Además… —dije burlándome— no tengo cuerdas aquí.

—¿Me acompañas? Hazme compañía. ¿Quieres conocer a mi nuevo sobrino?

—Sí, me encantaría. Dame un segundo para recogerlo todo, antes de que *Gatita fea* se ventile el resto de la comida china, y nos vamos.

Evan, el cuñado de Chase, nos contó las novedades y se volvió con su mujer. Llevaba una bata y un gorro azules que combinaban con los protectores de plástico que se había puesto en los zapatos.

—¿Y eso que lleva puesto es distinto a ir con ropa de calle? —preguntó Chase—. Ha estado caminando por el hospital y ha salido a la sala de espera con ese conjunto, que está tan esterilizado como lo que yo llevo puesto ahora.

—Tienes razón —dije—. Quizá solo lo hacen para que el padre se sienta parte del equipo.

—Puede, pero conociendo a mi hermana, Evan es el único compañero de equipo al que regañará mientras dé a luz.

Me encogí de hombros.

—En mi opinión, parece justo. Él no ha tenido que estar yendo por ahí con un bombo durante nueve meses, ni ha tenido que sufrir durante el parto. Lo mínimo que puede hacer es recibir algún insulto.

Chase me sonrió.

—¿Ah, sí?

—Sí.

Éramos los únicos que estábamos en la sala de espera, así que encogí las piernas y me acurruqué. Chase me pegó a él y me rodeó con el brazo.

—¿Vas a regañar a tu marido algún día?

Una pregunta un tanto extraña.

—Espero que no a diario.

Entonces se rio entre dientes.

—Me refería en la sala de parto. Lo que te estaba preguntando era que si algún día querrías tener hijos.

—¡Anda! —Me reí—. Me había perdido totalmente.

—Ya me lo había imaginado por tu respuesta.

Me quedé pensando un momento antes de responder.

—La verdad es que nunca he pensado que me casaría y, mucho menos, que tendría hijos. Supongo que mis padres no fueron el mejor ejemplo. Incluso antes de que ocurriera lo de Owen, se peleaban continuamente. Recuerdo estar jugando a las casitas con mi amiga Allison cuando estábamos en primaria. Ella era la mamá y estaba horneando un bizcocho en un horno de juguete. Yo era el padre, volvía a casa y discutíamos. Un día, su madre nos oyó discutir de mentira y pensó que era de verdad. Cuando le dijimos que estábamos jugando a las casitas, nos preguntó que por qué estábamos chillando y le dije que porque el papá había llegado a casa. La recuerdo mirándome fijamente sin saber qué decir.

Chase me estrechó entre sus brazos.

—Empecé a ver las cosas más claras a medida que fui creciendo; me di cuenta de que no todas las familias eran tan disfuncionales como la mía. Pero para entonces ya había empezado a mirar debajo de la cama dos y tres veces en cuanto entraba por la puerta. Supongo que no podía pensar en tener familia propia cuando tenía miedo de las cosas imaginarias que merodeaban por el piso.

—Me parece que lo que de verdad necesitas es a alguien que te haga sentir segura. Lo demás ya empezará a tener sentido.

Retiré la cabeza de la cómoda posición en la curva de su hombro y lo miré.

—Puede que tengas razón.

«Ojalá fuera tan fácil».

Un poco después de las cinco de la madrugada, nos despertó una voz estridente. Cuando Evan nos anunció que había sido un niño, parecía cansado, aturdido y feliz como si estuviera loco. Se abrazó a Chase y hablaron un par de minutos antes de que Evan dijera que se tenía que ir para ver cómo seguía su mujer.

—Habitación 210. Tengo que volver antes de que convenza al médico de que me hagan una vasectomía sin anestesia. Han dicho que seguramente la subirán a planta dentro de una hora.

Chase se dirigió al pasillo para traer unos cafés mientras yo iba al baño a asearme. Tenía baba seca en la mejilla y el pelo parecía un nido de rata gigante, y eso que había dormido sentada. Me estaba echando agua en la cara cuando caí en la cuenta de que estaba a punto de conocer a la hermana de Chase.

Durante los últimos días, parecía que nuestra relación hubiera cambiado. Había dejado de ser algo físico solamente. Chase y yo habíamos estado hablando mucho más sobre nuestras vidas y las cosas que nos habían hecho ser lo que éramos, y ahora estaba a punto de conocer a alguien de su familia. Que las cosas fueran tan deprisa solía hacer que me acojonara. Sin embargo, estaba más ansiosa y emocionada que nerviosa.

Y

Anna era la viva imagen de Chase, solo que sus rasgos ásperos eran más suaves y su feminidad era más bella que su masculinidad. Sonreí al ver cómo se le iluminó la cara a la hermana cuando lo vio.

—¡Has venido!

Él le dio un besito en la mejilla.

—No soportaría oír tus reproches durante cincuenta años por no haber venido. Pues claro que he venido.

Evan le dio una palmada a Chase en la espalda.

—Vente a la sala de los bebés. Deberían haber terminado de limpiarlo ya.

Chase nos presentó rápidamente antes de salir de la habitación con su cuñado.

—Tenía la sensación de que nos conoceríamos pronto —dijo.

Me sorprendió que supiera algo de mí, incluso que existiera.

—Enhorabuena. Siento si soy una intrusa. Quería hacer compañía a Chase mientras esperaba, pero puedo salir y darte algo de intimidad.

—He tenido a medio hospital mirándome por debajo de la bata. Creo que cerrar las piernas es lo que me da cierta intimidad ahora.

Su sonrisa era sincera.

Me hizo gracia.

—¿Habéis escogido ya el nombre para el niño?

—Sawyer. Lo llamaremos como mi padre. Sawyer Evan.

—Bonito nombre.

—Gracias. Me alegro de que Chase te haya traído. Habla de ti en nuestras cenas semanales. Reconozco que ya tenía cierta curiosidad.

—¿Curiosidad? ¿Por qué?

—No suele hablar de mujeres, no las trae a ninguna reunión familiar y, por supuesto, no las deja a solas conmigo.

Sonreí.

—¿Teme que me contéis todos sus secretos?

—Sí y más vale que me dé prisa y lo haga porque la sala de bebés está al final del pasillo.

Pensé que estaba de broma, pero luego puso una cara muy seria.

—Mi hermano es un gran tío; pregúntale, él mismo te lo dirá —dijo bromeando—. La cosa es que, bajo toda esa arrogancia, creo que tiene miedo de empezar una relación.

—Por lo de Peyton, ¿no?

Anna parecía sorprendida.

—¿Sabes toda la historia?

—Eso creo. No puedo culparlo de estar nervioso por acercarse a alguien después de lo ocurrido. La gente tiene miedo por mucho menos.

«Como yo, por ejemplo».

Asintió como si habláramos de lo mismo.

—Pero que no te engañe. Va por ahí como si llevara una armadura, pero la verdad es que ese escudo tiene algunas rendijas.

—Puede ser la razón de que nos llevemos tan bien. Mi armadura tiene algunos agujeros de bala grandes. Pero gracias. Intentaré recordar que los míos se notan más que los suyos.

Chase entró justo detrás de Evan, que iba arrastrando una cuna de plástico. En el centro de la bandeja transparente había un bultito envuelto en mantas azules de hospital.

—No he tenido ni que verlo para saber cuál era el tuyo —dijo Chase burlándose de su hermana—. Estaba llorando muy fuerte. Ha sacado tus pulmones.

Evan cogió el bebé y lo colocó en los brazos de Anna. Lo arrulló y lo levantó para que pudiéramos verle esa carita tan mona.

—Este es tu tío Chase. Espero que hayas sacado su inteligencia y mi físico.

Chase se inclinó un poco.

—Teniendo en cuenta que somos iguales, es un buen deseo.

Anna meció al bebé en cuanto comenzó a llorar.

—¿Ya has hablado con mamá y papá? Le dije a Evan que no llamara porque era demasiado tarde.

—No, pero de todos modos no hubieran podido coger un vuelo desde Florida hasta esta mañana.

Nos quedamos con Anna y Evan otra media hora hasta que Anna bostezó. Debía de estar exhausta después de pasarse toda la noche despierta para dar a luz. Dios, yo estaba cansadísima de haber dado un par de cabezadas en la sala de espera.

Cuando salimos del aparcamiento había poco tráfico.

—¿A tu casa o a la mía?

—¡Qué atrevido! —dije burlándome.

—Quieres que guarde distancias en la oficina durante la semana, pero es sábado. El fin de semana es mío.

Me acordé de lo que ocurrió ayer, de lo que por poco nos pillan haciendo.

—No parecía que guardaras distancias ayer cuando me arrinconaste en tu escritorio.

Soltó un leve gruñido y se acomodó.

—A tu casa, está más cerca. Y ahora que me has recordado lo espectacular que se ve tu culo en pompa, esa será la primera postura al llegar a casa.

Sabía que tan solo era una figura retórica, pero me encantaba el sonido de Chase diciendo «al llegar a casa».

Aunque lo que más me gustó fue lo que hizo cuando llegamos al piso. Cogió las llaves, abrió todos los cerrojos de la puerta principal y entró primero. Luego realizó el ritual del barrido de llegada. Dos veces. Siguió exactamente el orden neurótico, mientras sostenía a *Tallulah*.

Cuando terminó, me besó en la frente.

—¿Todo bien?

Asentí, me puse de puntillas y lo besé en los labios.

—Gracias.

—De nada. Por cierto, he llamado al chico que se encargó de la seguridad de la oficina. Te instalarán un sistema de vigilancia. Lo había recomendado a varios negocios. Así que me debe un favor, por lo que la instalación será gratuita y el coste mensual irá a la cuenta de la oficina.

—¿Qué? No.

—Demasiado tarde, la instalan la semana que viene. Tiene que decirme qué día puede. Necesitaré una llave para dejarlo pasar o que estés aquí.

—Chase, no necesito ninguna alarma.

—Es verdad, no la necesitas. Pero me sentiré mejor, sobre todo cuando esté fuera de la ciudad de viaje.

—Pero...

Agachó la cabeza y me calló al besarme en la boca.

—Por favor, déjame hacerlo. Me sentiré mejor.

Resoplé y me quedé mirándolo. Al final, cedí.

—De acuerdo.

—Gracias.

Saqué el juego de llaves adicional del cajón para dárselo, le dije que se pusiera cómodo y fui a la cocina para preparar un par de tortitas para desayunar. Comimos en el salón enfrente de la televisión mientras veíamos *Good Morning America*. Luego, nos acurrucamos en el sofá; él tumbado debajo de mí. Habíamos dormido un poco en el hospital, pero en las sillas de la sala de espera, por lo que no habíamos descansado nada bien.

Bostecé.

—Tu hermana parece una chica increíble.

—Es un incordio, pero es buena gente.

Inspiró y soltó el aire profundamente y su respiración empezó a calmarse. Al cabo de unos minutos, pensé que se había quedado dormido, pero luego me habló, adormilado:

—Va a ser una gran mamá. Tú también lo serás algún día.

25

Chase. Hace siete años

*E*ra incapaz de sonreírle a nadie.

—Gracias por venir. —Le di la mano a otra persona que no reconocí.

«Siguiente».

—Sí, era una mujer preciosa.

«Siguiente».

—Estaré bien. Gracias.

«Siguiente».

Necesitaba que acabara ya.

Se suponía que iría de la misa al entierro con la madre y las hermanas de Peyton, pero cuando la puerta trasera de la limusina se cerró, de repente sentí que me quedaba sin aire. No podía respirar. Me ardía el pecho y sabía que faltaban dos segundos para quedarme sin aire. Abrí la puerta trasera de golpe, tomé unas bocanadas de aire fresco antes de excusarme con una mentira de que tenía que acompañar a mis padres.

Empezó a lloviznar y todo el mundo salió corriendo desde la iglesia hasta los coches aparcados. Con la cabeza agachada, pasé las largas colas de coches sin que nadie se diese cuenta. Así que seguí caminando. Cuatro o cinco manzanas después, había empezado a llover intensamente. Estaba empapado, pero no sentía nada. Por dentro y por fuera, estaba totalmente seco.

Como no estaba en mis cabales, decidí entrar en un bar

cutre a medio kilómetro en la dirección opuesta al cementerio y me senté en un taburete.

—Jack Daniel's con Coca-Cola y un chupito aparte.

El viejo camarero me echó una mirada y asintió. Me quité la chaqueta del traje que estaba empapada y la dejé en el taburete vacío que había a mi lado.

Solo había otra persona en el bar: un viejo con la cabeza reclinada sobre la barra y un vaso de pinta vacío en la mano.

—¿A ese qué le ocurre? —pregunté al camarero cuando trajo las bebidas.

Le echó una mirada furtiva y se encogió de hombros.

—Es Barney.

Lo dijo como si eso me lo aclarara todo. Asentí, cogí el chupito y me lo bebí de golpe. El líquido me abrasó la garganta del mismo modo que el aire en la limusina. Le pasé el vaso de chupito vacío al camarero y con los ojos señalé el vaso e hice un gesto con la cabeza.

Mientras lo rellenaba me dijo:

—Solo son las diez y media de la mañana.

Entonces empezó a sonar el teléfono, lo saqué del bolsillo y lo tiré encima de la barra, pasé de cogerlo sin tan siquiera ver el nombre del que llamaba. Cogí el vaso de chupito y me lo bebí de nuevo de un tirón. La segunda vez me abrasó menos. Me gustaba cómo sabía.

—Que no pare la cosa.

El camarero titubeó.

—¿Tiene algún problema del que quiera hablar?

Eché una mirada a Barney y negué con la cabeza.

—Soy Chase.

Una lona verde cubría el montoncito de tierra. Los toldos que se habían puesto para albergar a las personas del funeral seguían puestos, pero la gente ya se había ido. Bueno, todos menos un hombre solitario que estaba de pie. Me perdí el principio de la misa junto a la tumba y, la parte que estuve, me la pasé mirando en la distancia desde donde me había dejado el taxi. Prefería despedirme en privado, así que esperé hasta que ese hombre se marchara.

El alcohol había afectado a mi capacidad de reacción, así que tardé casi un minuto en averiguar quién era el hombre cuando se giró. Chester Morris, el puñetero padre de Peyton. Nunca lo llegué a conocer, solo lo había visto en fotos; sin embargo, estaba seguro de que era él, básicamente, porque Peyton se le parecía mucho. El corazón, que me había estado latiendo sin energías, de repente empezó a latir con fuerza.

¿Cómo se atrevía a venir aquí?

Todo era culpa suya. Joder, todo era culpa suya.

Sin pensarlo dos veces, caminé con dificultad por la hierba mojada hasta llegar a la tumba. Miraba hacia abajo y no me vio venir.

—Estaba siguiendo a un vagabundo.

Se giró, sin saber quién era, y levantó la cabeza, asintiendo.

—Lo leí en el periódico.

—¿Sabe por qué lo seguía? —dije subiendo el tono—. ¿Por qué narices se responsabilizó de intentar ayudar a cada vagabundo de la ciudad?

—¿Quién es usted?

No le hice caso.

—Porque, después de que usted abandonara a su madre y a sus hermanas, tuvo que vivir en albergues durante años.

Necesitaba tener a alguien a quien echarle la culpa y el mierda de su padre era una opción tan válida como otra cualquiera. De hecho, cuanto más pensaba en ello, más seguro estaba de que no era el pensamiento de un borracho. En realidad, la culpa era de su padre.

Al menos, tuvo la decencia de parecer algo afectado.

—Eso no es justo.

—¿En serio? Creo que es más que justo. Las decisiones que uno toma son suyas. ¿Cree que puede abandonar a su

familia y no ser responsable de sus actos? ¿De las consecuencias de lo que ha hecho? —Me acerqué a él, claván-
dole el dedo en el pecho mientras hablaba—. Las abandonó. Tenían que cenar en un albergue cada noche. Murió
intentando ayudar a alguien que comía en uno. No creo
que sea mera coincidencia.

Entrecerró los ojos.

—Ah, eres su prometido adinerado, ¿verdad?

No le respondí porque no se lo merecía. Indignado, negué con la cabeza.

—Váyase.

Se santiguó, me miró por última vez y empezó a caminar. Al darse la vuelta, se detuvo.

—¿Y dónde estabas tú cuando la atacaron? No dudas
en señalarme a mí con el dedo por algo que ocurrió hace
veinte años. Si buscas un responsable, quizá deberías mirarte en el espejo.

26

Reese

Cuando llegué el lunes por la mañana, Travis estaba sentado en la recepción ligando con la recepcionista. Había pasado la noche en casa de Chase y habíamos llegado juntos a la oficina temprano. Bueno, en realidad no era la oficina, habíamos llegado hasta el Starbucks. No le sentó muy bien que le dijera que me diera un minuto de ventaja para salir antes tras recoger el café, pero no quería llegar a la vez y levantar sospechas. Al ver a Travis en recepción, me alegré de haber forzado la situación.

—Estás especialmente sexi esta mañana —dijo. Entonces se puso a mi altura y me echó el brazo por encima del hombro—. ¿Cuándo dejarás que te invite a cenar?

—Nunca.

Travis y yo nos habíamos hecho amigos. El coqueteo sobrepasaba los límites establecidos, pero era inofensivo y no iba más allá de la coña.

—Venga ya. Para nunca queda mucho.

—No deberías hacerte ilusiones.

Se rio.

—Entonces, ¿a almorzar?

—Ya te lo dije, Travis. No salgo con compañeros de trabajo.

¿Acaso era mentira? Era más bien un tecnicismo. No trabajo con Chase, sino para él.

—Por cierto, leí tu correo electrónico. —Me guiñó un ojo—. Hoy comes conmigo.

—¿De qué hablas?

—Tenemos una reunión de equipo al mediodía. Josh trae la comida, así que, quieras o no, tendrás una cita especial conmigo para almorzar.

Al llegar a mi despacho, con Travis aún a la zaga, encendí las luces y me fui derecha al escritorio.

—Si está todo el equipo, entonces no es una cita de verdad, Travis.

—Quizá no, pero voy a fingir que es una cita. Apuesto a que tú también lo harás en secreto. Creo que bajo toda esa negatividad que desprendes, te gusto.

Estaba ocupada encendiendo el ordenador, por lo que la voz que oí después me pilló por sorpresa.

—Creo que tenemos una política de no confraternización —dijo Chase con un tono brusco.

Se quedó de pie en la puerta. Le sacaba una cabeza a Travis.

Debido al habitual tono informal de la oficina, probablemente Travis pensara que Chase estaba de broma. Pero vi cómo tensaba la mandíbula. Había algo más. ¿Celos, quizás?

No sé si Travis pensaba que Chase hablaba en serio, pero captó el mensaje y desapareció cuando el jefe entró en mi despacho.

Antes de irse dijo:

—Te veo en nuestra cita a la hora de almorzar.

Chase arqueó la ceja una vez cuando nos quedamos a solas.

En vez de responder, pensé en divertirme un rato.

—Pensaba que ibas a quitar esa molesta política de confraternización, señor Parker.

—La quitaré si me dejas marcar mi territorio en la oficina.

—¿Marcar tu territorio? ¿Con mordiscos y chupetones?

Se acercó a mi mesa.

—Me refería más bien a que grites mi nombre mientras meto la cabeza en ese coñito ahí encima del escritorio.

Pero si prefieres un par de mordisquitos, estaré encantado de complacerte.

Se acercó despacio. Le puse la mano en el pecho para pararlo.

—Déjalo ahí, jefe. Estamos a lunes. No empecemos la semana como la acabamos el viernes.

Justo en ese momento vi de reojo a Samantha acercarse. Por desgracia, antes de que la viera, ella ya nos había visto. Se detuvo en la puerta y nos miró sonriendo. Quité la mano, pero seguíamos aún muy cerca. Demasiado cerca. Chase estaba invadiendo mi espacio personal y no se echó hacia atrás.

Samantha arqueó un poco las cejas, como si hubiera atado todos los cabos.

—Buenos días.

—Hola, Sam —dijo Chase.

Aparté la butaca y me senté, nerviosa por poner algo de espacio entre los dos y poder respirar.

—Buenos días.

—¿Tienes un hueco para charlar durante la mañana? Tengo un par de cosas que quiero repasar contigo —dijo dirigiéndose a Chase.

—No tengo ningún hueco hasta la tarde —dijo. Entonces se giró hacia mí con cierto brillo en los ojos y dijo—: A menos que estés preparada para continuar donde lo dejamos el viernes.

—No, no estoy preparada para eso —dije con una sonrisa forzada.

Entonces Chase se giró hacia Sam y dijo:

—Estás de suerte. Soy todo tuyo.

Ella puso los ojos en blanco.

—Vuelvo dentro de media hora.

Sam estaba a punto de marcharse cuando Chase la paró.

—Ay, olvidé avisarte de que Anna dio a luz el sábado.

—¿Sí? Anda, enhorabuena. Se ha adelantado casi un mes. ¿Cómo se encuentra?

—Está bien.

—Un niño, ¿verdad? ¿Fue todo bien?

—Sí. Sawyer Evan. Veinte dedos y los pulmones de la madre.

Sonrió.

—Genial. Me alegro por ellos. La llamaré la semana que viene. ¿La genética de los Parker sigue dominando como siempre? ¿Se parece a Anna y a ti?

Chase me miró para confirmárselo.

—Creo que sí, ¿verdad?

Teniendo en cuenta que ambos me estaban mirando, no me quedó otra que contestar. Tenía ganas de matar a Chase por lo que acababa de hacer.

Asentí.

—Sí, es clavado a vosotros.

Sam nos miró a los dos y asintió con una sonrisa comedida.

—Os dejo trabajar. Hasta ahora.

En cuanto se marchó y ya no podía oír nada, le di a Chase con mi cuaderno.

—¿Me estás vacilando?

—¿Qué?

Parecía como si no supiera de qué le estaba hablando.

—Estás en mi despacho invadiendo mi espacio personal y acabas de decirle a la vicepresidenta de Recursos Humanos que te acompañé al hospital a ver a tu hermana. ¿Por qué no le envías un correo a la empresa anunciando que nos acostamos?

—Lo siento, no había caído en eso.

—Seguro. Lo has hecho aposta —le espeté.

Frunció el ceño.

—En realidad, no. Pero ¿qué problema hay? Sam y yo somos amigos. No le va a importar.

—No es por ella, Chase. Es por mí. A mí sí me importa. No quiero que la gente sepa nada, porque me incomodará cuando rompamos.

Chase tensó la mandíbula. Obviamente, lo había molestado.

—Ya, no querría fastidiar nada de lo que estás tan segura que va a ocurrir.

—Chase…

—Te dejo trabajar.

Durante el resto del día me sentí como una mierda. Chase pasó junto a nuestra reunión de marketing a la hora de almorzar, mirando detenidamente a Travis, que estaba sentado a mi lado, a través de las ventanas de cristal de la sala de reuniones. No se molestó en detenerse.

A última hora de la tarde, era incapaz de concentrarme. Después de que Chase le contara a Sam por la mañana que nuestra relación era algo más que una relación jefe-empleada, me sentía picajosa. Sabía que decirle «cuando rompamos» lo molestaría. Ya le molestó la primera vez, cuando lo dije sin darme cuenta.

Intenté ponerme en su lugar. ¿Qué habría pasado si hubiera dicho algo similar en un contexto distinto? ¿Cómo me habría sentado oír a un amigo suyo preguntarle si quería salir a un nuevo bar para solteros y Chase le contestase «estoy saliendo con alguien, pero quizá cuando rompamos»? ¡Vaya!

Durante las últimas semanas, había estado preocupada por las consecuencias de algo que sabía que iba a pasar, basándome en mi historial. Quizá tuviera miedo de creer que lo nuestro no tenía por qué terminar necesariamente.

Y yo no quería que acabase. Chase no me había dado a entender que quería que terminásemos tampoco, más bien todo lo contrario: tenía cierta confianza y seguridad en nosotros desde que las cosas empezaron. Nada que ver con mi anterior lío de oficina. ¿Por qué estaba intentando convencerme a mí misma de que esto iba a acabar mal?

Miraba la pantalla del portátil cuando me llegó la respuesta. Estaba tan claro que me di cuenta de que hay una razón por la que «sé» y «se» se escriben tan parecidas.

No «sé» cómo no vi antes que servidora «se» estaba enamorando de Chase.

La idea me aterraba, pero también me ofrecía otra perspectiva. Le debía a Chase una disculpa y una conversación de adultos sobre lo de ir haciendo públicas por ahí nuestras cosas. No estaba segura de que estuviera lista para eso, pero, al menos, debíamos hablarlo en vez de acatar la decisión unilateral que venía de mis propias inseguridades.

Cogí una carpeta para que pareciera que mi visita estaba relacionada con algún asunto laboral y me fue directa al despacho de Chase. Su secretaria salía.

—¿Se ha ido ya Chase?

—No, solo ha salido a dar una vuelta.

Miró su reloj y añadió:

—Aunque volverá pronto. ¿Quieres que le diga que has venido?

—De hecho... solo le voy a dejar esta carpeta y una nota, si no te importa.

—Claro, pasa —me dijo sonriendo.

Volvió a su escritorio, el teléfono estaba sonando. Dentro del despacho de Chase, le escribí una nota rápida y estaba a punto de salir cuando cambié de idea sobre mi estrategia.

Media hora más tarde, me senté en mi mesa a responder un correo de Josh cuando decidí hacer clic en el nombre de Chase. La luz roja que había estado todo el rato encendida —indicando que estaba desconectado— ahora estaba verde. Tecleé entonces.

> Para: Chase Parker
> De: Reese Annesley
> Asunto: Oficina de objetos perdidos
> ¿Tenemos alguna aquí?
> Por cierto, siento haberme comportado como una estúpida esta mañana.

Esperé un par de minutos hasta que sonó la notificación de que había recibido un correo.

Para: Reese Annesley
De: Chase Parker
Asunto: Ven
No que yo sepa.
Disculpas aceptadas. Has tardado. Déjate de rollos y ven aquí ya.

Sin parar de moverme en mi silla por el tono dominante de su correo, le contesté:

Para: Chase Parker
De: Reese Annesley
Asunto: De verdad la necesitas
Sin una oficina, los objetos perdidos pueden acabar en cualquier sitio.
¿A tu despacho? ¿Hay algo que necesites de mí?

Entonces me imaginé los ojos color chocolate de Chase oscureciéndose mientras pensaba en su respuesta.

Para: Reese Annesley
De: Chase Parker
Asunto: Lo que necesito
¿Qué has perdido?
Necesito muchas cosas de ti. Para empezar, tu boca alrededor de mi polla.

Mi lado más sensato se hubiera preocupado de que el departamento de informática escaneara o leyera los correos electrónicos, pero la parte de mí que se estaba enamorando del jefe había perdido el oremus hacía ya media hora. Le respondí con seis palabras en el asunto: «Mira en el cajón superior izquierdo».

Tenía la puerta cerrada y esperaba que se abriera en

cuanto Chase encontrara mi ropa interior en el escritorio. Sin embargo, recibí un nuevo correo.

Para: Reese Annesley
De: Chase Parker
Asunto: Excitado
Huelen genial. Que. Vengas. Ya.

Hice una parada en el cuarto de baño de camino al despacho de Chase para asearme. Había decidido que tendría exactamente lo que me había dicho que necesitaba: mi boca alrededor de su gran pene. Al mirarme en el espejo, vi que me había sonrojado por las expectativas. Me atusé el pelo, me desabroché el botón superior de la camisa para dejar entrever el escote, me retoqué los labios con el cacao sabor Dr. Pepper y me enjuagué la boca con Listerine antes de salir al despacho del jefe.

Estaba hablando por teléfono cuando entré, pero no tuvo que decir nada para indicarme lo que estaba pensando. Me seguía con la mirada a cada paso que daba. Aunque no se movió, me sentí como si fuera una presa que él andaba acechando.

Se me endurecieron los pezones. ¡Qué talento tenía este hombre, qué habilidad para excitar con tan solo una mirada!

Me dirigí al panel de control que tenía oculto y presioné el botón para activar las persianas electrónicas. Los ojos de Chase ardían mientras seguía hablando. Fue subiendo el tono a medida que las persianas se iban cerrando, bloqueando así el mundo exterior. Cuando cerré y eché el pestillo de la puerta, le entró la prisa fuera quien fuera con quien estuviera hablando.

Terminó la llamada. Caminé lentamente hacia su escritorio, un pie tras otro. Cuando llegué a la esquina, sonaron dos golpes en la puerta y alguien intentó abrirla.

Miré a Chase. Ninguno dijo ni media palabra, esperando que quien estuviera al otro lado de la puerta desapareciera.

—¿Chase? —dijo Samantha cuando volvió a llamar.

No caería esa breva.

Agachó la cabeza y gruñó antes de levantarse.

—No te muevas. Me libraré de ella.

Pero la tarea no era tan fácil como pensaba. Chase abrió la puerta e intentó cortarle el paso para que no entrara en el despacho, lo que hizo que Sam estuviera aún más interesada en saber lo que había dentro.

—¿Qué haces aquí?

—Trabajando.

—¿Estás solo?

—No es asunto tuyo.

Se agachó por debajo del brazo de Chase y me vio dentro.

La voz de Chase indicaba que su paciencia estaba llegando al límite.

—¿Qué necesitabas, Sam?

—Quería ver si te apetecía pillar algo para comer hoy en vez de mañana por la noche.

—Hoy tengo planes.

—¿Con Reese?

Chase se quedó dudando y Sam decidió cuál era la respuesta.

—Me lo imaginaba. Me apunto. ¿Qué tal a las seis?

Chase refunfuñó un poco, pero tan solo suspiró.

—De acuerdo.

Entonces cerró la puerta, se giró hacia mí negando con la cabeza.

—Lo siento.

Intenté que no pareciera que el miedo se había apoderado de mí.

—Lo sabe. ¿Qué vamos a decir?

De repente, se puso serio cuando me miró a los ojos.

—Dímelo tú.

27

Reese

No tenía ni idea de lo que iba a contestar a Samantha si iba directa al grano.

Habíamos quedado con ella en un restaurante a un par de manzanas de la oficina, un pequeño restaurante italiano al que nunca había ido. Chase, sí. Benito, el gerente, lo saludó por su nombre y nos mostró la «mesa romántica especial de Chase». Estaba en la parte de atrás, en una esquina oscura junto a una gran chimenea de ladrillo rústico.

Chase retiró la silla para que me sentara.

—Veo que ya has estado aquí antes.

Se sentó mientras el camarero colocaba un tercer cubierto. Habíamos llegado un par de minutos antes y Samantha aún no había aparecido.

—A Sam le encanta este sitio. Estoy seguro de que Benito cree que somos pareja. Le gusta sentarse al lado de la chimenea.

Me quedé callada y estoy segura de que la duda se me reflejó en la cara.

Chase se sentó.

—Es mi amiga. De todos modos, no puede hacer mucho por cambiar la situación si no le gusta.

Fruncí el ceño.

—Para ti es mucho más fácil.

Se inclinó hacia adelante.

—¿Eso crees?

—Tú eres el jefe. Nadie va a mirarte de otra forma ni a pensar que han aceptado tus ideas debido a con quién te has acostado.

—Lo pillo e incluso puedo llegar a entenderlo. Así que, si prefieres mantener las cosas en secreto, lo acataré. —Entonces se acercó más aún—. Pero no pienses que es fácil para mí. Eres la primera mujer que ha supuesto algo más que un pol…

Se paró, sin llegar a soltar la imagen que había estado a punto de soltar.

—Algo más que una relación ocasional en siete años… y aquí estamos, sentados en un restaurante, a punto de cenar con la mejor amiga de mi prometida fallecida, que también es la vicepresidenta de Recursos Humanos de mi empresa. Una empresa en la que yo le encomendé redactar ciertas políticas como la de «no mantener relaciones sexuales en la oficina», política que quiero incumplir cada puñetera vez que te veo.

Chase apartó la mirada. Me quedé mirándolo. Nunca se me había ocurrido lo difícil que sería para él confesárselo a Samantha. En mi caso, los miedos se debían al trabajo y a los errores tontos del pasado. En su caso, eran por mucho más. Él conseguía que todo pareciera fácil de hacer. Dios, a veces era una egoísta de cuidado.

No pude disculparme ni quitarle hierro al asunto porque Samantha llegó enseguida. Chase se puso de pie hasta que ella se sentó.

—Me alegro de verte, Reese.

Cuando me saludó, desprendía amabilidad y cordialidad.

—Igualmente.

Entonces, el camarero se acercó rápidamente para tomar nota de las bebidas. Samantha le echó un vistazo a la carta de vinos y le pidió información. Miré a Chase, que tenía una mirada afligida. Parecía herido, molesto y desanimado. Odiaba hacerlo sentir de esa forma.

Nos quedamos observándonos fijamente mientras Samantha terminaba de hablar con el camarero. Entonces, nos miró.

—¿Qué pasa entre vosotros?

Tomé la decisión. Tendí la mano frente a ella y dije:

—Nada, que Chase y yo somos pareja.

Sam se tomó la noticia mejor de lo que me esperaba y, tras la cena, Chase y yo decidimos que él pasara la noche en mi casa. Cuando llegamos, me sorprendí al ver el nuevo sistema de alarma que habían instalado. Supuestamente, mientras yo me había pasado el día comportándome como una quejica rencorosa en la oficina, Chase había estado en el piso instalando un nuevo sistema de seguridad porque quería hacer algo para apaciguar mis miedos. La disculpa que le había dado antes no había sido suficiente para compensarlo.

Fui al cuarto de baño a asearme y, cuando salí, vi a Chase sentado en la cama con la espalda contra el cabecero. Subí la rodilla a la cama, gateé hasta él y le planté un beso en los labios. Cuando me moví para echarme hacia atrás, me paró y me cogió la cara. Me miró a los ojos y me dijo:

—Gracias.

Sabía a lo que se refería, pero fingí que no.

—Creo que no te he dado razones para que estés agradecido por algo. Todavía.

Sonrió, pero continuó hablando con tono serio.

—Significa mucho para mí que hayas decidido contárselo a Sam esta noche.

—Bueno, es que me he dado cuenta de que no tenía miedo de decírselo a Sam.

—¿No?

Sacudí la cabeza.

—Después de los errores tan tontos que he cometido en el pasado, es lógico que me dé miedo mantener una relación con alguien del trabajo. Pero creo que de lo que tenía miedo de verdad era de sentir lo suficiente por alguien como para arriesgarme —dije, sonriendo—. Sí, tengo miedo a arriesgarme, por si no te habías dado cuenta.

Intentó esconder la sonrisa.

—No, no me había dado cuenta.

—Gracias de nuevo por haberme instalado la alarma. Eres un sol. —Lo besé y apoyé mi frente contra la suya—. Entonces lo haremos, ¿no? ¿Ser pareja en público de mi primo segundo, amigo reencontrado de secundaria y jefe, todo en uno?

Me colocó un mechón de pelo detrás de la oreja.

—Qué trabalenguas. ¿Qué tal si te llamo «mi mujer»?

—¿Tu mujer?

Se fijó en mi reacción.

—Es la verdad. Hemos estado luchando por diferentes razones, pero has sido mía desde que te vi en el oscuro pasillo de aquel restaurante.

—¿Quieres decir cuando me llamaste cabrona? No creo que fuera así como me ganaras. Diría que fue un poco después de eso.

—En tu caso, quizá. Pero en el mío, no dejé de pensar en ti desde el primer minuto en que te vi. Quería saber qué te ponía.

Ladeé la cabeza.

—¿Y lo has averiguado? ¿Lo que me pone?

Me dio la vuelta por la espalda y me abrazó. Una mano bajó por el costado para hacerme cosquillas.

—Aún estoy aprendiendo. Quizá podamos poner en práctica ese jueguecito al que jugamos una vez.

—¿A qué juego te refieres?

—¿Que te vean masturbarte o ver a alguien hacerlo?

—Ah, ¿jugamos a «Qué prefieres»?

Chase respondió rozándome la nariz por el cuello.

—¿Estamos hablando de que te vea a ti o a otra persona?

Se puso tenso y se echó hacia atrás para contemplarme.

—Era broma. —Le di un besito—. Verte. Creo que disfrutaría mucho.

Se relajó y continué el juego con una pregunta real. Mientras le arañaba la espalda, le pregunté:

—¿PowerPoint o demostración en persona?

Su respuesta fue rápida:

—Demostración en persona.

—¿De qué tipo?

Rozó con dulzura sus labios con los míos.

—Como esta.

—A ver… Vuélvemela a enseñar.

—Se está convirtiendo en mi juego favorito.

—En el mío también.

Podría pasar todo el día haciendo esto, pero había otras preguntas más apremiantes.

Cuando separamos los labios, le pregunté:

—¿Dar o recibir primero?

Sonrió, pero no le di la oportunidad de responder. De hecho, bajé la cabeza por su tronco.

«Recibir».

28

Reese

A Chase no se le daba muy bien seguir el guion.

A primera hora de la mañana siguiente, fuimos juntos a la oficina, como había sido costumbre últimamente. Solo que, en esta ocasión, tras recoger el café, subimos en el ascensor juntos hasta Industrias Parker. Cuando salimos, me di cuenta de que me había puesto la mano en la espalda. Aunque era cómodo y natural que me tocara, era raro que lo hiciera en la oficina. Tampoco era un gesto para echarse las manos a la cabeza. No obstante, esta mañana habíamos hablado de evitar cualquier muestra de afecto en público hasta después de hablar con Josh, así que estaba segura de que no lo hacía aposta.

A mi jefe le debía cierto respeto y quería explicarle lo que estaba pasando antes de que Chase y yo saliéramos del armario, por así decirlo. El plan era que yo lo hablaría con Josh por la mañana y luego saldríamos Chase y yo a almorzar. Podríamos mantener una relación amistosa, de un modo que fuera más allá de la típica relación jefe-empleada, pero no habría manifestaciones de afecto en público. O al menos eso pensaba yo.

Tras llegar a la oficina, Travis me encontró en la sala de personal preparándome el tazón de avena.

—Buenos días, guapa —dijo coqueteando.

Abrí el microondas, saqué el bol y mezclé la avena.

—Hola, Travis.

—¿Cuándo dejarás que te prepare el desayuno?

Le acerqué el bol.

—¿Quieres removerlo tú?

—En mi casa. A la mañana siguiente. Te puedo hacer unos huevos fritos.

—Tienes que trabajar un poco más tus frases de ligoteo, ¿eh?

Travis apoyó la cadera en el armario que tenía al lado.

—¿Sí? Dime qué te gusta. Me esforzaré para perfeccionarlas.

—Bueno, para empezar, no nos gusta que des por hecho que queremos acostarnos contigo. Así que comenzar con una frase que hable de la mañana del día siguiente es un craso error.

—¿Cuál sería una buena primera frase para ligar?

—¿Qué tal algo real? Halagar algo que de verdad te guste de la otra persona.

Los ojos de Travis fueron directos al pecho y sonrió.

—Eso es fácil.

Puse los ojos en blanco.

—No, así no. Se trata de halagar algo que no sea sexual.

—Eso me deja pocas partes del cuerpo. —Me miró de arriba abajo, se retiró del mostrador y se mantuvo erguido—. Tus dedos de los pies siempre pegan con lo que llevas puesto. Eso me gusta.

—Muy bien. Muestra que prestas atención a los detalles y hace que no parezcas un pervertido, para empezar.

—Lo pillo. Entonces dejo lo de que me gustaría chuparlos.

Justo en ese momento tenía que entrar Chase. Por su mirada, me imaginaba que había oído al menos la última parte de lo que había dicho Travis, que quería chuparme los dedos de los pies.

—Travis… —advirtió Chase.

Travis levantó las manos en señal de derrota.

—Lo sé, lo sé… Nada de confraternización.

Chase cogió dos botellas de agua del frigorífico.

—Bueno, en verdad, estamos revisando la política.

—¿En serio? ¿Alguna vez os he dicho cuánto me gusta trabajar aquí?

Chase entrecerró los ojos mientras caminaba hacia mí. Me ofreció una botella de agua fría. La cogí, pero Chase no perdió la oportunidad mientras me miraba y hablaba con Travis.

—Si tanto te gusta trabajar aquí, quizá deberías pasar más tiempo trabajando y menos tiempo acosando a mujeres que ya están pilladas.

—¿Pilladas? ¿Quién está pillada? —farfulló Travis.

En vez de contestarle, Chase se inclinó hacia mí y me besó. Con una sonrisa descarada, añadió:

—A las doce para almorzar, ¿de acuerdo, cariño?

«Cuánta sutilidad y qué bien evita las muestras de afecto en público».

Pensé que Sam sería la persona que no se tomaría bien la noticia, pero no Josh.

—Esto me pone en una situación comprometida, como puedes imaginar —me dijo mirándome seriamente.

—Lo… lo siento. No quería que pasara nada entre los dos. De hecho, era lo último que quería que ocurriera en mi nuevo trabajo. Me gusta mucho trabajar aquí. Me gusta trabajar para ti.

Josh suspiró.

—Llevo cinco años en Industrias Parker. Empecé donde tú estás ahora y fui ascendiendo gracias a mi trabajo. Chase es un hombre muy inteligente, de eso estoy seguro. Lo cuestiona todo y tiene mano dura a la hora de gestionar el negocio en cada aspecto. Tardé un tiempo en entablar una relación de confianza con él: una en la que confiara en mi experiencia, aunque no estuviera de acuerdo con mi gestión. No quiero que tú me desautorices.

Me quedé totalmente sorprendida.

—No lo haré. Ni se me ocurriría.

Frunció el ceño.

—Eso espero.

No apartábamos los ojos del otro.

—¿Lo sabe Sam?

Asentí.

—Sí.

Al cabo de un momento, Josh asintió con vacilación.

—Al menos agradezco que hayas venido a contármelo.

—Por supuesto.

Se puso las gafas de leer, lo que indicaba que nuestra conversación había acabado.

—¿Por qué no terminas de recoger los resultados del grupo de enfoque y los repasamos durante el almuerzo? Mi secretaria nos pedirá algo de comer.

No quise decirle que ya tenía planes para comer. Planes con su jefe. Ya me ocuparía yo de cancelarlos.

No recibí respuesta ni a mi mensaje en el que contaba a Chase que las cosas no habían ido tan bien como esperaba con Josh, ni tampoco al siguiente que le envié para cancelar el almuerzo. Vi que lo había leído, pero no contestó nada. Pensé que estaría ocupado y me puse a recopilar los últimos datos que íbamos a revisar Josh y yo durante la comida.

Quedó claro que había fastidiado la relación con mi jefe directo y que tardaría un tiempo en arreglarlo. Aunque trabajamos bien durante el almuerzo y algunas horas de la tarde, las cosas entre Josh y yo estaban tensas. Era como si hubiera creado un muro de profesionalidad que antes no existía. Esperaba que el tiempo destruyera ese muro cuando constatara que no tenía intención de desautorizarlo bajo ningún concepto.

Mientras recogíamos los papeles que habíamos puesto sobre la mesa de la oficina, Josh dijo:

—¿Por qué no actualizas el PowerPoint con los eslóganes y la elección de embalaje y me lo envías? —Me miró a los ojos—. Se lo reenviaré a Chase para que le eche un vistazo.

Asentí.

Antes de que yo saliera de su oficina, añadió:

—Me gustaría mantener la comunicación a través de la cadena de mando correspondiente en el futuro. También se lo he comentado a Chase esta mañana.

Volví a asentir.

Aunque lo creí innecesario, no lo podía culpar por sentirse de esa forma. Tenía curiosidad por saber cómo había ido la conversación con Chase aquella mañana. Por lo general, solía ver u oír a Chase por la oficina varias veces al día. Pero hoy las persianas y la puerta habían estado cerradas todo el día. Se notaba que no estaba y, cuando acabó el día, empecé a ponerme nerviosa.

Esperé hasta que la oficina empezó a vaciarse —en concreto, hasta que Josh se marchó— para volver a ir al pasillo del jefe. Justo cuando doblaba la esquina, se abrió la puerta de su despacho y salió con una mujer. Nunca la había visto antes por la oficina. Era atractiva y rubia, con el pelo recogido en una cola que pegaba con su estilo informal de negocios. Se dieron la mano e imaginé que se trataba de una especie de reunión de negocios... hasta que ella puso la otra mano encima. Fue un pequeño gesto, pero muy cercano. Dijo algo que no pude oír y, de repente, sentí que sobraba cuando caminé hasta ellos, pero ya no podía volver atrás.

Me miraron y se dieron cuenta a la vez de que había alguien más en el pasillo. Entonces, el corazón me empezó a latir un poco más fuerte.

—Hola... Pensé en pasar por aquí antes de irme a casa, ya que no te he visto en todo el día.

La mujer nos miró a los dos.

—Tengo que irme. Me ha gustado volver a verte.

Chase asintió.

Era curioso: me sentí más incómoda cuando la mujer se marchó. Sin embargo, en mi batalla interna entre la incomodidad y la curiosidad, ganó esta última.

—¿Quién era? —pregunté con un tono que intenté que pareciera relajado.

En vez de responderme a la pregunta, él dijo con sequedad:

—Tengo mucho trabajo que hacer.

Me puse aún más nerviosa.

—De acuerdo. Hablamos entonces mañana, supongo, ¿no?

No me miró cuando asintió y di un brinco al oír como cerraba la puerta del despacho justo detrás de mí. «Pero ¿qué narices le pasa?».

Sentía un gran malestar en la boca del estómago, presagio de que fuera lo que fuera iba a hacerme daño.

29

Reese

Al día siguiente, Chase no fue a trabajar. Mi ansiedad había hecho de las suyas provocándome un gran malestar y me dolía el estómago porque sabía que algo había cambiado. No tenía ni idea de si tenía que ver con la mujer que había salido del despacho de Chase la tarde anterior o si era por la reacción de Josh con respecto a la noticia, pero me estaba matando la incertidumbre.

Tampoco me había respondido al mensaje que le envié para ver cómo estaba. Aunque tenía puesto el sonido en el móvil para que me avisara cuando llegara un mensaje nuevo, lo comprobé cada dos minutos.

Perdía muy pronto la poca concentración que había traído de casa. Una vocecita me susurró en la cabeza: «¿Ves? Esto te pasa por tener un lío en la oficina. ¿Aprenderás algún día la lección?».

Traté de no escucharla. Al final del día, me acerqué a la mesa de la secretaria de Chase e intenté parecer tranquila y natural.

—¿Sabes cuándo volverá el jefe?

—No lo ha dicho. Solo he recibido un correo electrónico que decía que hoy no vendría. —Frunció el ceño y se encogió de hombros—. No es nada propio de él.

Me quedé en la oficina hasta después de las siete. Como no había tenido aún noticias suyas, cogí el teléfono y lo llamé antes de marcharme. Me salió el contestador directamente. Entonces pasé de estar nerviosa a preocupada y le envié otro mensaje que no aparecía como «Entregado». Pasara lo que pasara, tenía el móvil apagado y no quería que contactaran con él. Me costó decidir qué hacer después.

¿Presentarme en su casa sin avisar? Estábamos saliendo; era normal que me preocupara por no haber tenido noticias suyas, ¿no?

Entonces pensé que, si hubiera querido saber de mí, ya habría hablado con él a estas horas. A diferencia de él, yo sí estaba donde tenía que estar y totalmente disponible a través de un mensaje, una llamada al móvil o al teléfono de la oficina y hasta por correo electrónico. Podía contactar conmigo si lo necesitaba.

A menos...

A menos que algo fuera mal.

«Ay, Dios». Algo no iba bien.

Entonces, ¿qué narices hacía en la oficina?

Corrí a toda velocidad hacia el metro, prácticamente me lancé al primero que pasó y me fui a la parte alta de la ciudad. Toqué el timbre, pero la casa de piedra rojiza de Chase estaba a oscuras. No había recogido el correo durante un día... o quizá dos. Sin saber qué hacer, después de un rato, me marché a casa a disgusto. Lo primero que haría a la mañana siguiente, si no tenía noticias suyas, sería ir a ver a Sam.

Me pasé toda la noche dando vueltas en la cama. Al final, me duché y me preparé, aunque tan solo fueran las cinco de la mañana. Puse el móvil a cargar y cuando abrí la conversación con Chase, me di cuenta de que él ya había leído los mensajes de anoche. Sin embargo, no recibí ninguna respuesta. Debía de haber puesto su móvil a cargar en algún sitio. ¿Quizá en casa?

Mis sentimientos parecían una montaña rusa. Como era natural, estaba en algún sitio en el que podía enchufar el móvil, así que ya me podría haber llamado para contarme que estaba bien. Sin embargo..., ¿y si no estaba bien? Quizá necesitase a alguien. Quizá ese alguien fuese yo.

Así que volví a la parte alta de la ciudad. El sol empezó
a salir justo cuando llegué a la parada de Chase. En esta
ocasión, cuando llegué a la casa, había una luz encendida y
el correo ya no sobresalía del buzón que estaba colgado
junto a la puerta.

Toqué el timbre y esperé ansiosa. Tras unos minutos,
se abrió la puerta. Respiré profundamente y esperé a que
Chase hablara.

Pero no lo hizo. Sin embargo, más me dolió que ni siquiera me abriera la puerta y me invitara a entrar. De hecho, salió a la escalera de la entrada. Mantuvo la distancia
entre nosotros, tenía la mirada perdida en algún lugar cercano, pero en ninguno en particular.

—¿Chase?

Di un paso adelante, pero me paré cuando lo olí. El alcohol emanaba de sus poros. Fue entonces cuando me per-
caté de que llevaba puestos los mismos pantalones de vestir y la misma camisa que la última vez que lo vi en la
oficina. Estaban arrugadísimos y hechos un desastre. Le
faltaba la corbata, pero era la misma ropa.

Ni me respondió ni me miró.

—¿Chase? ¿Qué pasa? ¿Estás bien?

El silencio era doloroso. Era como si alguien hubiera
fallecido y no pudiera decirlo en alto o aceptarlo.

«Dios. ¿Ha muerto alguien?».

—¿Está bien Anna? ¿Y el bebé?

Entonces cerró los ojos y dijo:

—Están bien.

—¿Qué pasa? ¿Dónde has estado?

—Necesitaba estar un tiempo a solas.

—¿Tiene esto algo que ver con la mujer que estaba en
tu despacho la otra tarde?

—No tiene nada que ver contigo.

—¿Entonces, con quién? —dije alzando la voz y con
un tono agudo que terminaba con un susurro—. No lo
entiendo.

Y entonces me miró por primera vez, por fin. Cuando se

encontraron nuestras miradas, vi muchas cosas en sus ojos: dolor, sufrimiento, tristeza, enfado. Suspiré. No tanto porque me diera miedo, sino porque podía sentir el dolor que estaba sufriendo. Se me encogió el pecho y se me formó un nudo en la garganta, por lo que me costaba tragar.

Aunque su lenguaje corporal era de todo menos afectuoso, me acerqué a él en busca de su consuelo. Se echó hacia atrás como si mi roce fuera a quemarlo.

—¿Chase?

Negó con la cabeza.

—Lo siento.

Fruncí el ceño, reacia a entender nada.

—¿Lo sientes? ¿El qué? ¿Qué está pasando?

—Estabas en lo cierto. Trabajamos juntos. No debería haber ocurrido nada entre nosotros.

Me sentía como si alguien me hubiera dado una bofetada con la palma bien abierta en la cara.

—¿Qué?

Volvió a bajar la vista hacia mí y me miró a los ojos; sin embargo, me sentí como si no me pudiese ver. ¿Por qué tenía la mirada tan perdida?

—¿Me estás vacilando? ¿Qué ocurre? No lo entiendo.

La expresión de Chase estaba en blanco y pasó a reflejar dolor. De repente, quería que sintiese y reflejara ese dolor en su rostro. Me sentía utilizada e insignificante. Avergonzada. Detestaba que me hiciera sentir de esa forma. Era él quien se tenía que avergonzar de haberse comportado así.

Agachó la cabeza, sin querer enfrentarse a mí, como un cobarde.

—Lo siento.

—¿Que lo sientes? Ni siquiera entiendo por qué te disculpas.

—No soy el hombre adecuado para ti.

Me acerqué, para obligarlo a mirarme.

—¿Sabes qué? Tienes razón. Porque el hombre adecuado para mí tendría al menos las narices de contarme la verdad. No tengo ni idea de lo que ha pasado, pero no me merezco esto.

Vi un destello de algo en sus ojos y, por un segundo, parecía que se iba a acercar a mí. Pero no lo hizo. Al contrario, se echó hacia atrás, como si necesitase distanciarse para evitar tocarme.

Empecé a girarme, ansiaba salir de allí para poder desaparecer con algo de dignidad, pero me volví.

—¿Sabes qué es lo peor? Has sido la primera persona que me ha hecho sentir segura desde que era niña.

30

Chase. Dos días antes

—*H*a venido a verte la inspectora Balsamo.

Cuando mi secretaria entró en el despacho tenía una expresión recelosa. Tenía una reunión a las once a la que llegaba tarde después de que el director de marketing me hubiera interrumpido por la mañana para decirme lo que pensaba sobre mi nueva relación.

Parecía que cada puñetero minuto que pasaba el día iba a mejor.

—¿Puedes llamar a I+D y decirles que tengo que posponer la reunión?

—¿Para dentro de un rato?

—No, déjala pendiente por ahora.

Asintió.

—¿Digo a la agente que pase?

—Espera cinco minutos y después hazla pasar.

Eché las cortinas electrónicas y abrí un mensaje de texto de Reese en el que me decía que cancelaba el almuerzo. ¿Podía empeorar más el día?

Quizá no debería haber retado a los poderes fácticos con esa pregunta.

Nora Balsamo era la inspectora principal del caso de Peyton. Tenía unos treinta y pocos, era delgada, guapa y rubia, con el pelo siempre recogido en una coleta. La primera vez que nos conocimos, pasé por encima de ella —literalmente por encima de su cabeza, vaya— y le pedí al comisario que nombrara a un agente más experimentado. No le di ni una oportunidad.

Esos primeros días no fueron los mejores de mi vida, la verdad. Al mirar atrás, reconozco ahora que quería que todos los que me rodeaban pagaran, sobre todo, la policía. Los culpaba por no haber hecho más por ayudar a Eddie. Quizá, si hubieran intervenido antes, todo habría cambiado. Sin embargo, hoy —y aunque el tema de Peyton nunca sería un asunto fácil del que hablar— me encontraba en una posición mejor y había aceptado que el pasado había conformado la persona que era ahora. Estaba casi seguro de que mi psicóloga estaría por ahí dando vueltas en su Range Rover por las horas dedicadas a que yo consiguiera aceptar mi situación.

Me levanté a saludar cuando la inspectora Balsamo entró y se dirigió hacia mi escritorio.

—Encantado de verte, inspectora.

Me sonrió.

—¿Sí? Pues me da que has estado evitándome durante las dos últimas semanas.

Había olvidado que le encantaba el sarcasmo.

Me reí entre dientes.

—Pues quizá sí. No dudo que seas una gran persona, así que no te lo tomes a mal, pero nunca tengo muchas ganas de verte.

Sonrió y yo le señalé un asiento cerca de las ventanas.

—¿Te apetece beber algo? ¿Una botella de agua?

—Estoy bien, gracias —dijo mientras se sentaba en el sofá—. ¿Cómo lo llevas?

—Bien, muy bien, la verdad.

Cogí la silla y me senté frente a ella. La sorprendí mirando por encima de mi hombro hacia la ventana. Era imposible olvidar la cara de Peyton pintada a gran escala en el edificio de enfrente. Volvió a mirarme sin preguntarme nada, al menos, de manera verbal. La mujer tenía una habilidad oculta para hacerme hablar más de lo que quería.

—Ahora estamos en proceso de planificar una nueva campaña de marketing —dije.

Asintió y se quedó mirándome pensativa. Seguramente era una paranoia mía, pero siempre me sentía como si la policía me estuviera observando.

—Entonces, ¿a qué se debe esta visita en persona, inspectora?

Respiró profundamente.

—Tengo noticias sobre la investigación de la señorita Morris.

Al principio, después de que mataran a Peyton, necesitaba hablar de su caso, tanto que solía aparecer en la comisaría para repasar todo lo que recordaba o para pedir una actualización. Después de empezar a beber mucho, las visitas a la comisaría se convirtieron en algo diario. Eran más bien las diatribas de una persona cabreada. No dormía, no comía, bebía alcohol con los Cheerios para desayunar y, a menudo, olvidaba añadir los cereales.

Un día, Balsamo se presentó en mi casa a las cinco de la mañana, esperando que no estuviera ebrio —o al menos eso dijo— y me pidió que dejara de ir a la comisaría.

No le hice caso durante mucho tiempo.

Cuando ya finalmente lo hice, prometió que, si alguna vez tenía noticias del caso de Peyton, se aseguraría de que yo fuera el primero en conocerlas. Esta mañana fue la primera vez que le oí decir esas palabras.

La inspectora se aclaró la garganta y dijo:

—Hace dos semanas, atacaron brutalmente a una mujer y la apuñalaron en el pecho. —Nos quedamos mirándonos fijamente—. Ocurrió en un asentamiento de vagabundos en la parte alta de la ciudad.

—¿En el mismo?

—No, en uno diferente. El distrito policial también es diferente. Por eso, los inspectores que se encargaron del caso no los relacionaron en un principio. La mujer estuvo inconsciente durante unos días, pero cuando despertó, averiguamos que era camarera. Resultaba que solía pararse por ese campamento improvisado después de su turno y llevaba las sobras diarias del restaurante en el que trabajaba. Hacía una obra de caridad.

—Como Peyton.

Asintió.

—Cuando nos lo contaron en la sesión informativa de la mañana, algo hizo que se me encendiera la bombilla. Pedí al forense que comparara las fotos de la herida del caso nuevo con las del archivo del caso de la señorita Morris.

—¿Había coincidencias?

—Sí. La hoja del cuchillo tenía una pequeña muesca, lo que dejaba una marca bastante distintiva.

—Entonces, ¿los mismos chavales siguen haciendo de las suyas? Han pasado ya siete años.

—Esa fue nuestra primera suposición: era la misma banda de chavales que llevábamos siete años buscando y que seguía sembrando el terror en los asentamientos de vagabundos, y alguien que pasaba por allí acabó pagándolo. No obstante, cuando hablamos con la víctima, averiguamos que no fue una panda de críos la que la atacó.

Esto era lo que tenía que contarme en persona, lo que era tan importante como para que tuviera que presentarse en mi despacho sin avisar. Sabía que era algo que yo quería oír, que necesitaba oír. La rabia que sentí durante tanto tiempo después de perder a Peyton acababa de volver y me ardía por las venas.

Me tembló la mano y apreté el puño para mantenerla firme.

—¿Quién fue?

Respiró profundamente y dijo:

—Siento tener que decirte esto, Chase, pero fue... Eddie.

Pasaron más de dos horas. Hice que la inspectora me lo contara una y otra vez. Caminaba de un lado a otro como si fuera un león enjaulado que trata de averiguar la forma de salir.

Hubiera sido más fácil imaginarse que un grupo de adolescentes drogadictos que estaban mal de la cabeza eran responsables de algo tan violento. El mundo era un lugar mucho más repugnante cuando el culpable era el vagabundo al que la gente había intentado ayudar durante años. No quería creer que fuera verdad.

—¿Dónde está? —quise saber.

—¿Quién? ¿Eddie? Está detenido.

—Quiero verlo.

—No es buena idea. Sabía que esto no sería fácil, pero esperaba que, finalmente, cerrar el caso y encerrar al asesino entre rejas el resto de su vida te ayudaría a pasar página.

Pero si ya había empezado a pasar página. Pero esto... esto era como si me hubieran robado la luz que acababa de empezar a ver después de pasar años vagando por un lugar oscuro.

Resoplé y después me empecé a reír como un loco.

—Pasar página... Ya lo estaba haciendo.

La agente se quedó boquiabierta.

—No... no lo sabía. Lo siento.

—¿Por qué? ¿Por qué quiso hacer daño a Peyton?

La inspectora tragó saliva y se miró los pies. Cuando levantó los ojos para encontrarse con los míos, bajó el tono.

—Estaba enamorado de ella. Supuestamente, cuando se enteró de que se había comprometido, se le fue la cabeza. No es estable.

—¿Está en condiciones de ir a juicio siquiera?

—Lo han evaluado dos psiquiatras y han confirmado que es capaz de distinguir el bien del mal. Tiene problemas mentales, pero podemos llevarlo a juicio.

—¿Ha confesado?

—Sí. No es una confesión perfecta... tenemos que enhebrar doce horas de interrogatorio con respuestas de una o dos palabras, pero debería valer.

—¿Y si no?

—Gracias al testimonio de la víctima, lo condenarán por agresión en primer grado o intento de asesinato de la camarera. En cuanto al caso de la señorita Morris, el fiscal del distrito dice que hay suficientes pruebas físicas para meterlo en la cárcel sin necesidad de confesión. Lo encontraron con la navaja e interrogamos a los trabajadores del refugio. Algunos recordaban haberlo visto utilizar ese cuchillo para cortar la comida. Por lo visto, se trataba de una reliquia: una edición militar rara hecha de madera de nogal.

«Nogal».

Me quedé helado.

—¿Tenía unas iniciales marcadas?

—Vaya, pues sí. ¿Cómo lo sabes?

No hice caso a la pregunta; quería una respuesta inmediatamente. El corazón me latía a mil por hora. Parecía que la caja torácica fuera a romperse y estallar de la presión.

La agente se quedó mirándome con el ceño fruncido. Tendría su explicación cuando yo tuviera mi respuesta. Necesitaba una respuesta.

—¿Qué iniciales aparecían? —pregunté.

Como seguramente notó mi urgencia, se llevó la mano al bolsillo y sacó su cuaderno de notas. Pasó las páginas durante un rato, mientras yo permanecía tranquilo. Parecía que tenía todos los músculos bloqueados.

Al final, se detuvo y señaló en el cuaderno.

—Las iniciales eran S. E.

31

Chase. Hace siete años

Veintisiete puntos en la cabeza. Peyton sostenía la mano de Eddie todo el tiempo, pero yo no podía estar a más de medio metro. Ella se las había apañado para acceder a su espacio personal, a esa zona «sin personas» que rodeaba a Eddie cual escudo invisible.

Siendo realistas, no me extrañaba. Era preciosa, delicada, dulce y seductora. ¿Qué persona en su sano juicio rechazaría su compañía?

El médico de urgencias que cosió la cabeza a Eddie me preguntó si podía hablar conmigo fuera de la habitación.

—Tiene una serie de cicatrices en la cara y en la cabeza —dijo mientras salía al pasillo—. Esta ha sido con una hoja. El trozo de piel dentado es de un filo con sierra, de un cuchillo de cocina, seguramente. Si el corte hubiera sido medio centímetro a la derecha, ahora no tendría ojo.

Volví a mirar hacia la habitación. El hombre tenía cicatrices de la frente a la barbilla. Tenía el ojo derecho cerrado por la hinchazón debido a los golpes que había recibido la noche anterior.

—Eddie no habla mucho —expliqué—, pero creemos que ha sido un grupo de adolescentes. Por lo visto es un juego. Ganan puntos por los daños que causan a los vagabundos.

—Lo he oído en las noticias. Me da miedo pensar en el

futuro de la sociedad. —El doctor negaba con la cabeza—. ¿Ha ido a la policía?

—Peyton lo ha intentado. Ha ido ella misma varias veces para presentar una denuncia en su nombre, pero parece que no les importa.

—¿Puede meterlo en un albergue?

—Solo va a comer. Allí fue donde lo conoció Peyton, que es voluntaria. Sin embargo, no se queda a dormir. En la cena, cuando las mesas están llenas, coge su comida y se sienta en la esquina, apartado de los demás. Las camas del albergue están muy juntas para él. No le gusta que la gente esté tan cerca.

—A este paso lo matarán. Tiene que protegerse, por lo menos. No tiene ninguna herida de defensa en las manos ni en los brazos.

—¿No se defiende?

—Eso parece. O es él el agresor o se acojona en una esquina mientras alguien le golpea en la cabeza una y otra vez.

—Él no es el agresor, se lo aseguro.

—Debería intentar convencerlo para que se defienda antes de que le rompan el cráneo.

Sentía pena por Eddie, en serio. Pero para ser sincero, no era esa la razón por la que fui al albergue la tarde siguiente. Fui por Peyton. Vale, y también por mí. Necesitaba que la situación mejorara.

Unos albañiles estaban tirando las paredes para agrandar el espacio de mi despacho nuevo, estábamos en plena sesión fotográfica en un estudio improvisado en el laboratorio de investigación y acababa de contratar a dos nuevos empleados aquella misma mañana. El interés que generaban mis nuevos productos tenía a la recepcionista ocupada todo el día. Así, hasta el cuello de trabajo, me disponía a hablar con un vagabundo sobre defensa propia.

Sabía que Peyton tenía una audición y que no estaría

en el albergue. Llegué poco antes de que empezara el servicio de cenas y esperé fuera, pues creía que así Eddie prestaría más atención a lo que tenía que decirle sin que nada lo distrajera. Puntual, apareció cojeando por la manzana.

—Hola, Eddie. ¿Podemos hablar un momento?

Me miró sin decir nada. Iba a ser una conversación muy rápida si solo hablaba uno.

—Venga, vamos a por algo de comer antes de que se llene, así podemos hablar.

Dejé que Eddie escogiera dónde quería sentarse. Sosteniendo mi bandeja, lo seguí a la esquina más lejana del comedor, tipo cafetería. No me senté justo enfrente de él porque no estaba seguro de si estaría cómodo con la cercanía.

Me senté en diagonal, aunque no había nadie a nuestro alrededor.

—Peyton está preocupada por ti —le dije.

Al parecer fue una buena forma de empezar. Eddie me miró a los ojos, algo que rara vez hacía. Cuando supe que tenía su atención, fui al grano.

—Se enfada cada vez que te hacen daño. ¿Cómo es que no te proteges, Eddie? No puedes dejar que esos niñatos te den una paliza y te hagan daño.

Empezó a comer. Por lo visto, mencionar a Peyton captaba su completa atención. Así que seguí.

—Peyton quiere que te protejas.

De nuevo, se centró en mis palabras.

—Quiere que te cubras la cabeza cuando te peguen o que te vayas cuando aparezcan. ¿Podrías hacer eso por ella, Eddie?

Me miró fijamente.

—¿Tienes algo para protegerte? Eres un hombre grande. ¿Un trozo de hierro? ¿Una tubería? ¿Algo que puedas guardar en tu bolsa para intentar asustarlos?

Sus palabras me pillaron por sorpresa.

—Cuchillo.

—Sí. —Asentí mirando sus cicatrices recientes—. Te dieron bien, ¿verdad?

—Cuchillo —repitió.

—Por eso mismo necesitas protegerte. El doctor ha dicho que ni siquiera te cubres con las manos, ni te proteges de un cuchillo.

—Cuchillo —volvió a decir.

Me di cuenta de que no me estaba contando lo que había pasado, sino que me estaba pidiendo ayuda.

—¿Quieres un cuchillo? ¿Te refieres a eso?

Me quedé atónito cuando puso la mano sobre la mesa, boca arriba.

—Cuchillo.

—No tengo ningún cuchillo para ti. —Le miré las manos. Estaban sucias y llenas de cicatrices. También le habían pegado en esa parte—. Espera. Pues parece que sí tengo uno.

Me saqué una navaja del bolsillo. La llevaba encima desde que tenía uso de razón. Era una navaja vieja del ejército sueco y tenía el mango de nogal. La compré en un rastrillo a los doce años. En el mango estaban grabadas las iniciales «S. E.», y tenía una pequeña grieta junto a la «E» que parecía una «X» del mismo tamaño que las iniciales. Era viejo, y la hoja estaba astillada. Básicamente la compré porque ponía SEX... Tenía doce años.

La había usado sobre todo para abrir botellas. Miré a Eddie y la navaja, dudoso. Algo me decía que ofrecérsela no era buena idea, pero era lo menos que podía hacer.

Se la puse en la mano y él la cerró en su puño.

—Ten cuidado. Úsala solo para protegerte, ¿de acuerdo, Eddie?

No llegó a contestarme.

32

Chase. Ahora (dos semanas después de Reese)

Me he convertido en Barney.

¿Os acordáis de él? ¿El hombre del bar que estaba tan borracho que no podía levantar la cabeza la mañana del funeral de Peyton? «Ese es Barney», dijo el camarero cuando le pregunté.

«Ese es Chase».

Yo, la única alma en el bar a las diez y cuarto de la mañana, estaba alargando el último trago de Jack Daniel's con Coca-Cola, un cubata para que se me pasara la resaca. El camarero estaba demasiado ocupado rellenando el barril para darse cuenta de que necesitaba otra ronda. El repartidor de Budweiser miró a su alrededor mientras el camarero firmaba la factura. Me miró fijamente, frunció el ceño y forzó una sonrisa triste.

«Sí, eso es, yo soy Barney. Vete a la mierda, tío».

Sobre las cuatro volvía a estar solo. Habían entrado, y salido casi a gatas, un par de parroquianos a lo largo del día, pero no era un lugar muy concurrido, lo que me parecía bien. Jack Daniel's era mi única compañía estas últimas semanas.

Carl, el camarero, trató de entablar una conversación después de volver tras la barra con una caja llena de vasos mojados. Durante las cuatro últimas semanas, mis respuestas habían sido escuetas. Pensé que había desistido ya.

—La gente que madruga no suele pagarme con un billete de cien dólares todos los días.

Secaba los vasos con un paño de cocina y los apilaba debajo de la barra.

—Mañana traeré la hucha de cerdito y pagaré con suelto para no destacar.

Me miró de reojo, de arriba abajo.

—Si quieres mi opinión, no te iría nada mal un afeitado y un corte de pelo, aunque la ropa está bien.

—Menos mal que cumplo con el código de etiqueta. —Miré al bar vacío—. Deberías pensar en deshacerte de esto. Podrías intentar crear un negocio de verdad. —Le di un trago a mi copa.

Carl sacudió la cabeza.

—¿Tienes trabajo?

—Tengo mi propia empresa.

—¿Qué eres, un pijo de los que trabaja en bolsa?

—No exactamente.

—¿Abogado?

—No. ¿Tienes mujer? —pregunté.

—Sí, Mildred. Es madurita, pero aún está de buen ver.

—Mi empresa fabrica cera indolora para mujeres, entre otras cosas. Mildred es más cliente mía que tuya.

—¿Cera? ¿Para qué? —Arrugó la frente.

—Pues para quitar el vello en las zonas donde las mujeres no quieren tenerlo: ingles, piernas… —Saqué un puñado de monedas del bolsillo y dejé unos cien dólares en la barra—. A algunas mujeres les gusta estar peladitas por ahí abajo, no sé si me entiendes.

—¿Me estás tomando el pelo?

No sé por qué, pero esa pregunta me recordó a Reese y a la noche que nos conocimos, cómo me siguió el juego con mis tonterías. De repente, no pude seguir más tiempo sentado en aquel taburete de bar.

—No. —Golpeé dos veces la barra—. ¿Mañana a la misma hora?

—Aquí estaré.

Y

En casa no tenía Coca-Cola, aunque igualmente cogí un vaso con la intención de llenarlo con Jack Daniel's. Luego pensé: «¿Para qué narices necesito un vaso si no lo voy a mezclar con nada?». Le di un trago a la botella y me dejé caer en el sofá.

El dolor que sentía en el pecho y que podía apagar en el bar volvió al mirar la guitarra de Peyton. Bebí otro poco y seguí mirando la guitarra un rato más.

Lo que llevó a otro trago. Quizá dos.

Cuando noté que ya no veía nada, cerré los ojos y apoyé la cabeza en el respaldo del sofá. Una imagen de Reese apareció entre la oscuridad. Estaba tan hermosa debajo de mí, sonriendo con esos iris tan grandes y azules. Abrí los ojos de nuevo y le di un gran trago a la botella mientras seguía sin quitarle el ojo a la guitarra.

Mientras tragaba, los párpados se me cerraban solos. Reese se inclinaba sobre el escritorio, mirándome a la vez que se mordía el labio, nerviosa, y esperaba que la follara.

Otro trago.

Al final debí de perder el conocimiento, porque me desperté con el torrente de luz del día que entraba por la ventana y el sonido incesante del timbre.

Lo único que hubiera sido peor que las dos mujeres que encontré delante de mi puerta a las seis de la mañana era que una de ellas pudiera ser mi madre.

Por un momento dudé, pero entonces oí a mi hermana Anna gritar:

—¡Te he visto mirar por encima de la puerta, idiota! ¡Abre!

Abrí el cerrojo de la puerta a regañadientes. Contemplé la posibilidad de impedir que entraran después de abrir la puerta, pero las dos pasaron por delante de mí.

—Pasad —gruñí sarcástico.

Sam tenía los brazos en jarras y Anna me dio una taza de café enorme.

—Toma, la vas a necesitar.

—¿Podemos hacerlo más tarde?

—No queríamos arriesgarnos a que acabaras siendo un borrachuzo. —Anna se inclinó, me olió y se tapó la nariz, movió las manos delante de la cara y añadió—: ¿Todavía estás borracho de anoche?

Negué con la cabeza, volví al salón y me dejé caer en el sofá. Notaba la cabeza a punto de estallar y lo último que necesitaba oír era lo que esas dos habían venido a decirme.

Me siguieron. Fue un gran error sentarme en el medio. Si me hubiera sentado en un extremo, al menos no estaría en mitad de un sándwich de estrógenos.

—Tienes que acabar ya con esta gilipollez —empezó Sam.

—Estás despedida.

—Tienes que ser jefe para despedirme. Y ahora mismo pareces más un niño pequeño.

—Vete a la mierda, Sam.

—No, vete a la mierda tú.

—Te hemos dado dos semanas. Se acabó —terció Anna.

—¿Cómo vais a hacer que deje de tomarme más días libres si quiero?

—Hemos hecho un horario. —Sam se cruzó de brazos.

—¿Para qué?

—Para cuidarte. Hasta que vuelvas al trabajo y te reincorpores al mundo de los vivos, una de nosotras te seguirá dondequiera que vayas.

—Necesito un analgésico. —Me levanté y fui a la cocina. Me sorprendió que mis dos sombras no me siguieran. Puesto que la cocina estaba vacía y no había ninguna mujer a la vista, bebí un par de vasos de agua e intenté ordenar mis ideas.

La paz duró poco. Se sentaron a la mesa y me miraron fijamente. Anna empezó con el sermón:

—Cuando murió Peyton, dejamos que las cosas fueran demasiado lejos. Has perdido unos años que no puedes recuperar actuando así. Te dimos dos semanas para que lloraras su pérdida otra vez, pero ya está. El tiempo se ha acabado.

—Soy un hombre adulto.

—Pues compórtate como tal.

—¿No tienes un bebé al que cuidar?

—Por lo visto, tengo dos. —Anna se levantó y vino hacia mí. Tenía los brazos cruzados, pero alcanzó a tocarme el hombro. Su voz era suave—: Han cogido al tipo. Eso es bueno. Sé que te sientes traicionado todo el tiempo al saber que fue un hombre en quien ella confiaba e intentaba ayudar, pero es el cierre que necesitabas, Chase. De verdad que lo es.

Ojalá tuviera razón. Si hubieran cogido a los adolescentes que todos pensábamos que habían sido, podría tener razón. Dios, incluso sabiendo que fue Eddie, podría haber sido duro, pero creo que podría haberlo aceptado con el tiempo.

Pero ¿saber que lo que le pasó a Peyton había sido culpa mía? ¿Que le había dado al asesino el cuchillo que usó para matar a mi prometida? Nunca lo superaría.

—Eso no es ningún cierre, Anna. No sabes de lo que hablas. Si lo supieras, me dejarías en paz.

—Pues, entonces, dime. Dime por qué estás de morros cuando creía que al fin eras feliz después de tanto tiempo.

Miré a mi hermana a los ojos. Vi su firme convicción. Solo había una forma de acabar con ella.

—¿De verdad quieres saberlo?

—Por supuesto que quiero. Por eso estoy aquí. Quiero ayudarte.

Me giré, abrí el armario donde guardo los licores y saqué la primera botella que alcancé. Cogí tres vasos de otro armario y señalé la mesa de la cocina con la barbilla.

—Sentaos.

Ocho horas después, llamé a un taxi para que llevara a casa a Anna y a Sam. Ninguna de las dos estaba en condiciones de coger el transporte público. Habíamos pasado el día llorando por Peyton una y otra vez, y después de contarles lo del cuchillo, creo que por fin entendieron por qué necesitaba más tiempo.

—Te quiero, hermanito. —Mi hermana me rodeó con los brazos por la cintura y me apretó.

—Yo también te quiero, plasta. —Le di un beso en la cabeza.

Sam esperó al principio de las escaleras mientras Anna se desprendía de mí. La última vez que nos abrazamos así fue antes del velatorio. Me aseguré de que se subieran al taxi y lo vi irse.

A pesar de haber estado bebiendo todo el día, no estaba borracho. Para variar, fui a la cocina dispuesto a seguir dándole a la bebida. Cuando sonó el timbre cinco minutos después, me sorprendió ver a Anna y a Sam otra vez en mi puerta.

—¿Qué se os ha olvidado?

Iban cogidas del brazo y no parecía que fueran a entrar.

—Nada —dijo Sam—. Solo queríamos recordarte que te queremos y que nos vemos mañana.

—¿Mañana?

—Lo que nos has contado es horrible, pero no cambia nada. No vamos a dejar que te aísles y te pongas ciego.

Tensé la mandíbula. Sabía que lo decían en serio, pero solo necesitaba más tiempo.

—No me hagáis esto.

—No —dijo Anna—, lo hacemos por ti, porque te queremos.

Las miré fijamente hasta que se despidieron y empezaron a bajar las escaleras. Sam se giró al tiempo que terminaba de bajar.

—Ah, el viernes es el último día de Reese. Lo ha dejado. Así que sea lo que sea lo que hayas jodido con eso, arréglalo.

33

Reese

$\mathcal{M}$iré fijamente la pantalla. Era la primera vez desde hacía más de dos semanas que había visto u oído algo de Chase, y había escogido precisamente mi último día en el trabajo para reaparecer.

«¿Puedes pasar por mi despacho a mediodía, por favor?».

Leía esa estúpida línea una y otra vez, cada vez más enfadada. Había empezado mi luto ridículo por la pérdida de Chase en cuanto me dejó. Por suerte para él, aún estaba en la segunda etapa: cabreada.

Hoy era mi último día. No tenía nada que perder, así que le escribí:

«Vete a la mierda».

Me hizo sentir mucho mejor. También me dio hambre. Cogí el bolso del cajón del escritorio, lo cerré de un golpe y me dirigí al despacho de Travis.

—¿Aún quieres llevarme a comer por ser mi último día?

—Joder, ya te digo.

—Lindsey también viene, que no es una cita.

Se incorporó.

—Es una pre-cita. Cuando veas lo encantador que soy fuera del despacho, aceptarás.

Quería invitar a Abbey, la secretaria de Chase, solo para tener una excusa para pavonearme delante del despacho del jefe, aunque sabía que ella no había ido a trabajar aquel día. Las persianas estaban abiertas. Me moría de ganas de echar un ojo al interior, pero no daría a Chase esa satisfacción. No estaba del todo segura de que estuviera allí, hasta que Travis y yo habíamos llegado al escritorio vacío de Abbey y la voz profunda del jefe me hizo parar en seco.

—Reese.

Cerré los ojos, temerosa de girarme, pero no quería montar ninguna escenita. No iba a rebajarme a ese nivel. Había vuelto a cometer el error de liarme con alguien del trabajo, pero al menos me iría con la cabeza bien alta delante de mis compañeros.

Reuní toda la profesionalidad que pude y le respondí:

—¿Sí?

Lo que me encontré derrumbó el muro que había construido alrededor de mi corazón. Chase tenía un aspecto terrible. Su piel morena estaba amarillenta, y su rostro, macilento. Tenía círculos oscuros alrededor de los ojos, y parecía... triste. Tuve que contenerme para no acercarme a él, puesto que mi reacción inmediata fue ofrecerle consuelo. Luego me acordé. ¿Dónde estaba él para consolarme las últimas semanas cuando estaba herida? Aun así, no era nada propio de mí hacer daño a alguien que estaba mal.

—¿Podemos hablar un momento? —Inclinó la cabeza hacia la puerta de su despacho.

Miré a Travis, que estaba de pie a mi lado, y de nuevo a Chase.

—Nos íbamos a comer. ¿Puede esperar hasta que vuelva?

—Claro —asintió, con aire desolado.

Nuestras miradas se entrelazaron durante unos segundos, pero me obligué a mirar a otro lado.

—¿Listo, Trav?

En la comida, el tema principal fue la vuelta del jefe.

—¿Habéis visto que Chase ha vuelto? Parece que le

haya pasado un tren por encima —empezó Lindsey con el cotilleo.

—Parece que está enfermo o algo —respondió Travis.

Le dije a Travis que Chase estaba bromeando cuando dijo que me había besado en la sala de descanso, que en realidad éramos viejos amigos. Pareció creérselo.

Hacía un par de semanas llegó un informe de la oficina diciendo que Chase estaría de viaje de negocios durante un tiempo. Quizá solo estuviera cansado del viaje, pero a mí me parecía que había algo más. Quizá estuviera enfermo. Ay, madre. Pensar eso me puso enferma a mí.

Durante el resto de la comida Travis y Lindsey hablaron de otras cosas, pero yo no pude divertirme: no podía sacarme de la cabeza la imagen de Chase. ¿Y si estaba enfermo? Tal vez había cortado para no hacerme daño. ¿Qué me había dicho exactamente?

«No soy el hombre adecuado para ti».

Era muy poco claro, muy frío. Pensándolo bien, lo que hizo que la ruptura fuera dolorosa fue la ambigüedad que había. Yo me había enamorado de Chase, pero él ni siquiera había tenido la consideración de explicarme qué había cambiado. Lo de que trabajábamos juntos era una mala excusa desde el principio. Desde luego, él nunca me la había aceptado.

Habían pasado más de dos semanas, pero el dolor del pecho había vuelto con más fuerza. Intenté olvidarme de él al volver al despacho tras el almuerzo, pero fue en vano. Sabiendo como soy y lo obsesiva que puedo llegar a ser, decidí que necesitaba ver a Chase una vez más antes de irme. Quizá obtuviera las respuestas que andaba buscando.

Al acercarme, vi que las persianas de su despacho estaban echadas. Al recordar lo que pasó la última vez que estuve dentro con las persianas echadas, para escondernos, sopesé la opción de darme la vuelta. Por desgracia, Chase salió y me sorprendió en el vestíbulo antes de poder cambiar de rumbo.

De nuevo, me quedé inmóvil.

Se quedó mirándome y parecía saber lo que estaba pensando.

—Por favor, serán solo unos minutos.

Me rendí y entré en su despacho después de él. Echó el pestillo al entrar.

—Creo que ya no es necesario echar el pestillo.

—No era por eso. Solo quiero algo de intimidad para que podamos hablar. Sam suele interrumpir. —Chase parecía tranquilo.

Me quedé en mitad del despacho, incómoda. Pensar en relajarme y ponerme cómoda me inquietaba. Chase se dirigió a la zona del sofá en vez de al escritorio. Cuando se dio la vuelta y me vio de pie en mitad de su gran despacho, me llamó:

—Reese.

—No digas mi nombre. —No sabía por qué, pero me fastidiaba. Seguramente porque me gustaba cómo sonaba cuando salía de su boca, y no quería que me gustara nada de él.

Se quedó mirándome.

—Está bien. ¿Podrías venir y sentarte un momento? No diré tu nombre.

Me senté a regañadientes. A riesgo de parecer infantil, me negué a mirarlo. Incluso cuando carraspeó, me miré las uñas, fingiendo gran interés en mi manicura.

—No quiero que te vayas. Eres buena en tu trabajo y estabas contenta aquí.

—«Estaba» es la palabra clave de la frase, sí. Fíjate en el tiempo verbal. Esa es la gran diferencia.

—No puedo deshacer lo que ha pasado entre nosotros. Ojalá pudiera para no herirte.

Sus palabras me cayeron como un jarro de agua fría. ¿Deseaba que lo nuestro no hubiera pasado?

—¡Vete a la mierda!

—¿Qué he dicho? Solo intentaba disculparme.

—No quiero que te disculpes, ni quiero escuchar que te arrepientes de haber estado conmigo.

—No quería decir eso.

—Lo que sea. —Moví la mano—. ¿Has terminado?

—Quería decir que me arrepiento de haberte hecho daño, no de lo nuestro.

—¿Has terminado?

—¿Quieres mirarme, por favor? Será un momento. —Suspiró.

Tenía tal enfado que lo fulminé con la mirada. Sin embargo, al ver cómo estaba, desistí a los cinco segundos.

—¿Estás enfermo? —Mis ojos y mi voz se suavizaron.

—No —susurró sacudiendo la cabeza.

—Entonces, ¿qué es? —Odiaba que mi voz sonara tan desesperada. No me gustaba volverme blanda con solo una mirada triste suya.

Me clavó la mirada durante un rato. En sus ojos había un torbellino de sentimientos: mucho dolor y sufrimiento. Aun así, habría jurado que había algo más... lo mismo que yo sentía por él en mis entrañas. Aquel hombre seguía teniendo mi corazón, aunque estuviera en sus manos, hecho pedazos.

Cuanto más me observaba, más veía dentro de él y más crecía dentro de mí. Era la esperanza. La había abandonado, pero había encontrado el camino de vuelta.

—Cuéntamelo, Chase. Dime qué pasa.

Esperanza. Es un sentimiento maravilloso. Crece dentro de ti como una vid y envuelve el corazón para mantenerlo cálido. Hasta que alguien lo pisotea. Entonces la vid se agarra hasta que el corazón ya no puede bombear sangre y muere rápidamente.

Chase apartó la vista y dijo:

—No soy el hombre adecuado para ti. —Se levantó de repente y su voz se volvió fría y distante—. Pero deberías quedarte. Sé que tu trabajo significa mucho para ti.

Iba a empezar a llorar y sentí cómo me quemaban las lágrimas al contenerlas. Tenía que salir de allí.

—Que te den mucho por culo. —Al salir, di un portazo que hizo temblar las paredes.

Υ

No me fue difícil empaquetar mis cosas en un despacho en el que había estado menos de dos meses. Todos los objetos personales me cabían en el bolso. Di una vuelta para despedirme de las personas que se habían convertido en amigos. Le dije a todo el mundo que me había surgido una oportunidad que no podía dejar escapar. Josh preguntaba mucho y le dije que iba a montar mi propio negocio con una antigua compañera de trabajo. Era más fácil decir eso que explicar por qué me iba si no tenía otro trabajo asegurado.

Estaba a punto de llegar a la puerta del vestíbulo cuando Sam me llamó:

—Reese, ¿puedes venir un momento?

—Eh... claro.

Me hizo señas para que pasara a la sala de reuniones y cerró la puerta.

—Tengo muchos contactos. Si hay algo que pueda hacer por ti para que encuentres otra cosa...

No le había dicho nada distinto a los demás, pero parecía saber que no me marchaba para empezar mi propio negocio. Supuse que Chase le había dicho algo.

—Gracias.

Dudó un instante, pero me miró a los ojos.

—Se preocupa por ti; lo sé.

—Pues tiene una forma muy rara de demostrarlo.

—Lo sé, pero ahora está dolido.

—¿Por qué?

—No me corresponde decírtelo, pero creo que tenías que saberlo. Al estar contigo lo he visto ser feliz por primera vez desde hace años. Albergaba la esperanza...

«Yo también».

—Eres una buena amiga para Chase —le dije—, lo sé. Y me alegro de que él pueda contar contigo ahora que está mal. Pero si no puede compartir su dolor conmigo, no puedo quedarme.

Sam asintió, comprensiva. Me atrajo hacia sí para darme un abrazo.

—Lo digo en serio, si necesitas cualquier cosa, tienes mi número.

—Gracias, Sam. —Tragué saliva—. Cuida de Chase.

34

Reese

Por fin tenía una cita.

Al menos pensaba que mi hermano era guapo. Después de una semana compadeciéndome por mis errores tontos con los hombres, decidí aceptar la invitación de un hombre en quien confiaba plenamente.

Cenamos en el Village y fuimos en metro hasta mi parada. Aunque le dije que no hacía falta que me acompañara a casa, él siempre insistía.

Justo cuando salíamos del metro, vibró el teléfono, que llevaba en el bolso. Había cinco llamadas perdidas, todas de un número de otro estado que no reconocía. Pensando que era de alguna centralita, no hice ni caso. Hasta que volvió a llamar cuando doblábamos la esquina de mi bloque.

Me empezó a latir el corazón con fuerza cuando el interlocutor me dijo que llamaba de mi empresa de seguridad, que había saltado la alarma en el piso. Entonces fue cuando reparé en el coche patrulla aparcado en la calle. La empresa de seguridad me puso en espera y habló con la policía, que dijo que los agentes habían subido y que estaba todo en orden.

Al salir del ascensor vi que dos agentes hablaban con mi vecino en el pasillo.

Se volvieron hacia mí.

—¿Señorita Annesley?

—Sí.

—Soy el agente Caruso y él, el agente Henner. Hemos respondido a la llamada de su empresa de seguridad, ya que no han podido localizarla para comprobar que todo estuviera bien.

—¿Qué ha pasado?

—Parece una falsa alarma. Se fue la luz en el edificio durante unos minutos y la sobrecarga que hubo al encenderse el generador secundario puede haber mandado una señal falsa. No es infrecuente. Su piso sigue cerrado con llave y no hay indicios de allanamiento.

Noté cómo Owen se ponía tenso cuando el policía mencionó el allanamiento. Me rodeaba los hombros con el brazo y me atrajo hacia sí.

Me volví hacia él.

—¿Lo has entendido?

El agente frunció el ceño.

—Mi hermano es sordo —expliqué—. Le leía los labios.

El agente Caruso asintió.

—Si le parece bien, echaremos un vistazo al interior para asegurarnos de que todo esté bien.

No sospechaba siquiera lo bien que me parecía su sugerencia. Me cogió las llaves y nos dijo que esperáramos fuera mientras inspeccionaban el piso. A los pocos minutos, abrieron la puerta.

—Todo bien por aquí dentro. Como decíamos antes, no es infrecuente que una subida de tensión pueda hacer saltar las alarmas. Solo tenemos que hacer un informe, nos lo firma y nos vamos.

—Gracias.

Una vez dentro, aunque los agentes lo habían inspeccionado todo, aún tenía que hacer mi comprobación rutinaria. Mientras rellenaban el informe en la cocina, aproveché para hacerlo con discreción. Se me daba bien esconderlo, lo había ocultado a todas las citas que me había traído a casa. Salvo a Chase.

Me quité los zapatos como excusa para abrir el armario del recibidor y luego me encerré en el baño y abrí el grifo para que no me oyeran descorrer la cortina de la ducha. Al ver que estaba todo bien en el dormitorio, volví al salón justo cuando Owen abría la puerta de la entrada.

Chase estaba en el pasillo, apoyado en una pared; el pecho le subía y bajaba pesadamente. Miró a Owen y luego me vio a mí detrás.

—Chase. ¿Qué haces aquí? —pregunté.

—¿Va todo bien? —Le faltaba el aire.

—Sí. ¿Por qué? ¿Qué pasa?

—Ha llamado la empresa de seguridad. No podían localizarte y me tienen apuntado como contacto secundario. Les dije que llamaran a la policía y he venido todo lo rápido que he podido. ¿Seguro que todo va bien?

Abrí la puerta para que pudiera ver a los agentes en la cocina.

—La policía lo ha inspeccionado todo y cree que se ha debido a una sobrecarga. El edificio es antiguo y de vez en cuando se va la luz. Hay un generador de emergencia, pero tarda en encenderse y, al parecer, puede provocar sobrecargas y disparar las alarmas.

—¿Quieres que lo vuelva a mirar todo?

Esbocé una sonrisa para tranquilizarlo, aunque yo no me sentía muy segura en ese momento. Su mera presencia me aceleraba el ritmo cardíaco.

—Estoy bien.

Chase miró a Owen y luego otra vez a mí. Apretaba la mandíbula.

—Si me necesitas, llámame.

Que se quedara con la duda, le estaba bien empleado; así que no le mencioné que ese hombre era mi hermano.

Me limité a decirle:

—Estaremos bien, pero gracias por venir. Ha sido un detalle.

Y tal como vino se fue.

Después de que se fueran Owen y la policía, me pasé la

noche dando vueltas en la cama, tratando de averiguar qué significaba la presencia de Chase. No era nada. Seguro que, al estar como contacto en la empresa de seguridad, se había sentido obligado. Lo hubiera hecho por cualquiera, seguro. Aun así... había mirado a Owen con celos.

Quería una explicación.

No consideré que se la mereciera.

Como no dejaba de darle vueltas al asunto y no podía dormir, decidí levantarme de la cama. Hacía semanas que no iba al gimnasio y ya empezaba a amanecer de todos modos.

Me tomé un café, me hice una coleta, me puse unos pantalones de yoga y una camiseta corta. Cogí una chaqueta de algodón del armario del recibidor antes de salir.

Le eché un vistazo rápido a la calle antes de salir del edificio. Lo de la noche anterior me había sensibilizado bastante sobre lo que me rodeaba. De no haber sido así, no lo hubiera visto. No lo hubiera visto... a él.

Sentado en las escaleras de tres edificios a la izquierda, en la calle de enfrente, estaba ni más ni menos que Chase Parker.

Giró la cabeza cuando se dio cuenta de que lo había visto, pero hubiera reconocido esa cara en cualquier lugar; en cuanto empecé a acercarme, se levantó. Hacía frío, por lo que me ceñí la chaqueta al cruzar la calle.

—Chase, ¿qué haces aquí?

—Quería asegurarme de que estabas bien. No esperaba que salieras tan temprano.

La ropa que llevaba puesta me sonaba, estaba confundida.

—¿Llevas... llevas aquí desde anoche?

La expresión de su rostro lo dijo todo.

—¿Por qué?

—Imaginaba que estarías inquieta y quería cerciorarme de que no necesitaras nada.

Mi primer instinto fue soltarle un «Estoy bien», pero

no se equivocaba y, por mucho que lo odiara por cómo habían terminado las cosas, era un buen gesto, muy considerado por su parte.

Me callé el comentario sarcástico y, en su lugar, dije:

—Gracias.

Él asintió y bajó la vista a mi vientre desnudo bajo la chaqueta. Fue una mirada rápida, pero lo pillé y él supo que lo había sorprendido mirándome.

—Tu cita se fue justo después de que se marcharan los polis.

—¿Eso hacías? ¿Espiarme? Porque no tienes ningún derecho a…

—No, no era eso. No quería que estuvieras sola. Quería estar cerca por si necesitabas a alguien.

Entrecerré los ojos y vi sinceridad en su mirada.

—Bueno, pues gracias otra vez.

Aunque quería quedarme, decirle que no quería estar sola y que quería que estuviera conmigo, sabía que tenía que irme. Me miré los pies, tratando de encontrar algún motivo para quedarme. Hice un último intento.

—¿Por qué no eres el hombre adecuado para mí?

Se me quedó mirando e hizo lo que hacía cada vez que quería sacarle la verdad: apartó la vista.

—Que pases un buen día, Chase. —Sonreí y me fui. Una vez más.

Esa noche estaba cansada, pero aún me costaba dormir. Con esa ansiedad no podía estarme quieta y hasta ahuyenté a *Tallulah* de la cama y tuvo que buscarse otro sitio donde dormir. En algún momento, alrededor de las dos de la mañana, fui a prepararme una manzanilla y encontré a *Gatita fea* acurrucada en el alféizar de la ventana de la cocina. La cogí y empecé a acariciarla mientras miraba a la calle. Casi se me cayó cuando lo vi. En el mismo sitio. No estaba allí cuando vine a casa después de hacer la compra. ¿Qué narices estaba haciendo?

Apagué la luz de la cocina y fui a por el móvil. Escribí el mensaje a oscuras y esperé a ver si respondía.

REESE: ¿Qué haces ahí afuera?

Chase se metió la mano en el bolsillo y sacó el móvil. Levantó la vista, hacia la ventana, y me eché a un lado de un brinco, conteniendo la respiración como si eso evitara que me viera. Me incliné lo suficiente para poder espiar con un ojo. Al cabo de un rato, agachó la cabeza y, cuando miré el móvil, vi los puntos suspensivos en la pantalla.

CHASE: Solo vigilo la calle.

¿Por qué le importa? Una noche después de la llamada de la empresa de seguridad y conociendo mis miedos, podía entenderlo. Pero ¿otra vez? No tenía ni pies ni cabeza.

REESE: ¿Por qué?

Vi como levantaba la vista y miraba la ventana un buen rato antes de volver a fijarse en el móvil.

CHASE: Ve a dormir, anda. Estaré aquí hasta que amanezca.

Volví al dormitorio con mi gatita fea y me metí entre las sábanas. Pasado un minuto, encendí la luz de nuevo y cogí el móvil.

REESE: ¿Por qué no eres el hombre adecuado para mí?

Al cabo de un momento sonó el teléfono.

CHASE: Buenas noches, Cacahuete.

Dormí a pierna suelta después de eso. Abrí los ojos pasadas las ocho de la mañana. Lo primero que hice fue acercarme a la ventana. Noté un vacío en el pecho cuando vi que no había nadie en las escaleras de la calle de enfrente.

Sin embargo, no tuve que esperar mucho hasta que reapareció mi guardaespaldas. Estaba allí la noche siguiente, cuando se puso el sol. Y la noche de después, y la otra, y otra noche más.

Cada noche nos mandábamos un par de mensajes. Cada día que pasaba las conversaciones se volvían más amistosas, pero siempre terminaban igual... yo le preguntaba por qué no era el hombre adecuado para mí. Y él no me respondía.

Al cabo de una semana, decidí que necesitaba respuestas. Si no me las iba a dar él, las conseguiría por otro lado.

35

Reese

Me miró con esos ojitos color chocolate que me derretían y me partían el corazón al mismo tiempo. Sawyer era clavadito a su tío. Bueno, técnicamente, se parecía a su madre, claro. Pero su madre era la viva imagen de su hermano. Huelga decir que los tres tenían la suerte de compartir buenos genes.

—Es una preciosidad, Anna.

Cogió al pequeño Sawyer y lo colocó bien para darle el biberón.

—Es igual que Chase. Esperemos que herede su cerebro y no su actitud.

Habíamos quedado en un pequeño restaurante griego muy cerca del piso de Anna y Evan. Debían de ser clientes habituales porque el dueño cogió a Sawyer en brazos en cuanto entró y lo colmó de besos. Y luego nos trajo media docena de platos sin haber pedido nada aún.

Me debatí entre hablar con Sam o con Anna, pero al final me decanté por Anna. Sam era una tumba en lo que se refería a Chase. Entre que trabajaba para él y que había sido la mejor amiga de Peyton, su lealtad hacia él era incuestionable. Eso no quiere decir que Anna no le fuera leal, evidentemente. Sin embargo, tenía la sensación de que haría lo que creyera mejor para él, pasara lo que pasara... aunque significara contar una historia que él no querría que se contara.

—Espero que no te importe que haya buscado tu número.

—¿Si me importa? Quiero con locura a este chiquitín, pero empiezo a hablar de forma infantil hasta a los adultos. Agradezco tener una excusa para salir más de casa, cambiarme el pijama y lavarme el pelo antes de las ocho de la tarde.

Estuvimos hablando de esto y de aquello un rato: el bebé, nuestros planes para el otoño y hasta de los productos en los que trabajaba Industrias Parker. Pensaba que tendría que sacar el tema y sería algo incómodo, pero Anna se me adelantó.

—¿Puedo preguntarte algo personal? —dijo ella.

—Por supuesto.

—¿Te hizo algo mi hermano para enfadarte? ¿Por eso ya no estáis juntos?

—Pues en realidad, sí.

—Me lo imaginaba. ¿Qué hizo ese idiota?

—Cortó conmigo —contesté, seria.

Ella parecía asombrada de verdad.

—¿Por qué?

—Pues ni idea. En parte por eso quería hablar contigo. Me dejó y aun así se pasa las noches haciendo guardia frente a mi casa.

Anna frunció el ceño.

—Pero ¿qué hace?

Le conté toda la historia, aunque —así, explicada en alto por primera vez— era como si le faltaran cosas. Y eso me convenció de que las cosas que faltaban eran importantes.

Cuando terminé, el bebé se había quedado frito y Anna lo dejó con cuidado en el cochecito. Me sorprendió ver que lloraba cuando se recostó en la silla.

—Ahora encaja todo.

—¿El qué?

Las lágrimas le resbalaban por las mejillas y le ensuciaban la cara.

—Siente que le falló a Peyton, que no pudo mantenerla a salvo, y ahora le preocupa tu seguridad. No se siente digno, pero no puede pasarlo por alto.

Las compuertas se abrieron entonces. Anna me contó todo lo que yo desconocía, desde lo de la inspectora Balsamo a la navaja de nogal de Chase, pasando por Eddie. Cuando terminó, las dos estábamos llorando a moco tendido. Se me partía el corazón por Chase. Si ya era un palo perder a alguien a quien amaba, descubrir que había sido su navaja —una navaja que él mismo le dio al hombre que la mató— lo había hecho sentir culpable de la muerte de Peyton. Como si no la hubiera protegido. Pobre.

Anna y yo volvimos a su apartamento cogidas del brazo y empujando el carrito.

—¿Quieres entrar y nos tomamos una copita de vino? —preguntó Anna.

—Me encantaría, pero mejor otro día, ¿de acuerdo?

Ella asintió.

—Te tomo la palabra.

—No hará falta. Te tendré informada de todo lo que suceda.

Nos abrazamos como si fuéramos viejas amigas que hacía una eternidad que no se veían.

—¿Qué vas a hacer? —quiso saber.

—Pues no lo sé. Ahora mismo tengo que darle unas vueltas a todo esto. Hay mucho que asimilar.

—Ya, te entiendo.

—¿Podrías… hacerme un favor? Cuando hables con tu hermano, no le digas que me lo has contado. Sigo albergando la esperanza de que me lo cuente él mismo. Creo que he enfocado mal lo de hacer que se abra.

—Claro. Espero que arregléis las cosas, de corazón.

—Gracias, Anna. Por todo.

Me fui, entendiendo por fin por qué Chase pensaba que no era el hombre adecuado para mí. Ahora tenía que lograr que comprendiera que sí lo era.

Y

Chase llegó a las nueve de la noche. Me pregunté si iba a trabajar. Se pasaba las noches vigilando mi edificio. No creía que pudiera trabajar durante todo el día.

Lo dejé allí fuera una hora mientras preparaba las cosas y entonces bajé sin previo aviso.

Cuando me acerqué, se levantó.

—¿Todo bien?

—No estaba pasando una buena noche. ¿Te importa si te hago compañía un rato? —Le enseñé el plato que había bajado—. He hecho galletas.

Él me escudriñó; no sabía qué me proponía. Al ver que mis intenciones eran sinceras, que estaba pasando mala noche, asintió.

—Claro.

La conversación fue algo lenta al principio; no sabíamos qué decir. Le pregunté sobre el trabajo y él sobre mis perspectivas laborales. Respondí vagamente que estaba barajando varias opciones y, al final, conduje el tema a lo que había ido a decirle. Se hizo un silencio, inspiré hondo y exhalé de forma audible.

—No estoy segura de haber cerrado con llave.

—¿Hoy?

Negué con la cabeza.

—No. Cuando allanaron nuestra casa. La llave estaba en una cinta larga roja que me gustaba llevar al cuello. Fui la última en salir y tenía que echar la llave, pero no recuerdo si lo hice. Por eso siempre lo confirmo tres veces antes de salir.

—Eras pequeña.

—Lo sé. Y en el barrio hubo un montón de robos las semanas anteriores al nuestro. En algunos casos no había señal de que hubieran forzado la cerradura. En otros casos, habían roto puertas y ventanas. Hubiera dado lo mismo. Estarían dentro todavía. La policía dijo que, si querían entrar, lo habrían hecho de un modo u otro. —Me encogí de hombros—. Pero hoy intentaba recordar si había cerrado con llave o no. Solía pensar en aquella noche constantemente para acordarme.

Chase me rodeó los hombros con el brazo y me dio un apretón cariñoso.

—¿Qué puedo hacer?

—Nada. Hablando contigo ya me siento mejor.

Me apretó un poco más fuerte.

—Baja siempre que quieras. Estoy aquí entre la puesta y la salida del sol.

Oía humor en su voz y me di la vuelta, esperando ver una sonrisa. La echaba de menos. Durante un segundo, por la forma de mirarme, vi que lo que sentía por mí seguía intacto. Lo había enterrado tan al fondo que solo veía atisbos antes de que volviera a desaparecer.

Imaginé que había ido demasiado lejos y me levanté para marcharme.

—Me voy a la cama. Gracias por escucharme, Chase.

—De nada.

—Te dejo el plato. A los polis les gustan los donuts, lo menos que podía hacer era hacerle unas galletitas a mi guardaespaldas.

Me alejé y luego volví a girarme. Me gustó tanto ver cómo le brillaban los ojos al verme el trasero que casi se me olvidó lo que quería decirle.

—¿Por qué no eres el hombre adecuado para mí, Chase?

Algún día conseguiría que me lo dijera. Pero hoy no era ese día.

Seguimos así una semana entera. Yo le bajaba algo de comer y nos pasábamos un par de horas charlando en las escaleras de algún edificio de la calle de enfrente. Cada mañana al levantarme, encontraba el plato vacío frente a la puerta de mi piso.

Aunque me venía genial para dormir —nunca había

dormido tan bien, sabiendo que alguien me vigilaba cual halcón—, empezaba a pensar que nunca volvería a subir a casa. A Chase parecía bastarle con nuestra amistad. A mí no mucho, así que decidí forzar un poco las cosas.

Esa noche había niebla y le había hecho *cupcakes*. Salí a ofrecerle el tentempié de cada día. Llevaba una cazadora con capucha, y la locura de que estuviera allí fuera bajo las primeras gotas de lluvia me brindó la oportunidad perfecta.

Abrí mi enorme paraguas y lo sostuve sobre los dos mientras me sentaba a su lado.

—Hola.

—Qué noche más fea hace hoy —comenté.

—Bueno, al final tenía que pasar. Llevamos varias semanas con muy buen tiempo.

De pronto una brisa inesperadamente cálida me trajo el olor de su colonia y me recordó nuestras noches juntos. El pecho le brillaba por el sudor, y el perfume que se había puesto por la mañana salía a la superficie. Quería acercarme e inspirar hondo, pero no podía. Era muy frustrante.

Se me acabó la paciencia y mi invitación salió distinta a como la había previsto.

—Entra —le solté—. No te pases la noche aquí sentado.

Al parecer, mi sugerencia lo cogió por sorpresa. Se me quedó mirando. ¿Tan ciego estaba? ¿Acaso pensaba que podíamos pasarnos la vida así, él en la calle de enfrente y yo llevándole comida?

Como no respondió, se lo repetí:

—Entra. Esto es una estupidez. Llueve y tengo un piso seco y acogedor ahí mismo. Puedes hacer guardia desde el sofá, si te apetece. Entra.

La cara amable que me recibía cada noche se transformó y en su lugar adoptó la misma expresión fría y distante que usó para dejarme. Sabía lo que sucedería a continuación y no pensaba aceptarlo.

—Creo que no es buena idea, Reese.

Me incorporé.

—Pues yo sí.

—Las cosas entre los dos están bien así. No quiero darte una idea equivocada.

¿No se creería esa gilipollez de verdad, no?

—¿Que las cosas están bien así? ¿Qué somos, Chase? Apretó la mandíbula.

—Amigos.

Vi que se cerraba en banda, pero me dio igual. Tenía los sentimientos a flor de piel últimamente y necesitaba una válvula de escape. Y esta noche, esa válvula tenía que ser Chase.

—¡No quiero que seamos amigos! —grité—. Nunca hemos sido amigos.

No había salido pensando en darle un ultimátum, pero así fue. Y ya era hora.

—No puedo darte más, Reese. Ya te lo dije.

—Puede, pero tus palabras y tus actos se contradicen, y a mí me han enseñado siempre a creerme lo que la gente me demuestra, no lo que me dice.

Chase se pasó una mano por el pelo mojado.

—Quieres algo que no puedo darte.

—Tú eres lo que quiero. Nada más. No necesito a nadie que custodie la entrada de mi apartamento y sea mi amigo. Quiero a alguien que esté conmigo.

—No puedo.

—¿No puedes o no quieres?

—¿Hay alguna diferencia? Los dos dan el mismo resultado.

—¿Y qué quieres? ¿Esto? ¿Te vas a quedar aquí sentado una noche tras otra? ¿Qué pasará cuando empiece a venir con hombres a los que quiera tirarme? —Percibí la rabia en su mirada y pensé que con eso podría convencerlo—. ¿Cómo va a ir el tema, entonces? ¿Le estrecharás la mano y le preguntarás a qué hora terminará para que puedas tomarte un descanso en la guardia?

—Para ya, Reese.

Estaba frustradísima por no poder hacerlo entrar en razón.

—¿Sabes qué? Que ya paro. Estoy harta. Si no me quieres, perfecto, pero luego no digas que no te avisé. Como sigas mucho tiempo más rondando por aquí, me traeré a algún hombre. —Me incliné hacia él y rematé la jugada—: Dejaré la ventana abierta para que nos oigas.

36

Chase

*H*asta los acosadores son víctimas de la rutina.

Cuando Reese salía del piso por las mañanas, aprovechaba para ir a correr. Eran unos seis kilómetros hasta mi casa y solía ir corriendo, motivado por la frustración de verla marchar.

Los tentempiés nocturnos habían terminado hacía una semana. Ya ni siquiera miraba en mi dirección. Supongo que debería darme con un canto en los dientes porque me hiciera el vacío y nada más. Últimamente no había hecho más que pensar en su amenaza. ¿Qué narices haría si la viera entrar con otro hombre y él no saliera después? Pensar en eso me hizo correr más deprisa.

¿Cuánto tiempo pasaría hasta entonces?

Mierda.

No sería dentro de mucho.

Aunque solía hacer la misma ruta por la ciudad, ese día no. No fue una elección consciente; los pies me llevaron solos mientras mi mente andaba preocupada pensando en Reese.

Cuando llegué a la avenida Ámsterdam, me di cuenta de lo lejos de casa que estaba. Y dónde me había llevado mi subconsciente. Little East Open Kitchen: el albergue donde Peyton había trabajado de voluntaria. Donde Eddie iba a comer cada día.

No me había acercado a esta manzana desde hacía casi siete años.

Me quedé mirando por la ventana un buen rato y me fijé en el lugar donde solíamos encontrar a Eddie comiendo. El sitio había envejecido, pero no había cambiado gran cosa.

Se me revolvía el estómago. Me cabreaba y me hacía sentir la misma impotencia que cuando recibí esa última llamada de Peyton. Me sentía débil e impotente. Me hacía sentir como una víctima.

Aun así, entré sin saber bien qué buscaba. Era temprano y estaba prácticamente vacío. Solo había una pareja y sus dos hijos desayunando. Algunos voluntarios se afanaban en sacar bandejas metálicas llenas de comida para irlas colocando en su sitio.

Miré alrededor; no tenía ni idea de qué hacía allí dentro. Entonces me fijé en los cuadros de la pared. Cuando hace unos años redecoraron el interior, cada voluntario donó un póster con una frase inspiradora. Peyton no llegó a enseñarme la suya. Recorrí la sala leyendo algunas.

«No hace falta que subas toda la escalera. Solo atrévete a subir el primer escalón».

«Tienes dos manos: una para ayudarte a ti y otra para ayudar a los demás».

La siguiente me hizo pensar: «Si no cambias de dirección, puede que termines donde te diriges».

¿Adónde me dirigía yo? Por suerte ya no me pasaba el día sentado a la barra de un bar. En lugar de eso, me pasaba la noche frente al piso de una mujer. Tenía una empresa de éxito que desde hacía semanas no pisaba y había perdido a una mujer que era lo mejor que me había pasado en años. Tal vez «perdido» no era la palabra adecuada. Por desgracia, la más indicada era «renunciado».

Mi rabia iba de la mano del arrepentimiento. Detestaba sentirme tan indigno de todo lo que tenía, y eso por sabotear lo que significaba más para mí. Pero no sabía cómo cambiar lo que sentía. Buenos o malos, esos sentimientos eran auténticos.

—Siempre me fijo en ese al entrar cada mañana

—me dijo Nelson, el director del albergue, al tiempo que me daba una palmada en la espalda y se colocaba a mi lado—. ¿Cómo va, Chase?

—Pues aguantando. —«Pendiendo de un hilo, vaya»—. ¿Y tú?

—Bien, bien. Lo siento mucho, tío. Vaya mierda eso de que la poli descubriera que fue Eddie, después de todo este tiempo.

Me puse tenso, pero me limité a asentir.

—Por desgracia, muchos de nuestros parroquianos tienen problemas mentales. —Señaló con la barbilla a la familia que terminaba de desayunar—. Las familias que lo están pasando mal porque un miembro ha perdido el empleo son una pequeña parte del servicio. Cada día vemos a más gente que debería recibir tratamiento psiquiátrico. Pero, aun cuando lo reciben, los despachan a los pocos días de observación porque el seguro no quiere pagarles más sesiones o porque ni siquiera tienen seguro.

—¿Cómo se van a sentir a salvo aquí?

—Aquí es donde más a salvo están. Es cuando salen de estas paredes que no saben gestionar todo lo que se les pasa por la cabeza. Cada semana perdemos una decena de cuchillos y tenedores. Me pregunto qué hacen con ellos en la calle.

Me lo quedé mirando. No tenía forma de saber que el cuchillo que usó Eddie era mío. La inspectora Balsamo vino a verme después de interrogar a los trabajadores del refugio. Además, si de algo estaba convencido era de que no les daría detalles que no fueran necesarios.

—¡Nelson! —gritó un hombre desde la cocina.

—Voy a terminar de preparar los desayunos. Me alegro de verte, Chase. Déjate ver más por aquí.

Me dio otra palmada en la espalda y se alejó. Al poco, se dio la vuelta y me dijo:

—Por allí detrás tengo una foto enmarcada de Peyton. Creo que la colgaré al lado de su frase.

Levantó la barbilla en dirección al cartel que tenía delante. La de Peyton era la última frase de la pared, la única que aún no había leído: «No te obceques en lo que podría ser, céntrate en lo que es».

Aquella misma tarde, me sentí como un intruso en mi propia empresa, como si tuviera que haber llamado antes para decir a todo el mundo que iba a ir, aunque la empresa era mía y no tenía que dar explicaciones a nadie. Al principio, no se atrevían a acercarse, lo que me fue bien porque no me apetecía charlar con nadie.

Tardaría una semana en contestar el montón de mensajes y correos que encontré. Dejé las persianas echadas a propósito para pasar todo lo desapercibido que pudiera mientras trabajaba, pero eso no disuadió a Sam. Esa mujer era como un sabueso.

—Menudas pintas llevas.

Tendría que haberme visto antes de ducharme y afeitarme, hacía tan solo un momento.

—Yo también me alegro de verte, Sam.

—¿Te reincorporas por fin?

—Estoy trabajando en algo por las noches. No sé cuánto tiempo pasaré por aquí.

—Ah, ¿un producto nuevo?

Tras años de citas había aprendido a evitar a alguien cuando me acorralaba.

—¿Has encontrado a alguien para la vacante de director informático?

—Tengo algunos candidatos, pero he estado ocupada… buscando un puesto de marketing.

Que lo intentara tanto como quisiera, pero no iba a picar. Hoy no.

—Bien. Me alegro. No te pago para que calientes la silla.

—Mira, tenía claro que iba a decirte esto, pero prefiero al Chase sobrio y odioso antes que al simpático y borracho.

Estuvimos hablando unos diez minutos más. Sam me puso al día de varias cuestiones de personal y de las cifras que negociaba con una nueva aseguradora. Cuando me vibró el móvil en la mesa, me fijé en la hora. Llegaría tarde a casa de Reese si no me ponía en marcha ya. Sam captó la indirecta al verme apagar el ordenador y recoger algunos archivos. Y eso que esperaba que siguiera metiendo las narices en mi vida personal.

—Bueno, pues dejaré que te vayas.

—Gracias, Sam. Tengo prisa por salir de aquí.

Se acercó a la puerta y se dio la vuelta.

—Ah, una cosa más.

«Ya estamos otra vez».

—Dime.

—Pink Cosmetics quiere referencias de un antiguo empleado. Querían hablar contigo en persona. John Boothe de Canning & Canning es el vicepresidente ahora. ¿Te acuerdas de él?

—Claro. Es un buen tío. Ya lo llamaré.

—Te pasaré su número en un mensaje.

—Gracias. Están en Chicago, ¿verdad?

—Sí, en el mismo centro.

—¿Quién se ha trasladado de Nueva York a Chicago?

—Nadie… todavía.

Nos miramos fijamente. Yo le hacía la pregunta con la mirada, aunque ya sabía la respuesta.

Aquella noche, me senté en las escaleras de un edificio frente al de Reese. Se había puesto ya el cálido sol de ese veranillo de San Martín, pero el calor aún era sofocante. Había humedad, hacía mucho calor y el corazón me latía muy deprisa. Hasta hoy me había dejado hundir por la culpa y la autocompasión, pero desde que Sam me contó que Reese estaba planteándose dejar Nueva York para buscar otro empleo, me sobrevino otro sentimiento: miedo.

Lo odiaba. Pensé en parar en la licorería de camino hasta

aquí para aliviar la ansiedad, pero no podía beber en el trabajo, aunque esto fuera una misión que me hubiera encargado yo solito y Reese no me quisiera ver ni en pintura.

Llevaba ya una hora en mi sitio cuando vi que entraba en el edificio un hombre que me sonaba. Tardé un minuto en recordar de qué lo conocía. Apreté los puños cuando caí en que era el tío que estaba en su piso el día que saltó la alarma.

«Una segunda cita».

Sabía cómo terminaban las segundas citas.

«Mierda. Mierda. Mierda».

A los quince minutos, los dos salieron del bloque. Reese llevaba un vestido de escote halter con un suéter por encima y sandalias de tacón alto. No la había visto nunca tan hermosa. Se detuvo en la acera, levantó una mano y se abanicó la cara. El calor era abrasador. El dolor que sentía en el pecho fue insoportable cuando se quitó el suéter y le vi el escote generoso y la espalda prácticamente desnuda.

Empecé a sudar al ver cómo se desarrollaba todo delante de mis ojos. Estaba en mi infierno particular. Él estaba detrás y le cogió el suéter. Se me cayó el alma a los pies y me costó muchísimo no echar a correr y decirle que le quitara las manos de encima. Pero me quedé allí sentado chirriando los dientes.

«No tengo derecho a impedirle que haga nada». Aunque sentía como si estuviera tocando algo que me pertenecía. Algo sobre lo que sí tenía derechos.

Me quedé inmóvil hasta que los vi llegar a la esquina. Entonces solté una retahíla de improperios y me levanté para seguirlos. «Una tarea más en el dispositivo de seguridad». Al parecer me estaba tomando muy en serio esto del acoso.

Caminé por la otra acera unas cuatro manzanas, dejando una distancia segura sin parar de fijarme en su lenguaje corporal. Ellos caminaban muy cerca el uno del otro, como dos personas que se tienen mucha confianza, aunque no iban cogidos de la mano ni se tocaban. Cuando entraron en un pequeño restaurante italiano, pensé que tendría que esperar fuera un par de horas para seguir viendo el espectáculo, pero por suerte para mí la camarera los sentó frente al ventanal.

Al cabo de un rato, ya no sabía si era una suerte o una maldición tener que verlos la noche entera. Aun así, encontré un portal al otro lado de la calle que me cobijaba un poco, pero me permitía verlos con comodidad.

Pidieron vino y unos entrantes, y parecía que la conversación no les faltaba. Cada vez que Reese reía, me invadía la felicidad de ver esa sonrisa tan bonita. Pero entonces notaba un nudo en la garganta al recordar que no era yo quien la hacía reír.

En un momento vi en cámara lenta cómo su cita se acercaba y le acariciaba la cara. Con la mano le rozaba la mejilla en un gesto íntimo y, durante un segundo, pensé que iba a besarla.

«Mierda, no puedo soportarlo más».

Tuve que apartar la vista.

Hundí la cabeza entre las manos, pensando en cómo iba a seguir adelante. ¿Cómo podía dejar que saliera de mi vida? Tenía que dejarla ir.

Llevaba semanas intentándolo, pero había algo que me lo impedía.

De repente caí en la cuenta.

«Es mi corazón. Ya la tengo en el corazón».

Podía alejarme de ella físicamente, pero la tenía muy dentro y la distancia no lo cambiaría. Estaría en mi corazón, aunque no estuviera ya en mi vida.

¿Cómo podía estar tan claro ahora, cuando hacía cinco minutos no lo veía?

Tenía que ser por la amenaza de perderla. Hasta ahora no había creído que ella pudiera pasar página, pero verlo con mis propios ojos fue un toque de atención.

Ahora la cuestión era qué iba a hacer yo al respecto.

¿Y si saliendo juntos le pasaba algo? ¿Y si no estaba para protegerla? ¿Y si le fallaba? ¿O nos fallaba a nosotros? ¿Y si... me dejaba alguna vez igual que Peyton?

Ojalá tuviera todas las respuestas. Ojalá supiera cómo iban a ir las cosas.

Estuve comiéndome la cabeza y barajando todos los motivos por los que debería rogarle que volviera conmigo y los motivos para dejarla marchar.

¿Y si le fallaba?

¿Y si necesitaba a alguien más fuerte que yo?

¿Y si ella ya había empezado a pasar página?

Al levantar la cabeza vi que Reese echaba la suya hacia atrás riéndose a mandíbula batiente por algo que le había dicho el capullo que tenía enfrente. Cerré los ojos por el dolor físico que empezaba a sentir y recordé algo de aquella misma mañana: la frase enmarcada que Peyton había escogido para colgar en el albergue. No había pisado Little East Open Kitchen desde hacía siete años, ¿por qué hoy, de entre todos los días, había decidido entrar? Tenía que ser una señal.

Bueno, era una señal en su sentido más literal. Ahora debía entender el figurado también.

«No te obceques en lo que podría ser, céntrate en lo que es».

37

Reese

𝓗abía ido demasiado lejos.

Me invadió la tristeza cuando vi que no había nadie en los escalones del otro lado de la calle. Se me hizo un nudo en la garganta y noté un vacío en el pecho. La semana anterior había dado un ultimátum a Chase y había amenazado con pasar página sin él. Esperaba que crearle esa imagen mental para que pensara que me estaba acostando con otro lo hiciera reaccionar. Si realmente yo le importaba, si sentía una milésima parte de lo que yo sentía por él, eso tenía que afectarlo de algún modo.

Después de otra semana más de verlo sentado al otro lado de la calle sin señal de que volviera conmigo, pensé que solo se daría cuenta si me veía salir con otro tipo en persona. Por eso, cuando Owen me dijo que saliéramos a cenar, vi que era la oportunidad perfecta. Chase no tenía ni idea de que ese treintañero alto y guapo era mi hermano.

Por desgracia, parecía que me había salido el tiro por la culata. Mi guardaespaldas no estaba.

No pude dejar de mirar esas escaleras mientras caminaba por la calle. Cuando lo veía allí aún tenía esperanzas. Pero ahora que estaban vacías, la luz de la esperanza se había apagado. Las escaleras eran una metáfora de cómo me sentía: vacía.

Pensar en volver al apartamento y dormir en la cama

en la que habíamos pasado tantas noches haciendo el amor hacía que me diera pavor llegar a casa.

Me cogí del brazo de mi hermano mientras recorríamos el resto del camino. Seguía llevando las gafas Access de la película que habíamos ido a ver después de cenar. Cuando en el cine IMAX empezaron a poner películas que los sordos podían disfrutar con gafas que proyectaban los subtítulos de la película a unos tres metros del usuario, tuve que comprarle unas. Las gafas parecían una mezcla entre las típicas de plástico para las pelis en 3D y unas tipo aviador retro. Aun así, nadie lo miró de forma rara mientras caminábamos por la calle a medianoche por Nueva York.

No me molesté en decirle a Owen que no hacía falta que me acompañara hasta el apartamento. Siempre lo hacía y también se ocupaba de las comprobaciones de rigor por mí. Chase era la única persona, aparte de él, que sabía lo importante que era eso para mí e insistía en hacerlo. Suspiré en alto en el ascensor. Hoy no sería fácil. Ahora que no estaba, era como si hubiera vuelto a perder a Chase.

Salí del ascensor arrastrando los pies mientras Owen iba detrás. Me quedé de piedra en cuanto giré hacia mi puerta, con mi hermano al lado ahora.

El corazón, que había tenido en un puño, volvió a su sitio y, aparentemente, recuperó el tiempo perdido porque latía con fuerza.

—¿Chase?

Estaba apoyado en la pared junto a la puerta del apartamento con la vista hacia el suelo. Cuando la levantó, tuve que inspirar hondo para tranquilizarme. Incluso cansado y hecho polvo, era el hombre más apuesto que había visto nunca. Tenía los ojos vidriosos; me pregunté si estaba bebido. «¿Por eso ha venido? ¿Solo ha venido porque ha estado bebiendo?».

Había olvidado que Owen estaba allí hasta que noté que me apretaba el hombro. Al parecer, Chase se acababa de dar cuenta del hombre que tenía al lado porque vi cómo lo miraba y apretaba la mandíbula.

—¿Qué estás haciendo aquí? —pregunté. Seguía sin moverme, a unos cinco metros de él.

—¿Podemos hablar?

—Mmm... sí, claro. —Tardé unos segundos en averiguar cómo mover los pies. Entonces, vacilante, me acerqué un poco.

Al llegar a la puerta, Chase me miró a los ojos.

—A solas —aclaró.

Metí la mano en el bolso, saqué las llaves y se las di al tiempo que señalaba la puerta con la cabeza.

—Entra y espera un momento.

Durante unos segundos, fulminó a Owen con la mirada, y pensé que iba a pasar algo feo. Sin embargo, al final, asintió, abrió la puerta y entró.

Tardé un rato en convencer a mi hermano mayor de que estaría bien. Ya le había hablado de Chase, pero con lo sobreprotector que era, le costó alejarse. Le di un beso en la mejilla y le prometí que le enviaría un mensaje dentro de una hora. Me dijo que, de lo contrario, se plantaría en la puerta.

Cuando me quedé sola en el descansillo, me tomé un momento para recomponerme. Al final, me alisé el vestido, me armé de valor y entré.

Chase estaba sentado en el sofá. Como de costumbre, fui hacia el armario del recibidor y me quité el suéter, aunque no solía guardarlo allí.

—Ya lo he hecho. Dos veces —dijo con una sonrisa, aunque vi la tristeza que había detrás.

«Por favor, no vuelvas a romperme el corazón».

—¿Te apetece una copa de vino? —Entré en la cocina para servirme una. «Y bien colmada. Creo que hasta podría beber a morro».

—No, gracias.

Sentí que me miraba mientras me movía por la cocina. Al terminar, dudé a la hora de escoger asiento. Me decanté por la silla, en lugar del sofá, a su lado, y le di un sorbo al vino al sentarme.

Él aguardó pacientemente hasta que le presté atención.

—Ven aquí.

Cerré los ojos. Me moría de ganas de sentarme a su lado, pero antes quería saber a qué había venido. Y qué era esto.

—¿Por qué? —Volví a dar otro trago para tener la excusa de apartar la mirada.

—Porque te necesito cerca.

Lo miré, aún dándole vueltas a todo.

—Porque te echo de menos. Te echo muchísimo de menos, Reese.

Tuve que tragar saliva porque las lágrimas de felicidad amenazaban con desbordarse. Aun así, seguía teniendo miedo. Antes tenía que hacer algo más. No podía permitir que me absorbiera a menos que me lo diera todo. Ahora era o todo o nada.

Me acerqué al sofá, Chase me cogió la copa de vino y la dejó sobre la mesa. Me rodeó con los brazos y me atrajo hacia sí. Yo apenas podía respirar de lo fuerte que me abrazaba. Pero, a pesar de todo, me sentía genial al estar otra vez entre sus brazos.

—Lo siento mucho, Reese. Perdón por hacerte daño —murmuró.

Pasado un rato, se retiró para que pudiéramos mirarnos. Sus ojos buscaban en los míos como si quisieran encontrar algo. ¿Seguridad, tal vez?

Encontró lo que buscaba porque carraspeó y susurró:

—A los doce años, compré una navaja suiza en un rastrillo. La llevé encima durante años. —Se calló un instante y bajó la mirada. Me cogió la mano derecha y me acarició la cicatriz con el pulgar. Cuando volvió a mirarme, estaba llorando—. Se la di a Eddie, el mendigo a quien Peyton quería ayudar. —Se le quebró la voz—. Pensaba que podría usarla para defenderse en caso de emergencia.

El dolor de su voz era insoportable. Quería hacer algo para aliviarlo, para tranquilizarlo, pero sabía que necesitaba sacarlo todo. No era solo un obstáculo para nuestra relación, sino un paso enorme para su recuperación. Y ahora mismo era lo que más quería para él, así que le apreté la mano y asentí.

—Durante todos estos años, pensábamos que un grupo de chavales que iba apaleando mendigos por ahí era el culpable del asesinato de Peyton. Y que quizá ella se viera en medio de una paliza a Eddie. —Inspiró hondo y soltó el aire de golpe—. No fue así. Fue Eddie quien la mató. —Bajó la vista y me apretó la mano y, entonces, volvió a mirarme a los ojos—. Con la navaja que le di. Fue mi navaja la que la mató.

Yo no había recibido el corte, pero sentí el desgarro por dentro y empecé a llorar.

—Yo dejé la puerta abierta y mi hermano no oye.

Chase me secó las lágrimas con el pulgar.

—No es tu culpa.

Lo miré a los ojos.

—Tampoco es culpa tuya.

Unas horas después, estaba física y emocionalmente agotada. Una vez descorchada la botella, Chase se abrió por completo. Estuvimos hablando más de Peyton y Eddie, y yo le conté más cosas de aquella noche en la que Owen y yo llegamos a casa y vimos que la habían desvalijado. Admití cosas que no me había reconocido ni a mí misma: cómo me había afectado el sentimiento de culpa y que había sufrido episodios de depresión de adolescente. Era importante que supiera que no estaba solo y que no esperaba que se curara de la noche a la mañana.

Fui al lavabo y contesté una llamada por FaceConnect para tranquilizar a mi hermano, a quien se me había olvidado avisar. Al volver al sofá y sin darme tiempo a apoyar las posaderas en los cojines, Chase me cogió y me sentó en su regazo. Su sonrisa era hermosa y auténtica.

Apretó los labios y luego apoyó su frente en la mía.

—¿De verdad te habrías ido a Chicago?

—¿A Chicago? ¿A qué?

—Pink Cosmetics. El puesto que solicitaste.

Fruncí el ceño.

—No sé de qué hablas. Yo no he solicitado ningún empleo en Pink. En realidad, no he buscado trabajo. Tengo algunos ahorros y he decidido darme un descanso antes de tomar ninguna decisión laboral. Estoy dándole vueltas a montar mi propia empresa de marketing con mi amiga Jules, a quien ya conoces. Lo hablamos el año pasado antes de dejar Fresh Look y entonces no estaba preparada. Pero ahora creo que es el momento. —Me quedé callada un instante—. ¿Qué te ha hecho pensar que me iba a Chicago?

—Llamaron pidiendo referencias.

—Qué raro.

Chase cerró los ojos y sacudió la cabeza.

—Sam.

—¿Sam?

—No los he llamado aún. El otro día, estaba recogiendo para salir cuando Sam me dijo que pedían referencias.

—No lo entiendo.

—Lo hizo para ponerme las pilas. Sabía que eso me haría reaccionar para solventar mis asuntos.

—Vaya... y yo que creía que había sido mi cita la que te había hecho reaccionar.

—Casi se me fue la cabeza en el italiano ese, al ver cómo te ponía las manos encima.

Abrí los ojos de par en par.

—¿Me has seguido?

—Solo esta noche. Me estaba volviendo loco por verte con ese tío otra vez. ¿Te acuerdas de lo que me dijiste la semana pasada antes de dejar de hablarme?

«Pues claro que me acuerdo».

—¿El qué?

—Que ibas a llevarte a algún tío a casa y dejarías las ventanas abiertas para que os oyera. —Me dio un cachete en el trasero—. No sabía que pudieras ser tan cruel, Cacahuete.

Empecé a partirme de risa y, de repente, noté que me levantaba en el aire y me tumbaba de espaldas. Chase se me puso encima, me agarró las muñecas y me levantó los brazos por encima de la cabeza.

—¿Te hace gracia?

—Pues sí.

Frotó la nariz contra la mía y susurró:

—No te hubieras acostado con él, ¿verdad?

—Pues lo veo difícil, pero no tiene nada que ver contigo.

Chase echó la cabeza hacia atrás e hizo un mohín. Era adorable.

—¿No es porque estás tan por mí que no podrías tocar a otro hombre?

—Bueno, eso es cierto, pero mi cita de esta noche era mi hermano Owen.

Chase se echó a reír.

—¿En serio?

—Muy en serio. Y lo que viste en el restaurante, cuando me acarició, es porque le estaba tarareando una canción.

—Entonces supongo que no tengo de qué preocuparme —me susurró Chase—. Aunque nunca se sabe, porque te va a follar tu primo favorito.

—¿Ah, sí?

La petulancia habitual de Chase había vuelto, pero de repente, titubeó.

—¿Podrás perdonarme? —preguntó—. Prometo no volver a apartarte de mi vida y hacer todo lo que esté en mi mano para protegerte.

—Solo necesito que protejas una cosa.

—Dime.

—Tienes mi corazón. Prométeme que lo cuidarás bien.

—Solo si tú me prometes que no me devolverás el mío.

Mi corazón repetía su nombre con los latidos desde aquella primera noche en el restaurante. No tendría que preocuparse de que le devolviera el corazón, porque me había dado cuenta de que, en el fondo, era mío y solo mío, aunque él no lo supiera todavía.

—Hazme el amor, Chase.

Se quitó la camiseta con una sola mano.

—Eso haré, pero ahora no. Prometo hacerte el amor despacito y con cariño después. Y enseñarte cómo me siento. Pero ahora mismo, toda esta charla de dejarme y de estar con otro hombre me ha despertado los instintos más primitivos.

Se arrodilló y me miró. Me dio tal repaso con la mirada que no me hicieron falta los preliminares.

—Quiero correrme dentro de ti. ¿Puedo hacerlo, Reese?

Tragué saliva.

—Sí, tomo la píldora.

—Bien, porque no quiero que nada se interponga entre nosotros nunca más. Ni nuestros pasados, ni nuestros secretos ni una dichosa funda de látex.

—De acuerdo.

Me acarició con los nudillos, siguiendo las curvas de mi cuerpo.

—Primero quiero perderme en ese coñito que tanto he echado de menos hasta que te corras en mi cara.

Llegó hasta mis muslos y su mano desapareció entre la falda de mi vestido. Gemí cuando me tocó entre las piernas.

—Luego te follaré a base de bien y llegaré tan adentro que tardarás días en expulsar mi semen.

Me levantó el vestido, me apartó las braguitas y me pasó dos dedos por el sexo.

—Qué mojadita estás —murmuró.

Me quedé mirándolo mientras, embelesado, me introducía un dedo. Tras un par de toques, introdujo un segundo dedo y empezó a meterlos y sacarlos más deprisa. Estuve a punto de correrme cuando se lamió los dedos.

—No puedo más.

Sacó los dedos y se los llevó a la boca; los lamió y succionó de tal modo que me estremecí entera.

—Chase…

De repente, agachó la cabeza y me agasajó con la boca. Me puso las piernas sobre los hombros y me levantó el trasero para colocarme como quería. Jadeé cuando empezaron los lametazos en mi clítoris. Al succionar y chupar con fuerza, estuvo a punto de llevarme al éxtasis —aunque acabábamos de empezar— y yo me contoneé, tratando de apartarlo de ese punto.

Chase me agarró los muslos para que no me moviera mientras me devoraba, comiéndome a su ritmo, alternando entre las estocadas con la lengua y la succión del clítoris. El orgasmo me sobrevino con tanta fuerza que durante un instante se me nubló la vista.

Cuando por fin pude ver con claridad, Chase volvía a estar de rodillas y se desabrochaba los pantalones. Tenía la polla henchida y le tensaba la tela, de modo que le costaba bajar la cremallera. Entonces fui yo quien se relamió.

Hundió la cara en mi cuello y empezó a succionar fuerte bajo mi oreja, imitando lo que me había hecho en el clítoris.

—Voy a disculparme ahora porque esto no será fácil —dijo—. Contigo no me puedo controlar.

—Hazlo. Quiero que lo hagas así y te deseo a ti. Tal cual.

No le hizo falta pedirlo dos veces. Colocó el miembro en mi abertura y me cubrió la boca con la suya mientras me penetraba. Me besó como si yo fuera el aire que necesitaba para respirar y empujó hasta el fondo. Notaba cómo temblaba mientas esperaba que mis músculos vaginales se relajaran. Y entonces empezó a acelerar y a moverse de arriba abajo, de dentro hacia fuera.

Le hinqué las uñas en la espalda mientras mi cuerpo lo

devoraba entero. Cada vez que se retiraba, le tenía más y más ganas, hasta que volvía a ansiar el clímax.

—Joder, Reese. —Se retiró lo suficiente para mirarme—. Quiero llenarte entera de mi simiente. Toda tú. Tu coño, tu boca, tu ano. Lo quiero todo.

El placer me invadió de nuevo y me quedé sin fuerzas. Me oí gritar su nombre, pero fue como una experiencia extracorpórea. En la distancia, oí que Chase soltaba una retahíla de palabrotas al hundirse aún más en mí. Entonces noté cómo temblaba al correrse.

Al cabo de un rato, yacía con la cabeza apoyada en su pecho escuchando los latidos de su corazón. Él me acariciaba el pelo, tranquilo y satisfecho.

—Siento mucho lo de estas últimas semanas —dijo—. Me he portado como un capullo integral.

Lo miré apoyando la barbilla justo encima de su corazón.

—Pues sí, pero no pasa nada. Te perdono. Aunque tendrás que compensarme durante bastante tiempo. Pero mi corazón ya te ha absuelto de tus pecados.

Bromeaba, evidentemente, pero Chase respondió muy serio:

—Gracias.

Bostecé.

—Entonces han sido esos celos prehistóricos los que te han hecho entrar en razón, ¿verdad? De haberlo sabido, hubiera sacado a Owen a cenar hace semanas y nos habríamos ahorrado estos dolores de cabeza.

—De hecho, verte con otro hombre me habría hecho estallar igual, pero ha sido otra cosa la que me ha hecho ver que estás destinada para mí.

—¿Ah, sí? ¿El qué?

—Un cartel. Decía: «No te obceques en lo que podría ser, céntrate en lo que es».

—Es decir, céntrate en lo que tienes y no en lo que podría haber sido.

—Exacto.

Lo besé en el pecho, justo en el corazón, nerviosa por preguntárselo, aunque necesitaba saber la respuesta.

—¿Y qué tenemos, Chase?

Él me levantó un poco para que estuviéramos a la misma altura.

—Todo.

Epílogo

Reese. Casi un año después

Me preguntaba si él sabía que día era hoy.

Chase no me vio inmediatamente al entrar en el restaurante. Estaba sentada en un rincón, medio camuflada por una pareja sentada en una de las mesas del bar. Aproveché la ocasión para apreciar la belleza de ese hombre sin que supiera que lo estaba mirando. Mi hombre. Nunca pensé que me acostumbraría a lo increíblemente apuesto que era.

¿Sabes eso de que, al cabo de un tiempo, hasta las cosas más maravillosas se vuelven demasiado vistas y empiezas a olvidar que, antaño, solo con verlas te quedabas sin aliento? ¿Que todo lo que brilla acaba perdiendo el lustre, aunque no haya cambiado lo más mínimo? Bueno, pues eso no me ha pasado con Chase Parker. Incluso al cabo de un año, seguía quedándome sin aliento al verlo; nunca dejaba de brillar.

Observé cómo recorría la sala con la mirada. Por un segundo me planteé cambiarme de asiento para esconderme y tener así un poco más de tiempo para apreciarlo como era debido. Mi novio, con quien pronto compartiría piso, era el prototipo ideal de hombre alto, moreno y apuesto. Y él lo sabía muy bien. Esa actitud arrogante y llena de confianza era uno más de esos ingredientes que lo hacían tan atractivo. Si, además, tenías en cuenta que era adinerado, inteligente y excepcional en la cama —y en su despacho, en el coche, en el suelo de la cocina, sobre la lavadora y, desde hace poco, en la sala de reuniones de mi nueva oficina—, entendía perfectamente que la camarera se relamiera mientras trataba de llamar su atención.

La expresión de su hermoso rostro se suavizó cuando me vio al otro lado de la sala, y me regaló una de sus sonrisas sensuales con los hoyuelos marcados; esas sonrisas que sabía que solo eran para mí. Chase se abrió paso, concentrado por completo en su objetivo. Se me erizó el vello de los brazos al verle esa expresión tan resuelta y decidida. Cuando llegó hasta donde estaba yo, no dijo nada: decidió saludarme como cuando pasamos más de un día sin vernos. Se enrolló unos mechones en la mano y, con un suave tirón, se adueñó de mi boca con un beso apasionado que no era apropiado para el bar de un restaurante, aunque eso no lo disuadía.

Seguía un poco mareada cuando se separó de mí y dijo con voz rasposa:

—La próxima vez vendré contigo.

—Podrías haber venido conmigo esta vez, ya te lo dije.

—También me dijiste que estarías fuera dos días, no cinco.

Acababa de regresar de California esa misma tarde. Jules y yo esperábamos pasar un par de noches en San Diego para cerrar un trato con un nuevo cliente. Pero al firmar esa nueva cuenta, el vicepresidente de marketing se ofreció a conseguirnos una reunión con una empresa asociada en Los Ángeles, así que nuestro viaje de dos días terminó siendo de cinco.

—No podemos evitar estar tan solicitadas.

—Hay gente que te solicita aquí mismo. La cola empieza justo detrás de mí.

El camarero se acercó a tomarnos nota al tiempo que una pareja mayor se aproximaba a nosotros.

—¿Están ocupados estos asientos? —preguntó el hombre.

Había dos asientos libres junto a mí en la barra.

Chase fue quien respondió:

—Todos suyos. Me quedaré de pie para estar al lado de ella.

La mujer mayor sonrió como si Chase la hubiera derretido un poquito. Lo sabía porque yo esbozaba la misma sonrisa.

Se sentó a mi izquierda y su esposo se sentó a su lado.

—Me llamo Opal y él es mi esposo Henry.

—Un placer. Yo soy Reese y él es Chase.

—Hoy es nuestro cuadragésimo aniversario de bodas.

—¡Vaya! Felicidades. Cuarenta años. Es impresionante —dije.

—¿Cuánto tiempo llevan casados ustedes?

—Bueno, nosotros no…

Chase me interrumpió.

—No llevamos tanto tiempo de casados como ustedes, pero hoy también es nuestro aniversario. Cinco años felizmente casados.

Lo miré incrédula, aunque no sabía de qué me sorprendía. Conocía su predilección por contar historias y, bueno, en realidad sí podría decirse que era nuestro aniversario. Hacía exactamente un año que estábamos en este restaurante, juntos. Solo que la última vez mi cita era Martin Ward y Chase fue quien apareció para fastidiarla. Era como si hubiera transcurrido una vida entera desde aquel entonces. Tal como hice aquella noche, apoyé los codos sobre la barra y entrelacé las manos para apoyar la barbilla en ellas.

—Sí. Hoy hacemos cinco años. Deberías contarles la historia de cómo me propusiste matrimonio, cariño. Es maravillosa. —Sonreí dulcemente mientras pestañeaba varias veces.

Por supuesto, como Chase era como era, ni se inmutó por haberlo puesto en esa tesitura. Hasta parecía contento de que le siguiera el juego.

Chase se colocó detrás de mí y me apretó los hombros.

—La señora Parker es muy romántica, así que la llevé al lugar donde cenamos juntos por primera vez. Hacía tiempo que quería pedirle la mano, pero estaba tan ocupada con su nueva empresa que no veía el momento de hacerlo. Acabábamos de saber que estaba embarazada, por lo que decidí que, fuera el momento ideal o no, le pediría la mano.

Me quedé boquiabierta. No porque estuviera contando otra de sus historias locas, sino porque no se imaginaba lo paradójico de la situación. La tarde antes de viajar a California descubrí que estaba embarazada, pero no había tenido ocasión de decírselo todavía. Y aquí estaba él, inventándoselo como parte de su historia alocada. Decidí participar en su relato; sería muy divertido cuando después supiera que lo que se había inventado no era ficción. Le cogí la mano y me la puse en el vientre.

—De hecho, estamos esperando otro bebé ahora.

Chase sonrió, contento de que le siguiera el rollo, y me acarició la barriga mientras seguía:

—Bueno, como iba diciendo… Cuando estuvimos juntos por primera vez me hizo guardar el secreto porque yo era su jefe. Soy algo posesivo con mi señora y eso no me sentó muy bien. Pero luego me dejó, aunque eso es otra historia, y montó su propia empresa, por eso pensé que ya se podía hacer público. Sin darse cuenta, nuestros amigos y familiares fueron entrando en el restaurante. Antes de que llegaran nuestros hijos, solo tenía ojos para mí. La gente ya podía ir y venir que ella no se daba cuenta de nada cuando estábamos juntos.

Opal sonrió.

—Creo que eso no ha cambiado. Veo cómo lo mira ahora mismo. Tiene a su mujer embelesada.

Chase me miró.

—Soy un hombre muy afortunado.

—¿Y le pidió matrimonio delante de todos sus amigos y familia en el restaurante donde tuvieron su primera cita? Qué bonito —añadió la mujer—. Henry no fue tan romántico. Estaba a punto de subir al autobús para volver al ejército y me pidió si quería casarme con él. Ni siquiera traía anillo.

—Bueno, teniendo en cuenta que celebran cuarenta años de matrimonio, parece que todo les ha ido bien igualmente. —Miré a Chase—. La pedida de mano no es lo importante. Es el hombre con quien pasas esos cuarenta años. Cualquier pedida de este loco me hubiera gustado.

—Y me lo dices ahora —masculló Chase.

La camarera se acercó a decirles a Opal y a Henry que su mesa estaba lista y nos dijo que la nuestra lo estaría dentro de unos minutos.

—Ha sido un placer conocerlos, Opal y Henry —les dije—. Espero que pasen un gran aniversario.

—Ustedes también.

Cuando desaparecieron, Chase volvió a besarme.

—Te he echado de menos —me dijo.

—Yo también.

—Deberías volver a trabajar conmigo. Me gusta tenerte en la oficina cada día.

—Te gusta tenerme en tu mesa, querrás decir.

—Eso también, pero la empresa no es la misma sin ti.

—He visto el cartel de camino. Ha salido genial.

Una semana después de volver, Chase había pintado encima del anuncio de Parker Industries que llevaba años en la calle de enfrente de sus oficinas. Nunca habíamos hablado de que lo cambiara, pero era un paso gigante que hubiera borrado un anuncio en el que salía Peyton. Esta semana, mientras yo estaba de viaje, habían colgado encima una imagen de su nuevo anuncio.

Aunque no creé el anuncio final, había tomado parte en la sesión de lluvia de ideas para esa campaña, y me gustaba saber que una parte de mí estaba allí donde él podía verla desde su despacho. Estaba pasando página de verdad.

Por eso, cuando estuvimos ordenando su piso para hacer sitio para mis cosas y vi que había guardado la guitarra de Peyton, insistí en que la dejara a la vista. Ella era parte de su vida, parte del hombre que es hoy. No quería borrar esos recuerdos. Quería crear recuerdos nuevos con él, participar en los sueños que lo liberarían de las pesadillas.

La camarera vino a decirnos que nuestra mesa ya estaba preparada y la seguimos hasta el comedor.

—¿Es esta la mesa? —preguntó cuando llegamos al mismo lugar en el que estuvimos sentados hacía exactamente un año.

Chase me miró.

—Sí, es esta, ¿verdad, Cacahuete?

Me conmovió que se acordara.

—Sabes que hace un año estábamos aquí sentados, ¿verdad?

—Claro.

Me retiró la silla antes de sentarse él. Los dos nos sentamos donde aquella primera noche.

—¿Te acuerdas de la mesa en la que estaba yo antes de pasarme a la tuya? —me preguntó.

—Sí. —Miré por el restaurante y señalé—. Tu cita y tú estabais allí... —Entrecerré los ojos, segura de que mi imaginación me estaba jugando una mala pasada—. Allí mismo... espera, ¿qué? Madre mía, ¿es Owen?

Mi hermano sonrió, levantó una copa de champán e hizo un gesto con la cabeza en mi dirección.

Chase no se giró.

—Sí, es él.

No parecía nada sorprendido. Lo miré, confundida, y él sonrió con malicia.

—¿Ves a alguien más que conozcas?

Por primera vez, miré alrededor de la sala y fue como si todas las caras se volvieran nítidas. Mis padres estaban a la izquierda. La hermana de Chase, Anna, y su familia estaban a la derecha. De hecho, todo el restaurante estaba lleno de nuestra familia y amigos.

Mi antiguo jefe, Josh, y su nueva esposa, Elizabeth.

Mi mejor amiga y socia, Jules, y su novio, Christian.

Travis, Lindsey, todo el departamento de marketing de Parker Industries.

Chase se inclinó hacia delante y susurró:

—Y es el aniversario de bodas de mi tía Opal y mi tío Henry, aunque eso ha sido una coincidencia.

Estaba muy confundida. ¿Por qué estaban todos allí? ¿Y por qué me miraban y sonreían?

Tenía la cabeza hecha un lío. No me entraba en el coco por qué estaban todos allí.

Hasta que...

Chase se levantó.

El restaurante, sumido hasta entonces en el bullicio de tantas voces, de repente quedó en silencio.

Lo que pasó después pasó a cámara lenta. Los amigos y familiares se volvieron borrosos cuando el hombre al que amo se arrodilló. No oía ni veía nada que no fuera él.

—Tenía el discurso preparado, pero al verte se me ha olvidado todo, así que voy a improvisar. Reese Elizabeth Annesley, llevo loco por ti desde que te vi en el autobús del instituto.

Sonreí y negué con la cabeza.

—Lo de loco puedes estar seguro.

Chase me cogió una mano y noté que temblaba. Mi jefe, tan gallito y seguro de sí mismo, estaba hecho un manojo de nervios. Le apreté la mano para tranquilizarlo y se calmó un poco. Eso conseguíamos hacer siempre el uno para el otro. Yo era el equilibrio para su desequilibrio. Él era el valor para mi cobardía.

Prosiguió:

—Tal vez no fue en el autobús del instituto, pero me enamoré de ti en el pasillo, de eso sí que estoy seguro. Me quedé prendado al ver tu precioso rostro iluminar ese pasillo oscuro hace un año. Me dio igual que ambos estuviéramos en una cita con otras personas, supe que tenía que estar a tu lado. Desde entonces, me has distraído cada día, estuvieras cerca de mí o no. Me has devuelto a la vida y lo único que quiero ahora es formar una a tu lado. Quiero ser el hombre que mire bajo la cama cada noche y se despierte junto a ti por la mañana. Me has cambiado. Cuando estoy contigo soy yo mismo, aunque una versión mejorada, porque haces que quiera ser mejor persona. Quiero pasar el resto de la vida contigo y quiero empezar ya desde ayer. Así que dime que quieres ser mi esposa, porque llevo esperándote toda mi vida y no quiero esperar más.

Apoyé la frente contra la suya mientras las lágrimas me resbalaban por las mejillas.

—Sabes que puede que me vuelva más loca cuando vivamos juntos… y aún más cuando tengamos familia. Los tres cerrojos serán siete y hacer la comprobación de seguridad en esa casa tan grande que tienes me llevará un buen rato. Al final será algo tedioso y no creo que pueda cambiarlo.

Chase alargó un brazo y me colocó una mano en la nuca.

—No quiero que cambies nada. Me encanta todo de ti. No cambiaría ni una sola cosa aunque pudiera. Bueno, salvo tu apellido.

Agradecimientos

*L*a lista de personas a las que debería dar las gracias por ayudarme a publicar este libro podría ser más larga que la novela misma. Antes de nada, gracias a los lectores: vuestro entusiasmo y apoyo incondicional en los primeros libros no deja de sorprenderme. Como ávida lectora que soy, sé que hay mucho donde elegir y me halaga que me escojáis entre todo este mar de grandes escritores.

A Penélope, porque aunque nos pasemos medio día charlando, no te lo agradezco lo suficiente. Gracias por ¡por todo! Eres mi sabia consejera, mi reina de la gramática, mi agenda humana, socia y hermosa amiga. Mil millones de gracias, que son las que te debo ahora mismo, estoy segura.

A Julie, gracias por tu amistad y tu apoyo. ¿A quién acudiría con mis ideas alocadas?

A Luna, por mantener el grupo de las Vi's Violets activo con esas publicaciones tan bonitas y tu alegría. Tu entusiasmo es contagioso y tu amistad y lealtad son un verdadero regalo.

A Sommer: te has superado con la cubierta de este libro. Me gusta mucho, así como esas muestras tan estupendas. ¡No sé cómo podremos superar esto!

A mi agente, Kimberly Brower, por siempre ir más allá. Creas formas de hacer que el autor crezca y no tienes miedo a desafiar la tradición para abrir nuevos caminos.

A Lisa, por organizar la gira de publicación del libro y por toda tu ayuda.

A Elaine y Jessica, por hacer que mi gramática tan neoyorquina fuera adecuada para publicar.

A todos esos blogueros increíbles que me ayudáis cada día, gracias por leer mis libros y escribir las reseñas, compartir fragmentos y contagiar vuestro amor por la lectura. Me conmueve vuestro apoyo. ¡Gracias! ¡Gracias! ¡Gracias!

Con muchísimo amor,

VI

Bossman

SE ACABÓ DE IMPRIMIR

UN DÍA DE OTOÑO DE 2017

EN LOS TALLERES GRÁFICOS DE LIBERDÚPLEX, S.L.U.

CTRA. BV-2249, KM 7,4, POL. IND. TORRENTFONDO

SANT LLORENÇ D'HORTONS (BARCELONA)